厦门大学百年校庆系列出版物

百年精神文化系列

我在厦大三十年

潘维廉 著

颜丽篮 译

厦门大学出版社 国家一级出版社
XIAMEN UNIVERSITY PRESS 全国百佳图书出版单位

图书在版编目(CIP)数据

我在厦大三十年/(美)潘维廉著;颜丽篮译.—厦门:厦门大学出版社,2021.3
(百年精神文化系列)
ISBN 978-7-5615-8114-8

Ⅰ.①我… Ⅱ.①潘… ②颜… Ⅲ.①回忆录—美国—现代 Ⅳ.①I712.55

中国版本图书馆 CIP 数据核字(2021)第 049838 号

出 版 人	郑文礼
责任编辑	施高翔 冀 钦
美术编辑	蔡炜荣
技术编辑	许克华

出版发行 厦门大学出版社

社 址	厦门市软件园二期望海路 39 号
邮政编码	361008
总 机	0592-2181111 0592-2181406(传真)
营销中心	0592-2184458 0592-2181365
网 址	http://www.xmupress.com
邮 箱	xmup@xmupress.com
印 刷	厦门市竞成印刷有限公司

开本	720 mm×1 000 mm 1/16
印张	19.25
插页	3
字数	286 千字
版次	2021 年 3 月第 1 版
印次	2021 年 3 月第 1 次印刷
定价	80.00 元

本书如有印装质量问题请直接寄承印厂调换

厦门大学出版社
微信二维码

厦门大学出版社
微博二维码

总　序

厦门大学	党委书记　张　彦
	校　　长　张　荣

　　2021年4月6日，厦门大学百年华诞。百载风雨，十秩辉煌，这是厦门大学发展的里程碑，继往开来的新起点。全校师生员工和海内外校友满怀深情地期盼这一荣耀时刻的到来。

　　为迎接百年校庆，学校在三年前就启动了"百年校庆系列出版工程"的筹备工作，专门成立"厦门大学百年校庆系列出版物编委会"，加强领导，统一部署。各院系、部门通力合作，众多专家学者和相关单位的工作人员全身心地参与到这项工作之中。同志们满怀高度的责任感和紧迫感，以"提升质量，确保进度，打造精品"为目标，争分夺秒，全力以赴，使这项出版工程得以快速顺利地进行。在这个重要的历史时刻，总结厦大百年奋斗历史，阐扬百年厦大"四种精神"，抒写厦大为伟大祖国所做出的突出贡献，激发厦大人的自豪感和使命感，无疑是献给百岁厦大最好的生日礼物。

　　"百年校庆系列出版工程"包括组织编撰百年校史、百年组织机构史、百年院系史、百年精神文化、百年学术论著选刊、校史资料与学生名录……有多个系列近150种图书将与广大读者见面。从图书规模、涉及领域、参编人员等角度看，此项出版工程极为浩大。这些出版物的问世，将为学校留下大量珍贵的历史资料，为学校深入开展校史教育提供丰富生动的素材，也将为弘扬厦门大学"自强不息，止于至善"校训精神注入时代的新鲜血液，帮助人们透过"中国最美大学校园"

的山海空间和历史回响，更加清晰地理解厦门大学在中国发展进程中发挥的独特作用、扮演的重要角色，领略"南方之强"的文化与精神魅力。

百年校庆系列出版物将多方呈现百年厦大的精彩历史画卷。这些凝聚全校师生员工心血的出版物，让我们感受到厦大人弦歌不辍的精神风貌。图文并茂的《厦门大学百年校史》，穿越历史长廊，带领我们聆听厦大不平凡百年岁月的历史足音。《为吾国放一异彩——厦门大学与伟大祖国》浓墨重彩地记述厦门大学与全国34个省级行政区以及福建省九市一区一县血浓于水的校地情缘，从中可以读出厦门大学在中华民族伟大复兴征程中留下的深深烙印。参与面最广的"厦门大学百年院系史系列"、《厦门大学百年组织机构史》，共有30多个学院和直属单位参与编写，通过对厦门大学各学院和组织机构发展脉络、演变轨迹的细致梳理，深入介绍厦门大学的党建工作、学科建设、人才培养、组织管理、社会服务等方面的发展历程，展示办学成就，彰显办学特色。《厦门大学校史资料选编（1992—2017）》和《南强之星——厦门大学学生名录（2010—2019）》，连同已经出版的同类史料，将较完整、翔实地展现学校发展轨迹，记录下每位厦大学子的荣耀。"厦门大学百年精神文化系列"涵盖人物传记和校园风采两大主题，其中《陈嘉庚传》在搜集大量史料的基础上，以时代精神和崭新视角，生动展现了校主陈嘉庚先生的丰功伟绩。此次推出《林文庆传》《萨本栋传》《汪德耀传》《王亚南传》四部厦门大学老校长传记，是对他们为厦大发展所做出的突出贡献的深切缅怀。厦大校友、红军会计制度创始人、中国共产党金融事业奠基人之一高捷成的传记《我的祖父高捷成》，则是首次全面地介绍这位为中国人民解放事业做出杰出贡献的烈士的事迹。新版《陈景润传》，把这位"最美奋斗者"、"感动中国人物"、令厦大人骄傲的杰出校友、世界著名数学家不平凡的人生再次展现在我们眼前。抒写校园风采的《厦门大学百年建筑》、《厦门大学餐饮百年》、《建南大舞台》、《芙蓉园里尽芳菲》、《我的厦大老师》（百年华诞纪念专辑）、《创新创业厦大人2》、

《志愿之光》、《让建南钟声传响大山深处》、《我的厦大范儿》以及潘维廉的《我在厦大三十年》等，都从不同的角度，引领我们去品读厦门大学的真正内涵，感受厦门大学浓郁的人文精神和科学精神。

此次出版的"厦门大学百年学术论著选刊"，由专家学者精选，重刊一批厦大已故著名学者在校工作期间完成的、具有重要价值的学术论著（包括讲义、未刊印的论著稿本等），目的在于反映和宣传厦门大学百年来的学术成就和贡献，挖掘百年来厦门大学丰厚的历史积淀和传统资源，展示厦门大学的学术底蕴，重建"厦大学派"，为学校"双一流"建设提供学术传统的支撑。学校将把这项工作列入长期规划，在百年校庆时出版第一辑共40种，今后还将陆续出版。

"自强！自强！学海何洋洋！"100年前，陈嘉庚先生于民族危难之际，抱着"教育为立国之本，兴学乃国民天职"的信念，创办了厦门大学这所中国历史上第一所由华侨独资建设的大学。100年来，厦大人秉承"研究高深学术，养成专门人才，阐扬世界文化"的办学宗旨，在实现中华民族伟大复兴的征程上书写自己的精彩篇章。我们相信，当百年校庆的欢庆浪潮归于平静时，这些出版物将会是一串串熠熠生辉的耀眼珍珠，成为记录厦门大学百年奋斗之旅的永恒坐标，成为流淌在人们心中的美好记忆，并将不断激励我们不忘初心继承传统，牢记使命乘风破浪，向着中国特色世界一流大学目标奋勇前行！

张彦　张荣

2020年12月

本书献给

苏珊·玛丽·布朗（潘素馨）

1958 年出生于台北

2021 年逝世于厦门

四十年来我的妻子和最好的朋友

我永远爱你

前　言

厦门大学六千年的全球遗产

很荣幸能提笔写下在厦大三十年的岁月，但远比我自身经历有趣的是此地历经六千年积淀的全球遗产，这也是当初吸引我举家迁入厦门的原因。

习近平曾在福建工作生活了十七年半。2019 年的两会上，他表示，福建省不仅是千年丝绸之路的起点，也是 21 世纪海上丝绸之路的核心区。我们福建人（我已把自己看作福建大家庭的一员）对此深感自豪。

福建具有悠久的国际交流史，可追溯至比丝绸之路更久远的年代。事实上，早在约五千到七千年前，福建人就成了世界上第一批真正意义上的远洋环球探险家，他们进行环球航行，定居于太平洋和印度洋的岛屿。自此，福建一直是中国走向世界的跳板。

这一种深厚的积淀引得许多西方作家著书赞扬，中国大地上最热情好客、思想开明的当属福建人，尤其是厦门人。阿罗姆和赖特便居于这些作家之列。

得益于这种开放心态，厦门在第一次鸦片战争后，率先与西方在贸易和教育上展开合作，最终影响了整个中国。

厦门人素来坚韧不屈，怀有坚定信念。19 世纪，许多西方人写道，厦门人思想开明、热情好客，具有强烈的公平竞争意识和诚信意识，但对

英国海军"黄蜂号"军舰在厦门，1873年

不公之事亦不让步分毫。

这些历史背景极其重要，因为时至今日，您仍可从厦门人的性格，从厦门大学精神中窥见其影响。

1988年，我们刚搬来厦门，对厦门大学，甚至对厦门和福建都一无所知。但到后来，我越是了解闽南深厚的历史文化底蕴，就越对能见证厦大百年历程的三分之一感到荣幸，亦越能体会到厦大和福建对未来发展的独特作用。

正如习近平在2019年所说，福建是21世纪海上丝绸之路的核心区，也是"一带一路"倡议中举足轻重的一环，而厦大将继续成为古老的中国梦背后的精神缩影，以及助力其他国家共享中国梦的引擎。

因此，本书将分享我在过去三十年所见证的厦大变化。我首先要分享几个寓意丰富的故事，其背后的内涵是历久不变的古老福建精神。福建精神不仅鞭策着中国人，还鼓励着我们的全球伙伴，一同携手，迈向更加和平、更加繁荣的未来。

目　录

第四部分
福建之旅

第五部分
环游中国

第六部分
结束还是新开始？

外国人坚信白种人比黄种人优越，黄种人则恰恰持有相反观点。当外国人要求黄种人尊重科学和发明时，黄种人则请求外国人在生活安排中多考虑艺术和文学的重要性。

——路易斯（Lewis），1938 年

第 一 部 分

六千年的国际化之路

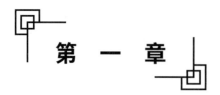

第 一 章

厦门大学——唯一的选择

> 1843年，厦门超越广州……
>
> 厦门，这座岛屿城市，将接纳从广州源源流出、一去不返的大量贸易份额。粤河（珠江的旧称）的水运缓慢沉闷，且常常不安全；而厦门湾的航道航程短、水深充裕、畅通无阻……除却优越的自然条件……我们的使团和考察团无不发现，相比中国其他地方，厦门对外国人、商人和游客普遍更友好，给人感觉更豁达大度……
>
> ——阿罗姆（Allom）和赖特（Wright），1843年

在 2019 年中国全国人民代表大会上，习近平主席说，他曾在福建生活和工作了十七年半，与福建有特别的缘分。而我不仅与福建有缘分，还与厦门和厦门大学有缘分。不过，说起来有点儿讽刺，因为我年轻时想探索地球的每一个角落，却唯独没考虑过亚洲。

我年轻时对中国没有兴趣，因为我对它一无所知。我的"世界"史课和地理课只涉及美洲、非洲、欧洲和澳大利亚。关于亚洲，我唯一知道的是，那是地球上我最不想踏足的地方，因为共产主义中国就在那里，我的父亲与中国打了十一年的仗，从朝鲜战争一直打到越南战争。当然，兜兜

转转，我还是来到了中国。缘分真的很会开玩笑。

我的第一个目标是澳大利亚，因为我看一篇杂志文章扬言称，对于有魄力、有决心的人来说，澳新地区充满机遇。但当我申请移民时，澳大利亚驻华盛顿大使馆回复："我们热切欢迎像你这样有远见的人，但很遗憾你需要再等上十年，因为必须年满十八岁才能移民澳大利亚，而你现在才八岁。"

我伤心不已。因为我认真地填完了所有表格，甚至得到了父母的同意。当我问父母我能否搬到澳大利亚时，他们说："去吧！"不过，澳大利亚使馆的工作人员给我寄了一箱介绍澳大利亚的儿童图书来缓解这沉重的打击。如今快六十年过去了，我还记得书中有一首诗，教我如何画澳大利亚的动物：

憧憬着澳大利亚的小比尔

　　　"你已在书页里看到了

　　远古的鸟兽，

　　也能画出袋鼠、

　　袋熊、黑天鹅。"

六十年后，我到过离澳大利亚"最近"的地方是厦大的芙蓉湖，因为那里有从澳大利亚来的黑天鹅。但现在厦门航空开通了厦门到悉尼的直飞航班，又让澳洲回到了我的愿望清单上。

经过漫长的时光，我终于年满十八岁，不过我没有再申请移民澳洲，而是入伍空军。我此前从未打算参军。我父亲从军十八年，他曾警告我，如果我参军，他就不认我这个儿子。可是当我看到空军征兵办公室窗户上一张美丽的塞舌尔群岛照片时，我走进去，问照片是在哪里拍的。三个小时后，我步履蹒跚走出征兵办公室。我签字奉献出四年的时间，换取了空军出资让我环游世界的承诺，而且如果我活下来，还可以免除四年的大学学费。

父亲十分震惊，但他只是警告我不要参加陆军，没说空军不行。[1] 于是，我带着对澳洲、非洲和中东的憧憬离开了家。完成一年的训练后，空军将我分配到佛罗里达州的坦帕市，离家仅 45 英里。

被分配回家令我大失所望，于是自愿申请到格陵兰岛服役两年。这是个没人会自愿去的地方，我的申请肯定能获得批准。但我的朋友却都主动争取去台湾，那是他们梦寐以求的任务。"跟我们一起去台湾吧！"他们劝我，"那是地球上最美的地方，有美丽的岛屿、宜人的气候和中国美食，而且生活成本很低，我们可以过得很好，还能省下一大笔钱。"

这激起了我的好奇心——我查看地图，发现台湾离据称会带来"灭顶黄祸"的共产主义中国大陆不到 100 英里。"不去！"我说，"哪里都行，就是亚洲不行！"

即便到了二十岁，我对中国的了解也不比八岁时多。我依然没吃过中国菜，没结识过中国人，除了看过热门电视剧《功夫》（Kung Fu），我对中国文化一无所知。那时，我天真地以为主演大卫·卡拉丁（David Carradine）是华人。

我又一次自愿申请去格陵兰，而我的朋友们都争着去台湾，但最后我的朋友去了格陵兰，而我则被打发去了台湾。这就是缘分。

我甚至确信自己最后会和中国大陆开战，所以写了份遗嘱，把车给了姐姐。当然，最后我活着回来了，但她没有把车还我。

在我离开坦帕前，一位空军军官向我简要介绍了中国。"我们不能低估中国大陆的威胁，"他说，"我们输掉了越南战争，共产党夺取亚洲后，就会开始侵占世界其他地方。即使是现在，世界上每四个人中就有一个是中国人。"

我说："长官，我家有四口人，但没一个是中国人啊。"

---

1 编辑注："参军"（join the army）的"军"（army）既可泛指所有类型的军队，又可指狭义的陆军。

汉语：只有一种声调

我从未离开过美国，所以台北的景象、声音和气味都让我不知所措。我记得军官在简要介绍中国时说过，汉语有四个声调，但我只听出了一种声调——喧闹。

被差遣来接我的中士弄错了日期，他没有来，这也是缘分。如果我坐着舒适的汽车去台中，直接前往清泉岗空军基地，那么我可能会和那些与中国人毫无瓜葛的美国人打成一片，在"文化绿洲"上继续过着美国式的生活，然后返回美国，对中国仍是一无所知。但是，没人来接，我不得不向中国人求助。

坐火车去台中最省钱，于是我逮了个年轻人问路，一边挥舞着双手做手势，一边发出"呜——呜——喔嘟——喔嘟——"的声音模仿火车。他笑着用一口流利的英语问道："你是要找火车站吗？"

我买了最便宜的火车票，绝想不到会在火车上待八个钟头，车上满是农民，带着他们的猪、鸭、鸡和一袋袋谷物。车厢内吵吵嚷嚷，臭气弥漫，火车行驶缓慢，每到一个村庄，哪怕那儿只有两头牛，也要停下来——但我从未如此着迷。我听不懂农民的话，但大家都在微笑。从衣着来看，他们并不富裕，但他们却是我见过的最开心的人，他们执意要将便饭分给我吃。我没见过筷子，当我最后放弃用筷子，直接用手吃饭时，他们笑了。

八小时后，当火车驶入台中火车站时，我已经爱上了这里的人，也爱上了这座郁郁葱葱的美丽岛屿。安顿下来后，我每周末骑自行车或搭公共汽车、乘火车或者徒步游历台湾。我还做了很多志愿者社会工作，比如到儿童医院帮忙。为了让我有更多时间做社区工作，我的

老潘在台湾，1977 年

指挥官甚至允许我每周只出勤四天，每天四个小时。毕竟这对空军来说也是很好的宣传机会。而且，尽管美国报纸危言耸听，但很明显，大陆不会发起进攻，所以我也没什么工作可做。

要沟通，不要武器

我到达台湾时，海峡两岸已不再兵戎相见，而是有了文字"交流"。一天下午，我走在清泉岗空军基地的田野上，从大陆飘来的气球撒下成百上千张宣传单，如雨点般砸在我头上。大陆飘来的气球恰好落到我头上，这得有多巧？缘分啊。当然，我对这些宣传单不感兴趣，因为我知道它们是共产党的宣传工具。但当台湾警察跑出来警告说，碰了它们要进监狱，我就想里面一定有好东西。我偷偷拿了几张回宿舍（我至今还留了一张在厦大的办公室里）。

我看不懂中文，但上面的照片却让我大吃一惊。大陆的农民和台湾农民长得好像！后来我才知道，有四分之三的台湾人和大陆人有亲缘关系，原来这就是"两岸一家亲"！

在台湾待了几个月后，我申请将服役期限从一年延长到两年。如果不是美军撤离台湾，我可能会一辈子留在那里。但我越喜欢台湾，对中国的其他地方就越好奇。我常常坐在沙滩上，眺望地平线，想象着在 80 英里外的对岸，生活会是什么样的。1978 年，我离开台湾，发誓有一天一定要去大陆看看，了解更多的中国历史、文化和语言。最终，我如愿从台中的旧居穿过海峡，来到对面的大陆——但没想到这花了我整整十年的时间。缘分实在妙不可言！

比尔和苏在洛杉矶唐人街
1981 年 6 月

中国是我的媒人

1981 年 2 月，我从空军退役，开始攻读跨文化研究硕士，为追求我的"中国梦"做准备。当时，我一心扑在学习上，一心想着去中国的事情，根本不考虑谈恋爱和结婚，因为我想不出在当时有哪个美国女孩会愿意在中国生活。不过，在1981年4月19日复活节礼拜天，我和一些台湾朋友在帕萨迪纳市吃复活节午餐。他们向我介绍了一位金发碧眼的美国女孩，让我惊讶的是，她在台湾出生和长大，也想去中国。我和那个女孩成了亲密的朋友，那年圣诞节，我们飞回台湾结婚。

比尔和苏的婚礼
1981年12月13日

洛杉矶飞往台北的航班会在香港中转停留一天，于是我们花了六个小时，转了好几辆大巴前往新界，就为了早点看一眼中国大陆。可惜当我们抵达边界时，天色已黑，除了远处的灯光什么也看不到。回到酒店，我们才发现坐火车五十分钟就能到了，不必坐六个小时的巴士。

比尔和苏在洛杉矶唐人街
1981年6月

1981年到1988年间，我攻读了硕士和博士，创过业又把公司卖掉。这期间，我们的梦想是到中国留学，所以我们设法了解大陆的最新变化。我们经常去洛杉矶的唐人街买《中国建设》（现名为《今日中国》）的杂志，里面满是中国各地的人们洋溢着幸福的彩色照片，拍得很是好看，改革开放的政策让他们过上了好日子。我怀疑这些报道大多是宣传工具，但至少它提供了不同于西方媒体的视角，西方媒体常常撰写骇人听闻的报道，它们笔下的中国自20世纪50年代以来就没有变过。

1987年，我卖掉了公司，全力以赴撰写博士论文。但我们对于何时才能去中国仍一无所知，直到迎来了缘分的再次造访。

厦门是唯一的选择

1988 年 4 月，一位不相识的美国人从泰国给我们打来电话。"听说你卖掉了公司，打算去中国大陆学习中文。那你听说过厦门大学吗？"

"没听说过，"我说，"我太太上个月刚生了孩子，所以我们今年可能不会去了。"

仅仅过了五天，我们又接到了加州奥兰治县莱克根特（Lakegent）先生的电话。我们不认识这个人，他也不认识先前那位从泰国打来电话的人。但他和五天前的那个人一样，问道："听说你卖掉了公司，打算去中国大陆。那你听说过厦门大学吗？"

1987 年的比尔和苏

来华之前的全家福

我顿时蒙了。"听过，就在五天前！厦门大学到底有什么特别的？"

"如果你想在中国学中文，那它是你**唯一**的选择。"他说，"全中国只有厦大的海外教育学院为携家属的学生提供宿舍，而且中国的法律不允许留学生在校外租房。"

第二天上午，我们去了他的办公室，得知厦门在福建，但我们连福建在哪都不知道。可以看出，外国人对中国真是知之甚少。早在一千年前，福建就作为海上丝绸之路（习近平主席的"一带一路"倡议就是受此启发）的起点而闻名于世界。马可·波罗的波斯之行就是从泉州出发，而哥伦布曾经憧憬的目的地也是泉州。19 世纪时，福建以茶著称，厦门（当时英文名称为 Amy）也因拥有中国最好的港口和当地人的开明好客而闻名。但到了20世纪末，外国人对福建却一无所知了。

即使是曾在台湾生活过的苏和我，也不知道在台湾海峡对岸不到100英里的地方就是福建。但我们很高兴能到离台湾那么近的地方生活，我们猜想两岸的居民肯定非常相似。

最先展现出主动欢迎姿态、吸引有家庭的外国学生前去求学的，竟是这么一所坐落在中国南部岛屿的小小大学，这让我很是吃惊。我本以为带头的会是规模较大的北京或上海名校。但在后来的几年乃至数十年里，我了解到厦大自1921年由享有"亚洲的亨利·福特"美誉的陈嘉庚先生创办以来，在很多领域都居于全国前茅。我在2006年厦大85周年校庆之际写了《魅力厦大》（*Xiamen University—Strength of the Nation*），在书中列举了厦大的几十项"第一"。但厦大向外国学生敞开校门，是因为它自成立之日起，就是中国大陆国际化程度最高的大学。

厦门大学之所以是中国国际化程度最高的大学，是因为它具有开明的闽南精神，而闽南精神正是形成福建六千年全球传承的根基。这一点，我会在下一章详细介绍。

补充资料：厦门大学的一些"第一"

国际化程度最高的大陆高校

中国唯一一所由海外华侨创办的重点大学

中国第一所招收留学生的现代大学（海外教育学院）——1956年

中国函授教育的先锋（始于20世纪50年代）

中国第一所在海外开设校区的大学——厦门大学马来西亚校区（2014年）

中国第一个东南亚及海外华侨研究机构

中国最早教授国际法的大学之一

唯一一所地处中国经济特区的重点大学

商业和企业领域的"第一"

1921年成立时便设有商学院和教育学院

中国首个授予MBA学位的大学

中国首个招收 EMBA 学生的大学（在 EMBA 领域人气排名第四——2006年）

中国招收最多 EMBA 学生的大学

国际 OneMBA 项目在中国的唯一合作伙伴

全国首批唯一的财政学国家重点学科点

中国最早设立经贸学院的大学之一

中国领先的经济学院（中国第一份经济学刊物，1959 年）

至少与八十九个外国学院建立校际联系

与台湾省关系最密切的大学

中国大陆离台湾最近的大学

中国第一个台湾研究所

中国第一份台湾研究季刊

多个领域的领头羊

"现代航空学的摇篮"

"现代中国海洋学的摇篮"（培养了海洋学的第一个博士）

中国第一个海洋生物实验室（被誉为"中国的伍兹霍尔海洋研究所"，20 世纪 30 年代）

中国领先的化学系

中国第一个固体表面物理化学国家重点实验室

中国唯一的分析科学重点实验室（数学和生命化学）

中国第一个高等教育研究和学位授予单位

培养出中国著名的数学家，包括陈景润等天才

中国第一个人类学博物馆

中国最美高校（依山傍水）

中国最美丽的校园（只有武汉大学能媲美）

中国最大的大学礼堂（眺望大海）

厦门大学会有越来越多的"第一"……

第 二 章

厦门大学的六千年全球遗产

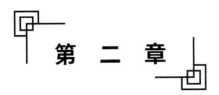

探险家从南日岛或平潭岛出发，然后穿过 130 公里宽的台湾海峡，直奔雪山而去，可能在今日台湾西北部的新竹或苗栗地区登陆。他们抵达台湾并在那里安营扎寨。这与考古记录相符，公元前四千年，台湾西海岸出现了多元化新石器时代文化——大坌坑文化，与海峡对岸的当代文化具有很大的相似性……"[1]

　　2019 年，在北京召开的全国人民代表大会上，我们福建人自豪地听到习近平说，福建不仅是古代海上丝绸之路的起点，也是 21 世纪海上丝绸之路的核心区，更是"一带一路"倡议的重要组成部分。这一倡议的灵感正来自福建古代贸易。

　　但福建丰富的国际遗产比海上丝绸之路更为悠久，至少可追溯到六千年前有着"全球海洋文化摇篮"之称的平潭岛。

1　桑切斯·马扎斯（Sanchez-Mazas）、艾丽西娅（Alicia）等人，"历史上东亚的人类迁徙：匹配考古学、语言学和遗传学"（*Past Human Migrations in East Asia:Matching Archaeology, Linguistics and Genetics*），《劳特利奇亚洲早期历史研究第 5 册》（*Routledge Studies in the Early History of Asia Book 5*），Routledge，第 1 版，2008 年 7 月 25 日。

厦门大学发掘六千年的福建海洋史

厦门大学拥有中国第一个人类学博物馆，也是国内最早成立人类学系的大学之一。厦门大学考古实习基地在福建平潭岛上攀村的国际南岛语族考古研究基地挂牌成立，旨在深入研究五六千年前定居于台湾、印度洋和太平洋岛屿的古人。他们的后裔在约两千二百年前将福州马尾培育成"船舶建造技术的摇篮"，又在一千年前开创"海上丝绸之路"。一百三十年前（在美国人看来很遥远，中国人却觉得犹如昨日），一个十七岁的农村男孩继承了这种不屈不挠的精神。他从集美出发，漂洋过海，历时十天，抵达新加坡，随父经营米店。米店歇业后，他便开始独自创业，不到七年即已成为百万富翁。这个男孩就是有着"亚洲亨利·福特"之称的陈嘉庚先生。后来他将毕生心血和财富倾注于教育事业，投身中国现代化建设——厦门大学便是其至高成就。

这个集美农村男孩何以成为具有全球化视野的"亚洲亨利·福特"？厦大百年来为何一直是中国最国际化的大学？这两个问题的答案蕴藏在让福建和福建人民六千年生生不息的福建遗产中。

世界上第一位环球探险家[1]

平潭岛的古代居民是世界上第一批真正意义上的远洋环球探险家，也是最早发明远洋航海技术的人。他们于五千至六千年前定居台湾，而后在附近海域开拓殖民地，东抵南太平洋的复活节岛，西到印度洋以西的马达加斯加，北至夏威夷，南达新西兰。

南岛语系是世界第二大语系[2]，使用人口达3.86亿，下分1257种语言，包括马来语（马来西亚和印度尼西亚地区）、爪哇语和他加禄语（菲律宾）。有证据表明，直到公元620年，福建仍有人使用南岛语。[3]还有证据表明，古南岛语族甚至曾踏足欧洲。

1　改编自《平潭县志》（*Pingtan Book*）。
2　白乐思（Robert Blust），2016年，《南岛语历史》（*History of the Austronesian Languages*），夏威夷大学马诺阿分校。
3　沃德·H.古迪纳夫（Ward H. Goodenough），1996年，《太平洋地区的史前定居》（*Prehistoric Settlement of the Pacific*），费城：《美国哲学会》（*American Philosophical Society*），第43页。

当研究人员在平潭发现有六千年历史的"有段石锛"时，很多怀疑论者都彻底噤声。这个石锛与在太平洋岛屿上发现的石锛一致，进一步印证了平潭和南岛语族间的联系。

2008 年，桑切斯·马扎斯等人绘声绘色地描绘了六千年前的一幅生动景象，人们远渡重洋，从平潭迁徙至台湾：

"探险家从南日岛或平潭岛出发，然后穿过 130 公里宽的台湾海峡，直奔雪山而去，可能在今日台湾西北部的新竹或苗栗地区登陆。他们抵达台湾并在那安营扎寨。这与考古记录相符，公元前四千年，台湾西海岸出现了多元化新石器时代文化——大坌坑文化，与海峡对岸的当代文化具有很大的相似性……"

"在台湾，十四种原住民族语言流传至今，让易于解读的语言证据得以重现。全都是南岛语。如今，也许大多数南岛语族人都认可台湾是南岛语族的故乡。出现在公元前四千年的大坌坑文化是南岛语族世界最古老的新石器时代文化，且自张光直以来，就被视为南岛族文化和语系的起源。"

数个世纪以来，福建远洋文化和技术蓬勃发展，约两千二百年前，福州马尾成为中国"船舶建造技术的摇篮"。一千年后，福建刺桐城（古泉州）成为海上丝绸之路起点。刺桐港被马可·波罗誉为世界第一大港，可与埃及亚历山大港比肩。

刺桐——海上丝绸之路起点

"世界上没有人比中国人更富有。"

——伊本·白图泰[1]

1492 年，哥伦布横渡大西洋，希望找到通往印度和中国（具体而言，福建南部的泉州）的捷径。哥伦布终究未能抵达泉州，而我却在 1991 年做到了，当时恰逢厦大带领外教探访古代海上丝绸之路起点。二十年后，习近平从这条海上丝绸之路中受到启发，提出"一带一路"倡议。

哥伦布在航行中随身携带《马可·波罗游记》，在好几处画了线。在

1　伊本·白图泰（Ibn Battuta，1304—1377），著名阿拉伯旅行家。

这些段落中，马可·波罗描述了返航时的港口拥有令人难以置信的财富：

"应知刺桐港即在此城，印度一切船舶运载香料及其他一切贵重货物咸萃此港。是亦为一切蛮子（南方的中国人）商人常至之港，由是商货、宝石、珍珠输入之多竟至不可思议，然后由此港转贩蛮子境内。我敢言亚历山大或他港运载胡椒一船赴诸基督教国，乃至此刺桐者，则有船舶百余……此城为世界最大良港之一。"

哥伦布从未踏足中国，对西班牙而言是件幸事。

获得财富的三种途径

获得财富有三种途径：挣钱、继承或偷窃。五百年来，殖民主义者纷纷选择了第三种途径。哥伦布于 1492 年"发现"了美洲，而西班牙在 1500 年到 1650 年间，仅依靠偷运走约 180 吨黄金和 1.6 万吨白银（是当时欧洲白银储备的三倍），就成为欧洲最富有的国家。假若哥伦布当初登陆的不是西班牙，而是中国，那么黄金就该从西班牙流入中国人的口袋了，因为中国是当时最富有的帝国，拥有最强大的军队，可保护自身赚取所得且不屑偷盗行径。

1405 年，郑和率领一支由六十二艘宝船和两万七千八百名士兵组成的舰队，开启了七下西洋的史诗般航海之旅，远涉亚洲、非洲和阿拉伯，比哥伦布早了近一个世纪。他的舰船长约 127 米，而哥伦布的"圣玛利亚号"仅长约 36 米。观察家们称，郑和舰船的船桅如同长在海上的森林，船上满载着水、大米、丝绸或瓷器。

伊本·白图泰在三十年间游历了 11.7 万公里，成为历史上最伟大的旅行家。他抒发了对刺桐船只的惊讶之情：

"大船有三至十二帆，帆系用藤篾编织，其状如席，常挂不落……每一大船役使千人：其中海员六百，战士四百，包括弓箭射手和持盾战士以及投掷火油瓶的战士……此种巨船只在中国的刺桐城（泉州）建造，或在中国的穗城（广州）建造……"

中国先进的造船技术（如水密隔舱）直至 19 世纪中叶才传入西方。

早在 2000 年前，中国就造出了吃水极浅的明轮战舰，几乎可在陆地行驶。中国还造出了大炮、巨型弩弓、地雷、水雷和化学武器，远超其他国家的想象。

中国军事发明示例

公元前 4 世纪：化学战，牛皮制成的风箱把熊熊燃烧的干芥末和有毒物质产生的毒气喷向敌军，比一战的芥子毒气早两千三百年。

公元 1 世纪：适用于浅河道的明轮战舰。

公元 9 世纪：采用人体排泄物、附子草、乌头、巴豆油、亚砷酸盐、硫化砷、灰烬、桐油、皂豆荚等有毒物质混合火药制成的手榴弹和炸弹，可产生黑烟以掩护行动或迷惑敌人。

公元 10 世纪：火焰喷射器、照明弹、烟火、炸弹、手榴弹、地雷、水雷、火箭和多级火箭。

公元 11 世纪：船上的水密隔舱（西方直到 19 世纪中叶才出现）。

公元 13 世纪：枪、火炮、臼炮和连发铳。

孙子兵法，和平之道

中国人没有远征的野心是世界的幸事，要不然今天恐怕全世界都会说汉语。古代中国人崇尚以和为贵，寻求共荣。即便是史上最伟大的军事著作《孙子兵法》也告诫道，战争是不得已而用的最后手段。这与孔子时代的价值观与道德观（孔子称之为"好古"，见《论语·述而》第一章）不谋而合。

正如老子所言，君子会避免穷兵黩武，因为不管敌方、我方都是人类，并无二致（见《道德经》第三十一章）：

"夫兵者，不祥之器，物或恶之，故有道者不处。君子居则贵左，用兵则贵右。兵者不祥之器，非君子之器，不得已而用之，恬淡为上，胜而不美，而美之者，是乐杀人。夫乐杀人者，则不可得志于天下矣。吉事尚左，凶事尚右。偏将军居左，上将军居右。言以丧礼处之。杀人之众，以悲哀莅之，战胜以丧礼处之。"

但如果战争已不可避免，《孙子兵法》称决定战事胜负的重要因素在于"主孰有道"（《始计篇》）。这些观念深植于中国人的精神中，让中国选择诚实经商之路，而非殖民掠夺的盗贼行径，而世上再没其他地方的商业比传说中的福建刺桐繁荣。

刺桐——和平之城

泉州曾住有四万阿拉伯人，他们称泉州为"刺桐"，与阿语中的"橄榄枝"谐音，象征和平。刺桐还有个英语别称叫"Stain"（绸缎），因外国人认为此地拥有中国最上等的缎子和丝绸。伊本·白图泰写道：

"这是一个巨大的城市，此地织造的锦缎和绸缎，也以刺桐命名……刺桐城极扼要，生产绸缎，较汗沙（杭州）、汗八里（北京）二城所产者为优。"

外国人在福建政府担任要职

穆斯林因精通贸易、商业和行政管理，屡获中国统治者任命，担任省市级高官要职。我有幸在永春一家制香厂与穆斯林后裔蒲重庆先生相识，他的祖先于公元1200年左右来到泉州。据蒲先生说，他的先祖之中，有一位便是泉州市舶司蒲寿庚，后任福建行省中书左丞，还有一位也在四川省重庆担任总督。

尽管穆斯林在刺桐从事丝绸、瓷器和珍珠贸易，但给后人留下的最宝贵财富当属贸易知识。阿拉伯商人带着比任何珍宝都珍贵的数学和科学知识，从古老的刺桐漂洋过海，广为传播，对西方科学和数学发展产生深远影响。

泉州不仅是繁荣的商业枢纽，也是文化和宗教交流的中心。古泉州有三道同轴城墙，各路宗教云集——有犹太教、基督教景教派、天主教、伊斯兰教、摩尼教、印度教、耆那教，甚至藏传佛教，无怪乎在1991年时被联合国教科文组织评为"世界宗教博物馆"。

1322 年，安德烈·佩鲁贾（Andrea Da Perugia）继任刺桐天主教主教，他于 1332 年去世，其墓碑于 1946 年被发现。在 1308 年抵达中国时，他认为中国是片神奇的土地，所见所闻令人难以置信，并在 1326 年写道：

"我们得到了帝王馈赠的阿拉法（Alafa），用来购买衣服和食物。阿拉法是帝王赐予诸侯国使节、说客、勇士、各类艺术家、吟游诗人、贫民以及各种不同境况人士的薪俸。这些薪俸的总额超过了好几个拉丁国家君主的收入和开支。

这位伟大帝王的财富、智慧和荣耀无可争议，可称得上普天之下，莫非王土；率土之滨，莫非王臣。他的帝国体制优越，举国上下无人敢与邻居拔刀相向。我将不再赘言，因为只言片语无法描绘我的所言所闻，听者也可能会觉得不可思议。就连身处该王国的我听到一些传闻，都难以置信……

实际上，在这个庞大的帝国，各个民族、各种教派、所有的人都可以按照自己的信仰自由地生活。

再见了父亲。以上帝的名义，从今日直到永远。公元 1326 年 1 月于刺桐城。"

明朝时期，泉州贸易逐渐衰落，对外贸易也被官方限制在广州，但外国人逐渐将贸易转移到厦门（当时称 Amoy），因为这里不仅拥有世界上最好的天然港口之一，还有中国最开明的人民——至少早期的作家如是说。

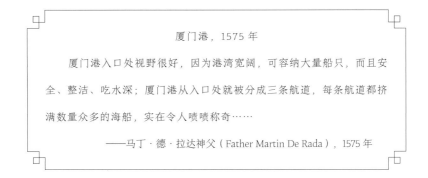

厦门港，1575 年

厦门港入口处视野很好，因为港湾宽阔，可容纳大量船只，而且安全、整洁、吃水深；厦门港从入口处就被分成三条航道，每条航道都挤满数量众多的海船，实在令人啧啧称奇……

——马丁·德·拉达神父（Father Martin De Rada），1575 年

厦门——华侨故土

1834 年 4 月 7 日，郭实腊（Karl Gutzlaff，1803—1851 年）叙述了厦门人如何在东南亚地区富裕起来：

"关于福建最著名，同时也是亚洲最伟大的商贸中心之一的这个商贸中心（厦门），还有几个重要细节我不能忽略。厦门港是一个深水良港，最大型的战舰都能轻松出入。这个地区的人似乎是天生的商人和海员。贫瘠的土地只能提供少量就业机会，无奈之下，他们只好背井离乡，前往台湾岛、迁居中国主要的商业中心、远赴印度群岛或在家乡沿海打鱼谋生。无论去向何处，他们很少处于赤贫状态。相反，他们通常家财万贯。他们依靠卓越的进取精神和勤勉努力，凭借雄厚的资金，掌控整个岛屿或全省的贸易。怀着对故土的无限依恋，他们略有斩获便荣归故里，或向家人大量汇款。许多定居在中国北方的商人每年都带着钱财回家。因此，厦门商人在中国海运行业占有举足轻重的地位，沿海贸易资本大部分来自他们的贡献，这一切也就不足为奇。厦门这块贫瘠的土地成了中国最富庶的地方之一，财富主要来自厦门人的创业精神。无论从地理条件、富裕程度，还是从中国所有出口产品的商铺数量来看，厦门无疑是欧洲商人开展贸易通商的最佳港口之一。葡萄牙人最早到这里做生意，荷兰人紧随其后，现在西班牙人也获得进入厦门的权利……"[1]

郭实腊还对厦门人的诚信大加赞扬：

"……他们的语言与普通话大相径庭，必须像我们学拉丁文那样努力学习普通话。在生意场上，他们以诚信著称。这一点中国其他地方的人难以望其项背。他们从不间歇地搜寻粮食，却并不吝啬，他们渴望培养公平的品性。厦门人很注意发展与生客的友谊，经常自由地与他们交往，不受政府管制。番邦经常任命厦门人为殖民地高管，委以重任。"

当西方国家像对待美洲和非洲一样，对亚洲进行殖民统治时，中国商人依靠软实力而不是硬实力应对。正如麦克雷在 1861 年所写的，中国人"优

---

1 郭实腊，《三次航海日记》，1834 年。

越的文明"体现在他们的"智慧、勤奋和生意头脑"上：

"一个值得注意的事实是，每当中国人移居他乡时，他们优越的文明迅速让他们超越本地居民。

凭借智慧、勤奋和生意头脑，中国人几乎垄断了所有重要、高回报的劳动部门，商业尽在指掌之间。他们成为所在社区的中坚力量和领导人物。"

闽南话把世界带到厦门

在1842年第一次鸦片战争逼迫中国开放通商口岸前，来自其他东南亚国家的外国人要与中国人做生意，必须要学习闽南话（福建南部和台湾地区的方言），因为大多数华侨都讲闽南话。直至今日，以菲律宾为例，90%的华人还在讲闽南话（我曾在菲律宾的两所中文学校开过讲座，那里的全部课程均用闽南话授课）。

第一次鸦片战争后，外国人聚集到厦门，原因很简单：他们已经会讲闽南话，无须再学一门新的语言。但即使没有共通语言，厦门也深深吸引着外国人，原因如前所述：厦门人拥有数百年的国内外贸易经验，被誉为中国最开明、最热情好客的人。阿罗姆和赖特在1843年写道：

20世纪初的一个三代同堂的厦门家庭

"除却优越的自然条件（中国政府反复在简报中提及），我们的使团和考察团无不发现，相比中国其他地方，厦门对外国人、商人和游客普遍更友好，给人感觉更豁达大度……"

1854年，吉莱斯皮（Gillespie）写道，不单厦门人，而是所有福建人都对外国人"开放且友好"，令人愉悦：

"跟广州不一样……厦门对外国人相当开放。外国人可以完全自由地进出沿海所有城镇。对一个从中国南方过来的外国人来说，访问厦门时首先印象深刻的是可以随意走动，无人干扰，这实在是令人心生喜悦！在南方都市，我时常被拒之于城门之外。能在街上自由行走，着实令人高兴……福建（厦门位于福建省内）全省人民性情极为友善……他们率直、开放，与外国人友好交谈。"

地球上最富庶的一平方英里

"穿过狭窄的水道，再乘慢船航行一个半小时，就到了鼓浪屿。对更为富裕的商人来说，这是一处舒适的乐土，退隐后的天堂，还一度是'地球上最富庶的一平方英里'美誉的竞争者之一。"

——诺马尔·古道尔（Normal Goodall），20 世纪 20 年代

第一次鸦片战争后，厦门成为被迫开放的通商口岸之一，外国人在鼓浪屿设立公共租界（另一个在上海）。截至 1870 年，厦门已有超过 500 名外国居民。1920 年，保罗·哈钦森（Paul Hutchinson）写道：

"外国人一般住在鼓浪屿上，鼓浪屿是厦门港的一个小岛，海岸线长约 4.8 公里，是中国沿海最美的地方之一。顺便一提，鼓浪屿的富人比世界上任何其他地方都多，加州帕萨迪纳除外。"

即使现在，人们也很容易相信，鼓浪屿是地球上最富庶的土地。时至今日，这座小岛上已有超过一千幢厦门装饰风格的豪华宅第，独具特色，这也帮助鼓浪屿被列入联合国教科文组织世界文化遗产名录。令人吃惊的是，这些豪华宅第的主人大多不是外国领主，而是中国人。

鼓浪屿的"国际警察"在警徽上印着十几个国家的国旗，唯独没有中国国旗，就是因为中国人在自己的国家没有权利，军队和海关都落入外国人的掌控（自然对外国鸦片征收极低的进口关税）。治外法

鼓浪屿的"国际警察"警徽

权意味着外国人很大程度上不受中国法律约束，但中国人却要服从外国法律管制。纵是如此，鼓浪屿上的巨大财富大部分还是属于中国人，而不是外国人。

以柔克刚

外国人企图用强权武力等硬实力来控制中国，但中国人却用软实力化解——一如几个世纪以来对整个东南亚地区施加的影响一样。事实证明，软实力不仅效果卓著，且具可持续性。

20世纪，西方在亚洲的约三十个殖民地都以失败落幕，那些依靠殖民政府庇佑和支持的西方企业也就此垮台，被中国企业家廉价收购。但中国人的情况则好得多，正如麦克雷在1861年写的那样，中国人依靠的是"优越的文明"和"智慧、勤奋和生意头脑"。

到了21世纪，东南亚华人贡献了国民经济的三分之二甚至更多，而他们的人口只占当地人口的3%到4%。在泰国，3%的华人占据了经济总量的60%；在印尼，4%的华人贡献了经济总量的70%；在菲律宾，3%的华人（其中90%会说闽南话）占了经济总量的70%。

鼓浪屿——地球上人才最多的一平方英里

1861年，麦克雷宣称中国人的成功得益于"优越的文明"，这亦适用于今日的中国人。但让这一优越的文明得以延续的是中国人一贯以来对教育的重视。

以鼓浪屿为例，不仅是"地球上最富庶的一平方英里"，可能也是"地球上人才最多的一平方英里"。这里有二十多家院校，培养出几十位在中国科学界、艺术界等诸多领域举足轻重的人物。

鼓浪屿是中国女子教育的先

鼓浪屿骆驼山

锋，是中国现代妇产科医学之母林巧稚的故乡，还是中国第一位近代体育教练马约翰的故乡。20世纪享誉海内外的著名作家林语堂也曾住在这里。其他出身鼓浪屿的名人包括：周廷旭，著名画家、首位获得奥运会奖牌的华人；贺拉斯·塔马格·戴（Horace Talmage Day），1909年出生于厦门的著名美国画家；卢戆章（1854—1928），"汉语拼音之父"；沃尔特·布拉顿（Walter Brattain），因发明晶体管而成为诺贝尔奖共同获得者；以及数以百计的中国著名音乐家，包括被《纽约时报》誉为"世界上最优秀的中国钢琴家"的殷承宗。

然而，陈嘉庚先生，这位对福建近代教育影响最深远的厦门人却未能在鼓浪屿接受教育。他从未学过英语，只在出身的小村子里受过九年传统儒家教育，但年仅20岁就创办了第一所学校，而后又陆续兴办了几十所，并资助东南亚地区的中英文教育——还创办了厦门大学。

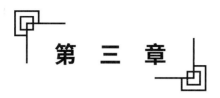

第 三 章

厦门大学——为国育才

> 这所学校（厦门大学）是一所完全中国式的院校，既没有外籍老师，也没有对外交流，偏居在中国的一座小村庄里。课程设置非常实用……若我们展望未来，在全中国最鼓舞人心的事物当中，这所学校称得上是其中一项。
>
> ——保罗·哈钦森，1920 年

为国育才

尽管福建省称不上中国历史古都，但福建人对中国学术史影响深远。英国作家埃夫丽尔·麦肯齐-格里弗斯（Averil Mackenzie-Grieves）曾于20 世纪20 年代居住在鼓浪屿，她写道，在中国国家名人录中，福建人的占比就远远超过一半：

"朱熹（1130—1200），中国最伟大的哲学家之一，福建人。一位福州学者向我指出，在中国出版的类似于《国家人物传记大辞典》的书籍中，一共收录二百八十二位名家生平，其中一百六十一人是福建人……"

宋明理学之父朱熹影响了东南亚近一千年之久。朱熹首次做官，便是在同安（现属厦门）。八百年后，同安的集美村（现属厦门）诞生了一位20世纪福建最有影响力的教育家，同时也是厦大的创建人。陈嘉庚先生最初仅是一个受过九年教育的农村男孩，但最终成为"亚洲的亨利·福特"。不仅如此，他还是一位儒家君子，为东南亚的中英文教育事业做出巨大贡献——尽管他从未学过英文。

对于陈嘉庚而言，"教育为立国之本，兴学乃国民天职"不仅是座右铭，更是一种生活方式。

陈嘉庚，1874年10月21日出生于与厦门岛仅有一湾之隔的集美村。随后，他接受了九年基础教育，学习儒家经典，但未能通过科举考试，现在看来，这对中国未尝不是一件幸事。假如中了科举，做了官，他可能就永远无法为亚洲商业、教育以及中国抗击外国侵略事业做出如此伟大的贡献。不过，儿时学到的知识已然令他求知若渴，后来他坚持自学，并撰写了一些书籍。

陈嘉庚崇尚儒家道德观和价值观，对于道德沦丧的日本和西方侵略者一个世纪以来的对华暴行，他深感悲愤，这构成了他的性格底色，也令他树立起毕生志向。1860年，英国用武力强迫中国承认鸦片贸易合法化，持续数十年的鸦片贸易令中国变得衰颓败落。1884年，陈嘉庚十岁，法国舰队驶向福建海岸，袭击福州，导致三千人丧生，当地古老的船坞也毁于一旦。

1890年秋，十七岁的陈嘉庚花十天时间漂洋过海，抵达新加坡。此行旨在帮助父亲经营顺安米店，不过，他还心怀比经商更为高远的理想。陈嘉庚早就下定决心发家致富，原因有二：一是资助中国教育，二是支持抗日战争。对于一个农村男孩来说，这些理想实属远大，但是他相信"天下兴亡，匹夫有责"。1894年，二十岁的陈嘉庚回到集美成亲，并捐资两千块银元，创办集美"惕斋学塾"，这是陈嘉庚创办和资助的首所学校。但是，就在一年后，他亲历中国迄今为止遭受的巨大屈辱，悲愤之情痛彻骨髓。

1895年，日本赢得甲午中日战争，中国被迫割让台湾，并赔款白银两亿两。此次胜利滋长了日本的傲慢与野心，驱使他们蹂躏中国数十年之久；20世纪30年代，日本进攻厦门，厦门大学被迫迁往福建西部的偏远山区。

全国人民都对清政府抗击日本侵略者的软弱无能感到悲愤，而陈嘉庚和厦门人民对此尤其愤慨——厦门人素来厌恶清政府，已有超过二百年的历史。1661年，伟大的爱国将领郑成功（国姓爷）在厦门代表明朝政府与清军背水一战。即使是到了20世纪初，厦门人还是会佩戴头巾，把讨厌的辫子遮掩起来。当时清朝统治者要求汉族男子一律蓄发留辫。一些厦门人坚决拒绝蓄发留辫：宁断头，不受辱。

1896年，陈嘉庚回新加坡经营父亲的顺安米店，但是1904年米店经营不善停业；这对陈嘉庚来说反而是件好事，他从此走上了独自创业之路，不到七年就成为百万富翁。1905年，这位颇有生意头脑的儿子拿着从顺安米店集资的七千元叻币购置土地，创办菠萝种植园。他的生意迅速扩展和多元化，接连开办菠萝罐头厂、碾米厂、制造厂、锯木厂、钢铁厂，涉足房地产、报业（创办《南洋商报》）和海运业，不过真正让他财富大增的还是橡胶。

1912年，陈嘉庚回到家乡，创办集美小学，在《集美小学记》中，他写道：

"余侨商星洲，慨祖国之陵夷，悯故乡之哄斗，以为改进国家社会，舍教育莫为功。"

陈嘉庚在菠萝园中种了几公顷橡胶树，到1925年，他已拥有6000多公顷橡胶园，成为马来西亚首屈一指的橡胶大王。他的业务不断扩展，开始制造橡胶鞋、轮胎、雨衣、网球、橡胶玩具等产品，并获得多项工艺专利和其他专利，由此催生橡胶产业。陈嘉庚从英国和意大利雇来的技术员未能成功开发出具有竞争力的优质轮胎，于是他把这个任务交给了三儿子，后者不负所托，成功研发出可以与凡士通等进口产品相媲美的轮胎。

截至20世纪20年代中期，陈嘉庚建立了总部位于新加坡的商业帝国，在五大洲共雇有超过三万名员工，设有一百五十家办事处，业务遍及四十八个国家。他采取多样化经营，涉足十多个产业，包括菠萝、冰糖、肥皂和巧克力、饼干、牙膏、生发水、化妆品、毡帽和假发、药品、皮革等等，此外还有银行业（1947年创办香港集友银行）。不过，多样化经营不仅仅是为了营利。他将商业视作一种战略，旨在培养中国谋求发展和现代化建设所需的熟练技术员和工人。正因如此，他把公司商标设计成钟状，寓意警钟长鸣，唤醒中国民众。

尽管陈嘉庚做事严格、略显苛刻，但对祖国和工人十分慷慨。年景好时，他会发给员工相当于一至两个月工资的奖金，这为他赢得了中国人和外国人的尊重和景仰。

英国殖民地部政务次官奥姆斯比－戈尔（W. G. A. Ormsby-Gore）在报告中提到了陈嘉庚：

"陈嘉庚先生在新加坡的工厂是亚洲乃至世界上最杰出的企业之一。在新加坡，这位富于进取的企业主亲自主持修建了一座大型多功能工厂，并对其进行扩建。工厂采用中国式管理，生产鞋靴、帽子、皮革橡胶制品（包括摩托车和自行车轮胎）和糖果蜜饯。他雇佣了几千名技术工人（其中包括大量出身较为富裕的中国妇女），将产品出口到中国各地和远东地区。菠萝罐头产业集中于新加坡，同样是中国人的产业，由中国人经营。荷兰东印度公司在苏门答腊岛和婆罗洲的当地种植户出品的湿橡胶，几乎全部要在新加坡加工成半成品，之后再出口到美国和欧洲。"

但是，橡胶价格出现暴跌，公司举步维艰；更糟糕的是，日军制造了残暴的"济南惨案"（1928年5月3日），在陈嘉庚提出严正抗议后，他的工厂被夷为平地。然而，即使资金困难，他还是坚持资助集美学校和厦门大学。

节俭的慈善家

富有的慈善家在世时往往会捐出一小笔财富，而在死后留下一大笔基金，因为死后唯一能带走的是个人的名誉。陈嘉庚先生施舍时慷慨得像个王子，生活却节俭得像个贫民。几十年来，他仅靠一点米粥和地瓜度日，雨伞和破旧手提箱用了又用。同时代的中国富豪都在厦门鼓浪屿修建豪华别墅，但是陈嘉庚却甘于住在家乡集美装修朴素的家里。正如他在家信中写道，他的家乡仍亟待建设，"不能自己在先，群众在后"。

1931年8月，陈嘉庚公司改组为陈嘉庚有限责任公司，陈嘉庚担心集美学校和厦门大学出现资金困难，于是要求把自己每月的薪水用于资助集美学校，称自己每月只需要一百元的生活费就已足够，而他的成年子女可以自给自足。

陈嘉庚对待时间像对待金钱一样俭省。他每天早晨五点起床（除了周日），一直工作到深夜。据说，他身上带的钱从不会超过五元。很少下馆子，从不喝酒或咖啡，对于抽烟也只是浅尝辄止。他的整个人生都围绕着经商展开，始终心怀助力重建祖国的宏伟梦想。

1937年，陈嘉庚当选南洋华侨筹赈祖国难民总会（南侨总会）主席。南侨总会是海外华人社区最大的抗日救国基金会。次年，日军炸毁了他在集美的家。新中国成立后，中国政府提出重建他的居所，而陈嘉庚却坚持先重建在战争中损毁的校舍。陈嘉庚的居所于1980年恢复原貌，现作为陈嘉庚故居博物馆，也是集美校委会的集会地。我认为陈先生故居中最感人的展品是破旧手提箱、雨伞和穿破的鞋子，这些物品默默陪伴着这位"身家百万的贫民"，数十年如一日。

陈嘉庚先生对中国的愿景

众所周知，在发表意见时，陈嘉庚总是果决大胆，并不顾忌他人是否会因此生气。他支持孙中山，曾一度拿出相当于国民党财政三分之一的资金予以资助。但是，在发现自己的错误时，他也能坦荡地做出转变。1940年，陈嘉庚率南侨总会代表团走访国民党所在地重庆（中国战时首都），以及共产党中央所在地延安。国民党的腐败堕落让陈嘉庚深感失望，他决定不顾国民党方面阻挠，亲身前往共产党延安大本营了解第一手信息。他走访学校、工厂，了解人民生活，共产党军队和领导人的昂扬斗志和训练有素给他留下深刻印象。陈嘉庚带着他对重庆和延安的观察回到新加坡。此前他一直是国民党举足轻重的支持者，但此行过后，他变成国民党的有力批评者。他推崇毛泽东，认为国民党终将被击垮，而共产党必将取得胜利。

陈嘉庚不仅提倡中国开展政治和社会变革，而且也提倡印度尼西亚、印度等其他亚洲国家开展类似变革，支持他们努力摆脱殖民统治。尽管反对殖民主义，但陈嘉庚仍是一名实用主义者，对于英国殖民者的优点，他会迅速学习，化为己用。尽管不会读写英文，但他阅读很多介绍英国如何围绕卫生、生活质量、医疗保健、教育、交通出行等问题，开展科学城市管理，最终实现新加坡现代化的中文译著。他鼓励中国也学习新加坡经验。不过，这位务实的企业家一生都在强调，中国应通过现代科学与教育谋求发展，而现代科学与教育，则应植根于传统的儒家价值观和道德观。他从小就笃信儒家思想，把儒家思想贯彻到自己开办的学校中。

陈嘉庚一生中最热心之事便是教育兴国。

二十岁，他创办集美学校；1912年，中华民国成立元年，他回到中国；1913年1月27日，创办集美小学。1920年至1926年间，他每年都开设新学校。经年累月，集美学村逐渐有了十一家学校，包括一所中学，以及农业、商业、林业和航海等专门学校。此外，集美学村的教宣处还在福建各地捐助了七十多所中小学。

陈嘉庚与学生们

新加坡经济陷入困境时，英国殖民当局试图操纵银行系统，阻止陈嘉庚向祖国汇钱。陈嘉庚愤然说道："不！企业可以收盘，学校绝不能停办！"

陈嘉庚还在新加坡助建或助捐至少七所学校，包括道南学校（1907）、爱同学校（1912）、崇福女校（1915）、崇本学校（1915）、新加坡南洋华侨中学（1918）、南洋华侨师范学校（1941）、南侨女中（1947）等等。陈嘉庚的慷慨并不限于中国学校。1919年，他向英华学校（Anglo-Chinese School）捐赠三万元，1941年向莱佛士学院（Raffles

College）捐赠一万元。莱佛士学院后与英皇爱德华七世医学院合并，最终成为今天的新加坡国立大学。

不过，陈嘉庚的掌上明珠始终是厦门大学。

厦门大学——陈嘉庚的掌上明珠

1919 年 7 月 13 日，陈嘉庚在厦门对三百名宾客发表讲话。他提出，福建省有三千万人口，但是却没有一所大学，而其他省份都有大学。在当时，中国确实有十多所大学，其中半数都由外国人经营，但是在学科建设方面，他们忽视了农、商、工——中国现代化的亟需领域。他还透露，自己在新加坡和马来亚的所有不动产（店铺、库房、橡胶园、土地等）都已赠给集美学校，作为永久经济来源。他希望以身作则，鼓励海外华侨"在东南亚和中国推广教育，而非将财富挥霍在奢侈浪费的娱乐和婚礼上"。

1920 年 11 月初，陈嘉庚拿出一百万元资金，创办厦门大学，又拿出三百万元，作为学校日常开支（每年二十五万元，分十二年支付）。厦门大学深居于厦门的稻田，坐落在风景如画的五老峰和海滩之间。陈嘉庚的勇敢之举不仅点燃了中国人的想象，也激发了保罗·哈钦森等外国人的思绪。1920 年，就在首块闽南花岗岩被恭敬地用于建设厦大校舍之前的几个月，哈钦森写下了厦门大学所承载的中国未来的希望：

"这所学校（厦大）是一所完全中国式的院校，既没有外籍教师，也没有对外交流，偏居在中国的一座小村庄里。课程设置非常实用……若我们展望未来，在全中国最鼓舞人心的事物当中，这所学校称得上是其中一项。"

建校第一天起就立足国际化

厦大从建校第一天起就立足国际化，全校一百二十名学生中几乎半数来自东南亚。陈嘉庚既高瞻远瞩，又脚踏实地，在创办厦大时，设有师范、商学两部。师范学院可以培养出新一代学者，让现代中国教育绵延发展，尤其可以惠及陈嘉庚的集美学校和福建各地的其他学校；而商学院则有利于推广现代商业实践，宣扬厦门人百年成功背后的远见卓识和价值观。

厦大最初设有商、法、教育、工、理和文六大学科。厦大以"自强不息，止于至善"为校训，并确定三大办学宗旨："研究高深学术，养成专门人才，阐扬世界文化。"

1923年，在给集美学校校长的信中，陈嘉庚写道：

1926年厦门大学全体教员合影

"十年后，待五千到七千名毕业生遍布各个机构和组织，中国便有望变得秩序井然。"

1926年，厦大成为中国最早开设研究生教育的三所大学之一。1937年，校长萨本栋先生以"宁缺毋滥"为厦大办学宗旨，厦大很快赢得"南方之强"的美誉。1947年，商学部下设国际贸易系。在1952年的院系大调整中，厦大成为中国十四所综合性高校之一，也是唯一保留了会计学、金融学和经济学学科的大学。

立足本土，放眼国际

厦大建校时是一所纯粹的中国大学，既没有外籍教师，也没有对外交流。不过，游历十几国的经验告诉陈嘉庚，商业具有全球属性，世界万物联系日益紧密，而这种演变甚至一个世纪以前就已出现。因此，陈嘉庚将"阐扬世界文化"作为厦大办学目标之一。即使是融汇中西、别具一格的嘉庚建筑（西式建筑，搭配优雅的中式屋顶）也体现着陈嘉庚牢牢扎根中国价值观和理念，打造现代化全球课程的愿景。

仅仅是五年之后的1926年，厦门大学便与其他四所高校联袂出席美国费城举办的纪念《独立宣言》签署一百五十周年世界博览会，在会上展现中国高等教育的风采。

陈嘉庚极为注重教学质量。他送学生出国留学，从外地选聘教师，购置最新设备，并强调体育的重要性。但是1937年春天，陈嘉庚遭遇严重财务危机，他请政府接管厦门大学，却从未停止对厦大的资助。陈嘉庚致信当时的教育部部长，称自己创办厦大"虎头蛇尾，为义不忠，抱憾无涯"。

同年，厦大迁至偏远的闽西山区——长汀。长汀是举世闻名的万里长征的起点之一，厦大在长汀的经历更像是"长期退隐"：八年时间里，厦大师生在临时校舍和寺庙改建的学堂中克服重重困难，潜心治学。1945年8月，日本投降；10月21日，新加坡五百家大型企业欢迎陈嘉庚归来。在十年爪哇流亡期间，陈嘉庚担心被日本人抓获，曾随身携带氰化钾毒药，宁死也不愿为敌军效力。1945年11月18日，重庆召开"陈嘉庚安全庆祝大会"，毛泽东主席为陈嘉庚题写条幅，上书"华侨旗帜，民族光辉"。

1946年，厦大迁回厦门校址，新任校长、著名生物学家汪德耀博士立即着手重建和扩建校园。陈嘉庚的愿景和资助、汪校长的辛勤领导终于开花结果。

1949年10月1日，毛泽东主席邀请陈嘉庚登上天安门城楼，出席中华人民共和国成立大典。1950年，陈嘉庚定居故乡集美村，将余生精力和财富都奉献给故乡的重建工作。1952年，中央宣布厦大成为中国十四所综合性大学之一。

20世纪50年代陈嘉庚视察厦门大学

陈嘉庚晚年

陈嘉庚晚年曾担任多项职务，包括中华全国归国华侨联合会主席，全国人民代表大会常务委员会委员和全国政协副主席。陈嘉庚还参与主持多个创新项目，如中国第一座跨海海堤（屡获殊荣的厦门海堤）、集美龙舟池（举办多项国内外水上活动），以及集美南薰楼（十五层，楼顶装有引航灯，引领渔民安全回家）。

陈嘉庚先生1961年因癌症去世，在北京举办国葬后，一辆专列将他的遗体送往家乡集美。陈嘉庚去世后留下三百万元，他生前施舍慷慨如王子、生活节俭如贫民，而且显然希望自己的后代也这样做，或者说，希望他们自食其力。陈嘉庚没有给家人留下财产，却把财富捐献社会：五十万元捐给集美学校基金会；五十万元用于建设中国华侨历史博物馆；二百多万元捐献给教育事业。

1962年，厦大被确定为国家重点大学；1963年，厦大成为教育部直属高校，此后稳步繁荣发展。1963年，厦大开始招收会计学研究生。1980年、1982年，厦大分别成为中国首批会计学、金融学硕士、博士学位授予单位。厦大向在中国留学的国际生颁发了首个会计学博士学位和首个审计学博士学位。1987年，厦门大学会计学学科成为中国第一批国家重点学科。

厦大共有在校本科生和研究生校友四十多万人。厦大四万多名在校生中，共有一万九千多名本科生、一万六千多名硕士生、三千多名博士生，内有三千多名港澳台和海外学生。厦大有三十一个博士学位授权学科，一百八十五个专业可招收培养博士研究生；五十个硕士学位授权学科，二百七十九个专业可招收培养硕士研究生，八十三个专业可招收培养本科生。

2012年，厦大在《自然》杂志《2011年中国自然出版指数》"十佳研究机构"评选中排名第六，而在教育部学科测评中，厦门大学共有十五个学科进入全国前十，工商管理名列其内。厦大拥有一百五十个研究中心，其中包括二十六个博士后科研流动站、国家重点实验室、国家实验室、国家研究中心、科技部下属重点国际研究合作中心、教育部人文社会科学重点研究基地。

2013年3月，厦大第四校区——厦门大学马来西亚分校（XMUM）成立。2016年2月，厦门大学马来西亚分校招收第一批本地学生，随后，该校还招收了来自中国和周边东盟国家的学生。厦门大学马来西亚分校是一所综合性大学，课程与主校区相同，目标是国际教师占三分之一，国际生占 50%。

厦大与英国、德国、法国、俄罗斯、美国、加拿大、日本、中国港澳台地区的二百所高等教育机构建立了学术联系，在十五所海外高校开设十五家孔子学院。

陈嘉庚的国际遗产

陈嘉庚向国内外教育事业捐款上亿美元（以现今标准计算）。1983年以来，陈嘉庚基金会一直在主持颁发研究生奖学金。1986年，诺贝尔奖得主杨振宁教授倡导兴办陈嘉庚青少年发明奖。1992年，杨振宁教授与另外两位诺贝尔奖得主丁肇中、李远哲教授携加州大学伯克利分校前校长田长霖教授、香港大学前校长王赓武教授共同创立陈嘉庚国际学会基金会，以陈嘉庚精神推动教育和文化发展。

为纪念陈嘉庚先生，1991年，新加坡总统黄金辉博士创建大学捐赠基金会，设立筹集十亿美元教育资金的目标。1990年3月11日，中国国际小行星中心把一颗编号为 2963 的小行星命名为"陈嘉庚星"。命名仪式在厦门大学举行。

最后，我家乡加州大学伯克利分校化学学院中还有一座"陈嘉庚楼"。我希望越来越多的中外人士能逐渐了解和仿效陈嘉庚无私奉献的伟大精神。

如今，陈嘉庚的"掌上明珠"厦大已与二百三十六所外国大学建立学术联系，在十三个国家中创办十五所孔子学院，拥有一千五百名国际留学生。陈嘉庚先生一生梦想着建设真正具有国际视野的中国大学，若能亲眼见证这一切，必将引以为豪。

一手拿笔杆，一手拿枪杆

到了 20 世纪 50 年代，中国终于迎来相对和平的发展环境，但是厦大发现其面朝台湾的海岸战略位置仍有不利之处。抗日战争期间，厦大在闽西地区经历八年离乱，结果到了 20 世纪 50 年代，又不得不重拾"一

厦大民兵在白城海滩巡逻

手拿笔杆，一手拿枪杆"这一口号。厦大学生在防空洞中上课，身佩步枪在厦大海滩上巡逻。国民党占领了金门岛，距离厦大如此之近，以至于拿着望远镜就能看到对面岛上的国民党士兵。尽管历经数十年磨难，但厦大从未屈服。相反，厦大成为中国国际化程度最高的大学，真正实现陈嘉庚阐扬世界文化的梦想。

中国国际化程度最高的大学

1956年，厦门大学海外教育学院成立，首次面向中国和海外学子开设函授课程，以此应对中国在20世纪50年代相对孤立的国际地位。整整五十年后，在信息技术的帮助下，"远程教育"才得以成为世界其他地区的前沿教育模式。自20世纪50年代以来，厦大培养的函授学生数量超过三万人，遍及一百多个国家和地区。1981年，厦大迎来了首位住校国际生。

南方之强，国家之强

1963年，厦门大学成为教育部直属重点大学。1995年和2000年，厦门大学分别跻身"211工程"和"985工程"建设高校之列。2017年9月，厦门大学入选国家"双一流"世界一流大学建设高校名单（A类共三十六所），"双一流"计划旨在到2050年将本国一批精英高校建设成为世界顶尖大学。

即便到了今天，厦大依旧是厦门经济特区的唯一重点大学。厦大拥有四个校区（包括厦门大学马来西亚校区），在校生近四万名。厦大一流的教师队伍包括两千六百多名专职教师和研究人员，其中二十二名是中国科学院或中国工程院院士。

见此成就，陈嘉庚必定深感自豪，当然，他的女婿、同样为厦大做出杰出贡献的李光前先生，一定也颇有同感。

李光前——陈嘉庚的门生和女婿

陈嘉庚是很多海内外华人的榜样，这一点对于陈嘉庚的女婿、厦大杰出的捐助人李光前（Lee Kong Chian，1893—1967）来说也不例外。

第一次见到未来岳父时，李光前在船甲板上冻得瑟瑟发抖。陈嘉庚之前宣布说每个与他同姓的人（即陈姓人）都可以得到一条毛毯。很多冻坏了的人都当场变成陈姓人！陈嘉庚问一名冻得发抖的年轻人为何没有拿上毛毯，男孩回答说自己不姓陈。陈嘉庚被男孩的诚实打动，当即宣布，任何人无论什么姓氏都可以拿到一条毛毯。

这名年轻人就是李光前。李光前出生于南安县芙蓉乡（就在厦门以北）。1903年，李光前随父亲前往新加坡，先后就读于英印学校、养正学堂、圣约瑟夫学校、道南学校。1908年，李光前获奖学金资助，并于1909年返回中国，进南京暨南学堂深造。1911年，李光前考入著名的北京清华学堂，之后转至唐山路矿专门学堂。

返回新加坡后，李光前在道南学校任教，还曾任地方测量员和一家华文报纸的翻译员。1915年，李光前入职陈嘉庚的中华国货公司。一天，陈嘉庚与李光前谈话，两人无意中听到有人正试图和外国人交谈。李光前上前为其翻译，他的能力和胆识给

陈嘉庚与李光前

陈嘉庚留下深刻印象。陈嘉庚从此特别关照这位年轻人，指导他经商，并任命他为陈嘉庚橡胶公司的部门经理。陈嘉庚将女儿许配给他，两人的关

系自此密不可分。不过，由于李光前性格谦逊低调，陈嘉庚只好请旁人牵线搭桥，才得以说成这门婚事。

1931 年，李光前成立南益橡胶公司，很快便成为"橡胶大王""菠萝大王"。李光前成为东南亚巨富，进军银行业和房地产业，1952 年，李光前成为华侨银行董事长。

1949 年 10 月，李光前捐款筹建马来亚大学，出资占建校资金的 10%。1958 年，该校授予李光前法学荣誉博士学位。李光前还设立"李氏基金会"，该基金会于 1952 年至 1993 年捐款超过三亿美元，其中 75% 用于教育事业。

1962 年，李光前就任新加坡大学首位亚洲校长，并捐款一百万新元建设医学院。李光前资助了多家学校，包括圣玛格丽特学校、循道宗女校、国专长老会小学和中学、新加坡国立大学。1934 年至 1957 年，李光前任南洋华侨中学董事会主席。尽管多次遭遇停学危机，他始终尽心尽力，维持正常办学。

李光前白天在政府工作，晚上教课，第二次世界大战期间，他被迫留居美国，在哥伦比亚大学任教。

和他的导师陈嘉庚一样，李光前也为祖国捐资助学。1939 年，他资助了家乡芙蓉乡的国专小学；1943 年开办国光中学。1950 年至 1954 年间，他又向陈嘉庚的集美学校和厦门大学捐款（李光前主持建造了五座俯瞰着大海的美丽花岗岩建筑）。

李光前于 1967 年去世，享年七十四岁。不过，他的企业家精神和社会良知将永远被人铭记，正如新加坡国立大学李光前商学院等机构便是以他的名字命名。

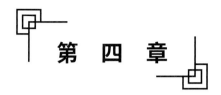

第 四 章

厦大往事——苦中作乐的艰难岁月

恰逢厦门大学八十五周年校庆之际，我提笔撰写《魅力厦大》以作贺礼。写作时，我发掘出一些过往轶事，这让我喜不自胜。这些轶事发生在第二次中日战争期间，充分展现厦大在长汀八年（1938—1946）艰苦岁月中可歌可泣的办学历史。轶事引人入胜，趣味十足，见证了厦大历经磨难的峥嵘岁月。

细细品读，我不禁意识到我们一家的厦大往事，尤其是 20 世纪 80 年代末到 90 年代初的这段时期，正是厦大蓬勃发展的小小缩影。起初，我向家人和家乡的朋友讲述这些轶事，希望帮助他们了解中国，更重要的是，了解中国人（我希望帮助他们摒弃成见和偏见，认识到中国人和老外毫无二致，拥有相同的希望与梦想）。我从未与中国人分享过往来书信，直到 2018 年外文出版社从我与家人朋友的上千封书信中甄选四十七封，汇集成《我不见外》（*Off the Wall*）一书出版，这些内容才得以公开。中国读者表示，难以相信三十年前的厦门风貌如我笔下所述，也难以相信中国在如此短暂的时间内发生了翻天覆地的变化。但无论这座城市和这所大学发生何种变化，其背后折射的厦门精神始终如一。

所以，我打算先分享几则长汀轶事，随后讲述我与家人早年的厦大经历。我在此分享的仅是我们一家的亲身经历，但也希望能帮助广大读者更好地体会厦门的显著变化，了解我们从抵达厦门的第一周起，就对厦大情根深种的原因所在。

体检趣闻

学校规定每位学生都要参加体检，如果体检结果显示身体欠佳，就需要减少该生上课节数。校方本意是让身体较差的学生多加休息，而学生当然希望尽可能多地参与课程，汲取养分。久而久之，学生逐渐摸出门道，总结出三大绝招并届届传承：

1. 睡觉！体检前几天，少吃多睡、减少运动。
2. 喝水！尿检前多喝白开水，让尿样澄清似水。
3. 等待！耐心等待，等大部分人体检完再去。彼时，护士着急走人，自然不会过于严格，体检也更易通过。

淋浴之灾

那时没有淋浴设施，于是有人想出个好点子——凭票按桶用水，冷水热水，一应俱全。学生高喊"热水！"或"冷水！"，管理员便按需提供。然而，世事总是不能尽如人意，管理员有时心不在焉，学生要冷水却给热水，要热水却给冷水。更有甚者，有时学生正在洗澡，管理员却中途离开，只留下那倒霉的学生，光着身子，在凛冽冬日里瑟瑟发抖。

为解决这个问题，学生定下个不成文的规定：但凡路过，只要遇见这种"淋浴之灾"，都要主动施以援手。在互相帮助下，"淋浴之灾"最终解除。

日机空袭

日本飞机频繁轰炸长汀，警报一响，人们就争先恐后地跑到防空洞避难。有一次炸弹袭击，一位学生被东西砸中了，顿时惊慌失措，因为他记得有人说过，人在被炸弹击中后，起初不会感觉任何异样。他吓得不轻，甚至不敢看自己的腿。许久之后，他终于慢慢地、小心翼翼地挪动腿，感到自己的腿还能活动，没有受伤。后来发现砸在身上的只是砖头，这才安下心来，不胜庆幸。

萨本栋校长与部分师生在长汀校门前合影

木屐钟

有些学生住得离教学楼太远，根本听不见课堂铃声，有手表者更是少之又少，想要按时作息实属难事。但天无绝人之路，他们很快就发现一个万无一失的报时工具——"木屐钟"。清晨，重重木屐笃笃而至，那是起床如厕盥洗之时；中午，噼里啪啦的笃笃声传来，那是午餐时间；傍晚，拖沓、沉重的木屐声响起，那是疲倦的学生们下课归来；夜晚，笃笃声百千齐作，震耳欲聋，那是就寝之时。

木屐钟走时准确，从不误事，也从未坏过。

厦大学生在长汀夜读的场景

鸡肉野餐

迁至长汀后，厦大时不时会举办运动会。据一位女学生回忆，她曾在长跑比赛中勇夺第一名，奖品是一只大活鸡。但那时和现在一样，胆小的女生连一根鸡毛都不敢碰，更别说操刀宰杀。于是，她找来男生帮忙。鸡是杀好了，岂知，这位女生也不会烧鸡，索性倒了半瓶酱油把鸡煮熟。然后，她与朋友相约宿舍后山山顶，就着清泉，美美地享用了一顿野餐。"鸡肉太咸，"她回忆道，"不过泉水倒是不错。"

"追女生三部曲"

长汀男女比例高达九比一，要追到女生可谓难上加难。于是乎，男生祭出"三步法"，即闻名遐迩的"追女生三部曲"。

第一步：排队约会。男生想见女生时，会让女生宿舍的门卫帮忙传话，但有时女生会让门卫骗男生说她不在。于是男生学会了给门卫小费，让门卫大声喊女生的名字，请她下楼。为避免影响他人休息，被叫到的女生只好下楼去见那个男生。

第二步：愿者上"钩"。第一次约会后，男生又会绞尽脑汁设法再与女生见面。其中一个最好的招数便是"借笔记本"。借还之间，男生就多出两次与女生见面的机会。有时，男生还会在本子里夹一张小纸条，上面写着："你愿意和我一起散步，讨论老师提出的那个问题吗？"

第三步：开花结果！经过多次约会和讨论，确有一些校园情侣最终携手相伴，相守今生。他们的婚姻因历经这段艰苦、难忘的岁月，更显弥足珍贵，彼此也更加珍惜。

爱笑的厦门人

中华民族是一个爱笑的民族……世界上没有任何一个地方的人像中国人那样对西方人拥有催眠般的魔力……很大程度上由于他们所拥有的禀性以及浑身上下所散发出来的幽默气质，就像美妙音乐融入精美诗篇那样自然……

由此很容易可判断，他们喜爱欢笑、快乐以及一切事物中光明和欢乐的一面……

……中国人幽默、快乐……他们现在在远东地区所拥有的地位是其活力和坚定勇气的明证。在过去数百年里，正是这份活力与勇气，推动这个黄皮肤的民族不断抗争，见证历史兴衰，王朝更迭。

——厦门传教士约翰·麦高文，1907年

中国式幽默——妻管严

乍看之下，中国人和美国人似乎有天壤之别，但中国式幽默显示出两国人民存在诸多共同点，尤其是中国明朝时期关于医生、官员、商人和严妻的笑话！

中文用"妻管严"一词形容丈夫惧内，与"气管炎"

厦门船工的微笑，传教士麦高文拍摄于1907年

音近。下面是我喜欢的一些关于"妻管严"的中国古代笑话。

等我准备好了　一个男人被妻子暴打一顿后，钻进床底。"立马给我滚出来！"妻子大吼。

"男子汉，大丈夫，说不出来就不出来！"男人说道，"等我准备好了，就会出来。"

老潘漫画："我还没准备好呢！"

至死不渝　一群怕老婆的男人正在召开紧急会议，商讨如何重拾尊严。一个爱捉弄人的光棍走到他们当中说道："你们的老婆听说了这次聚会，正朝这赶来，要收拾你们呐！"听罢，男人们大惊失色，夺门而逃，唯有一人没动。

"他是唯一一个有胆量对抗老婆的人！"光棍感叹道。

可是走近一看，才发现那个人被吓死了。

愤怒的葡萄　一个县官问堂上师爷，他脸上的抓痕是怎么回事。那个师爷尴尬地说："昨天晚上，我在院子里散步，想呼吸一下夜晚清冷的空气，不想这时一个葡萄架落到我脸上，这才刮伤了我的脸。"

县官断言道："只有恶妇才弄得出这样的抓痕。立马把那个妇人给我带过来！"

县官的老婆正好在隔壁，听见这话，怒气冲冲地冲进公堂。县官一见老婆，惊恐万分，吼道，"退堂！全部退下！我家的葡萄架也要倒了！"

倒夜壶 两个怕老婆的男人互吐苦水。一个人说，"我老婆凶得很，竟然要我去倒夜壶。"

"岂有此理！"他的朋友说，"哎呀，如果我是你——"

"如果你是他，怎么样啊？"身后传来他老婆的声音。

"如果我是他，二话不说便去倒了。"

总能合身！（真实故事！）

中国人不讲笑话时也很幽默！苏在夜市上试穿一位老奶奶卖的毛衣，但实在太大了。"没关系！"老奶奶说，"洗了会缩水的！"

"我想再怎么缩水也无法合身，毕竟大这么多呢。"苏说完又继续挑，终于看到一件喜欢的，可惜这件太小了。

"没关系！"还是同一位老奶奶，她说，"等穿上身就会撑大啦！"

"Shrinks when washed!"

老潘漫画："洗了会缩水的！"

第 二 部 分

厦大度假楼

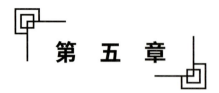

第 五 章

搭乘慢船去厦门

> 美丽的厦门港
>
> 从海上缓缓接近，这座港口可谓景致宜人。崎岖起伏的岛屿、岩石嶙峋的山丘、蔚蓝的海水，还有漂亮的鼓浪屿，鼓浪屿上建筑色彩缤纷，宛若南欧小镇，这一切共同组成一幅引人入胜的风景画。
>
> ——鲍勒（Bowra），1908 年

1988 年 9 月

在前往香港的飞机上，1988 年

我和苏在台湾结婚七年后，终于决心破釜沉舟。在"东方之珠"香港逗留三个星期后，我们推着双座婴儿车，带着一摞行李箱、大衣箱，站在香港码头的灰色水泥地上，既兴奋又紧张。一辆老旧的巴

士在我们身旁停下，一批日本游客从车上涌下来，他们头上戴着棒球帽，脖子上挂着相机，手里挥舞着旗子。

我们推双座婴儿车上了步桥，登上集美号，向身着制服的干练乘务员出示了护照和船票，乘务员领着我们去客舱。在香港忙碌三周后，我期待着在客舱里享受十八小时的安宁旅程。但事与愿违。大约午夜时分，苏吓得大喊："比尔！"

原来整艘船上蟑螂肆虐，搅得我俩当晚睡不好觉。第二天早上，船上的喇叭也来侵扰，弄得我们精疲力尽。先是传来一段非常响亮的中文乐曲，接着是整整五分钟的中文广播，随后是二十秒英文总结："海外华侨同胞和外籍人士请前往一号区的卫生检疫站，本国同志请前往二号区。请各位填好入境表。"

等待检疫的队伍从一号区往下排了两截旋梯，一直排到我们客舱外的过道上，而海关、出入境和卫生方面的公务人员还没登船。我们盯着舷窗外看，外面人头攒动，挤满了乘客的亲友、三轮车车夫、码头工人和乞丐。大约半小时后，人群中让出一条道，十四位公务人员大步迈上步桥，走进集美号船舱内部。

我思忖着，他们是否凡事都要刻意拖延。我曾经读到过，在埃塞俄比亚，重要人物只执行重要任务，重要任务自然要耗费更多时间，于是人们做什么事都慢吞吞的，好抬高自己的社会地位。

公务人员又花了半个小时与高级船员寒暄，互敬香烟，倒茶，堆叠各种表格。排队办手续又耗了数小时，因为只有四位公务人员在柜台旁工作，其余工作人员则呷着可乐，抽着烟，看那四个人工作。

我排了两小时队才到

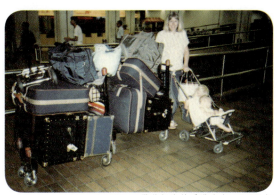

带着行李从香港出发，1988 年

一号区的门口。公务人员板着脸，反复细查我们一家的护照和卫生表格，仿佛以前从未见过同样的文件。他拿着卫生表格在我面前挥了挥，质问道："你们从来没得过这些病吗？"

"从来没得过。"我说。

"另外三个人在哪儿？"

"在客舱里。我老婆带着两个宝宝，排队两个小时太辛苦了。"

官员眯起眼说："我必须当面见到他们。"

我扫了一眼身后迂回曲折的长长队伍，问："我把他们叫过来后，能直接回到队伍最前面吗？"

"不行！到最后面排队去，这是规定！"

我往回走，真希望自己能像中国人那样心平气和，默默地忍受一切。不过，有几个人向我投以同情的微笑，我意识到，在看似不露声色、泰然自若的外表之下，藏着相似的心灵。（那时我根本想不到，几年后，连严词厉色的海关人员都成了我的朋友。）当我带着苏和两个儿子回来排队时，人群让出一条路来，如红海海水在摩西脚下自行分开。看到我们这两个黄头发的小宝宝，人群发出阵阵称赞："真可爱！"几乎每个人都说："排到我们前面去，到前面去。"

很快，我们又回到队伍的最前面，我把手上的文件一推，放到那位公务人员的眼皮底下。

他呆呆地看着我，肯定没想到我居然不用排到第二天就回来了。他把每本护照的每一页又重新检视一遍，唯恐我去把苏和儿子们叫来时动了手脚。他甚至盯着空白页看，仿佛是在查找用隐形墨水书写的隐秘信息。

那位公务人员颇不情愿地给每份文件盖章，把表格扎到一根生锈的大钢钉上，气势汹汹的，我吓得瑟缩，就像吸血鬼德古拉面对一根能杀死他的木桩。接着，他把我们一家的护照和四枚小小的金属圆章朝我们这随便一丢，说："下一个。"

下一站的工作人员一把抓走四枚圆章，船员利落地朝我敬礼，两名甲板水手接过我们的行李，搬下钢制台阶。在一片"老外！"的叫声中，我吃力地拖拉载着两个男孩的双座婴儿车。我们找到已分散到各处且磕碰磨损的行李箱，朝海关走去。

"有要申报的东西吗？"百无聊赖的官员问道。接着她看到我们的两个小宝宝，绽出笑容。"真可爱！"她察看了我们携带的十件行李，疑惑地问："来旅游？"

"来厦门大学学中文。"

"学生呀？欢迎来到厦门！"她不再多说，挥一挥手让我们通过了——不用填表格，也不用开箱检查。

我想，您就是潘先生吧？

中国的现实情况最是令人手足无措，绝不可能通过死板的统计数据为此做好准备——中国人口占世界人口的五分之一，和平码头上似乎聚集了其中很大一部分。人潮的喧嚣如涨潮的潮水淹没了我们。这时有人高喊："潘先生，您终于到了！"

和平码头上的轮船，1988 年

我们在厦门无亲无故，连学校领导都不知道我们搭乘哪一班船来。可是确有一位老人，穿着一身毛泽东时代的灰色外套和制服帽，一边喊我，一边挥摆着纸板，上面潦草地写着我的中文名字"潘维廉"。他左拐右绕穿过熙熙攘攘的人群，用双手抓住我的一只手，抱了我一下，边笑着边连珠炮似地哇啦哇啦说了一串中文。我听懂了大意。"我不知道您什么时候来，连着一个星期，每一班船我都来接。"他看到我们茫然的神情，解释道："我是约翰，老常写信提过你们。"

老常是我在攻读硕士期间认识的一位来自上海的中国人。"文化大革命"后，他移居美国，我曾聘请他当我们的中文老师，每天中午教一小时，每个月付他五百美元。一年后，我们手上的钱少了六千美金，比以前更穷了，却没有学到多少中文。不过他给我们讲了许多关于中国的故事——我们觉得大部分都很牵强：公交车夜里摸黑行车，鱼唇吃起来很可口。我听得越多，越怀疑我的硕士学位应当是跨星球研究，而不是跨文化研究。

老常听说我们准备去厦门大学，便告诉我们："我有朋友在厦门！我会给他们写信介绍你们。"

"没关系。"我告诉他，"我们到时要忙着学中文，可能一开始没时间交朋友。"

"好吧。"他应道，然后还是给那些朋友写信了。我们很庆幸他写了信。从香港到厦门历时十八个小时，好不容易下了船，我们真是精疲力竭，十分感激在这汹涌的陌生人潮里有一张亲切的面孔，帮我们一把。

约翰再次拥抱我们，满面欣喜，开怀大笑，两颗金牙在阳光下闪烁。"这两个是你们的儿子吧？真可爱！"我们把十个行李箱堆上一辆老旧的解放平板车，前往大约四公里外的厦大。狭窄的街道坑坑洼洼，蜿蜒曲折，两边排列着三四层高的建筑，看起来更像是欧洲建筑，而非东方建筑。多年后，我们才了解到，这座风景如画的港口城市是鸦片战争后被迫开放的五个通商口岸之一，因此融合了亚洲、美国、英国、法国的建筑风格，20世纪早期的学者专家称之为"厦门装饰风格"。

货车一路颠簸，最后停在大学附近一家招待所门前，招待所名叫"度假楼"。我本以为要花两年的时间学习中文，但最后只学了一学期。在"度假楼"的生活与度假相去甚远，但肯定是一场奇遇。

第 六 章

度假楼里的学生生活

我们在厦门大学的头几个月过得非常沮丧，说起来几近荒唐可笑，就像生存真人秀节目一样。难怪那时在中国逗留超过一年的外国人寥寥无几，不过他们也许并不后悔就那么甩手走人，把住处留给我们。2004 年，厦门被联合国教科文组织评为全球最宜居城市之一，然而 1988 年时，在厦大的"度假楼"生活并不像度假，更像是进了新兵训练营。不过，与新兵训练营一样，那是一堂宝贵的生存速成课，向我们传授了中国文化，至今仍让我们受益匪浅。而且，幸运的是，我们最初觉得难以相处的那几位中国人，后来都已成为我们的朋友，几乎亲如家人。

厦门大学——南方之强

走入厦门大学，首先映入眼帘的便是东西方建筑的融合之美。大学里如诗如画的西式建筑搭配中式屋顶的设计，象征着创办人陈嘉庚先生希望在中国传统价值观的基础上发展现代教育的愿景。

1988 年 9 月，厦门大学校门

陈嘉庚也致力于"广纳世界价值观"。1956 年，厦大成为中国第一所招收外籍学生的大学。1988 年，我们之所以来厦大，仅仅是因为厦大是当时中国唯一一所为外籍学生和家眷提供住所的大学。许多成家的外籍学生都迫不及待地抓住这个机会，宿舍人满为患。为此，校方把我们安顿在校园外的"度假楼"。

度假楼有三层高，离教室和食堂也不近，但从我们住的二层楼窗户看出去，外面景色足以媲美《国家地理》的风景照。街对面的南普陀寺有一千三百年历史，庙宇和禅院散布在五老峰上。小贩在寺门外兜售佛香、蜡烛

度假楼房间内景

等佛教用品以及纸钱。进香拜佛的人会一摞又一摞地烧纸钱，面值好几十亿元呢。我猜阴间的通货膨胀肯定高得吓人。

窗户下方，摊贩的吆喝声此起彼伏："冰糖葫芦！""现切菠萝！""茶叶蛋三分钱一个，两块五一斤！"修鞋匠来自遥远的四川，毗邻西藏，用胶水和缝线修补挽救磨损不堪的鞋底。同安来的农民用一台烧煤炭的铸铁装置做爆米花，每隔几分钟就嘭地发出大炮似的爆炸声。这场面充斥着各种色彩、香味和声响——与鲍尔（Ball）在 1856 年所描写的相似：

"中国人本质上是一个吵闹的民族；所有东方人都是这样。他们喜欢喧嚷着说话一定与他们在户外待的时间长有关系；因为即使轻声交谈就能达到目的，甚至效果更佳，他们依然会互相叫嚷……尤其是春节期间，这种喧嚣和震耳欲聋的声音便充斥着大街小巷，爆竹声声，不绝于耳，在这个喜庆欢乐的时节，喧嚣浓烟肆意蔓延。那时，在当地任何一个城市的外国人都会遭殃……晚上几乎不可能入睡……"

我们透过阳台窗户便能欣赏到无比珍贵的风光，但度假楼的前门却不是全天开放，从晚上十点半到早晨七点，前门会从外面上挂锁——当然，

这都是为了我们的安全。"着火了怎么办？"我问道。

"不要紧！"我很快就知道这是中国人的口头禅。"不要紧！如果着火了，我们会给你们开门。"

"**我要紧！**"我提出抗议，"我很担心！"20 世纪 70 年代，我在台湾做消防志愿者，负责开消防车，至今还会梦到那时目睹的险情——人们被困在熊熊燃烧的大楼，从十楼窗户纵身跃下。于是，我自制了绳梯，以防万一。

虽然度假楼对防火不上心，却十分重视其他方面的安全保障，获得公安局表彰。无论是中国访客还是外国访客，进出时都必须出示身份证并在前台登记，还常常遭到盘问。我们起初不免埋怨，但很

比尔为香农、马修弹吉他

快便开始感激这一道小小的屏障，隔开住客与尘嚣。

隐私抑或孤独？

20 世纪 90 年代中期以前，厦门街头的外国人寥寥可数，我们如同厦门动物园里稀奇古怪的动物一般，常遭人远近围观。19 世纪的传教士称之为"中国式注视"。

我曾跟一位厦大教授说，曾经有中国人拽我头上的金发，想看看是真是假。他大笑，用手轻轻抚过我手臂上的毛，说："你们外国人手臂上长很多毛，表示你们与猩猩的亲缘关系比我们中国人更近。你可能有亲戚在附近山上的树林里蹿来蹿去！"他知道我属猴（我挺自豪的，不胜感激）后，越发拿我打趣。

就算度假楼的安全保障得到过嘉奖，仍然有陌生人不请自来，进我们的房间，翻抽屉和衣柜，一屁股坐到床上要跟我们练英语，或来看看外国

人怎么过生活，感觉像在录制《探秘有钱老外的生活》（按他们的生活水平，我们确实是富裕的）。在我们看来，这些举动鲁莽无礼得令人难以置信，但在有着十三亿人口的土地上，隐私是件奢侈品，少有人享有——甚或可以说少有人想要。驻厦门的传教士约翰·麦高文撰写过十几本关于中国历史文化的著作，他在 1907 年如是写道：

"从这一点可以轻易推断他们（中国人）喜爱欢声笑语，喜欢事物明朗欢快的一面，热衷社交，好与人为伴，喜欢大声演奏的音乐，燃放爆竹等。与之相反，孤独感令英国人喜欢独处，日复一日独守一屋，不愿走访亲友，对华人而言，这种孤独感相当难以理解。"

吃了吗？

连中国的语言都反映出他们对隐私不甚在意，而西方的问候语不涉及个人、不冒犯隐私。"你好吗？""天气不错。"只需含糊地回应便可。哪怕我们快断气了，也会气喘吁吁地回答："我很好，你呢？"中国的问候语则涉及个人隐私。

中国人打招呼，会问到你正在做的事，常听到的是："吃了吗？"或者："去上班啊？""去买东西吗？""买什么啦？"……我曾在公交车上遇到陌生人问我："你在哪里工作？挣多少钱？"对于中国人"好管闲事"的问候语，我最后学聪明了。一旦有中国人瞄准了我开始提各种问题，我就会递上一张卡片，上面印着："您好！我叫潘维廉，在厦大教工商管理硕士，挣的钱多到要纳税，但还没有多到要想办法避税。您呢？"

这种看似"好管闲事"的问候语不仅反映出他们完全缺乏隐私观念，还表明他们确实对他人的事十分感兴趣。虽说是"好管闲事"，但却带着一丝纯真，既惹人厌烦又招人喜爱。麦高文一定有过同样的经历：

"吸引力在于中国人本身，他们没有刻意为之，但外国人还是感觉自己被施了催眠术，不自主地受其吸引。你解释不清，也说不出其中缘由。"[1]

---

1 约翰·麦高文，《近代中国人的生活掠影》，1907 年。

温馨的家

　　我们在度假楼有两间房，但两个房间中间隔着公共走廊，所以得费心看住孩子，以免他们到处乱跑。虽然保安可以不让老百姓随意进出度假楼，却对两岁大的美国小孩束手无策。任我们想尽各种办法，香农依然好几次径直溜到大街上。幸好马路上没什么车。对当时的大多数人来说，自行车还是奢侈品，一辆车上同时载着四五个人是稀松平常的事，难怪中国人认为我们很富裕，因为我和苏竟买了两辆自行车。

　　我们在度假楼的两间房各有浴室，我把其中一间浴室改造成了储藏室兼办公室。改造起来也不难，在马桶旁边硬塞进一张摇摇晃晃的松木桌，在马桶上方装个铁线书架，再把错杂缠绕的电脑线、电源线、打印机线统统藏到水箱后头，便大功告成。到访的中国人和外国人无不惊叹于卫生间（办公室）的布局，不过这很实用，在频繁闹肚子时，可让我免受在书桌和厕所间来回奔波之苦。

卫生间里的办公室

　　诚然，度假楼的条件并非十全十美，但我们都知道这是当时中国人能提供的最好环境，因此我发誓不再抱怨（这个誓言我至少遵守了一两天）。毕竟我们的居住环境已超越很多中国人，就连教授和系主任都是一家子挤在一个屋里，更有甚者是祖孙三代挤在一起——而且，他们只能使用公共浴室。冬天时，我时常看到院长身穿浴袍，走过一栋楼去浴室洗冷水澡。换作是我，我会不管三七二十一，一年只洗一次澡。

　　中国的教授也没有厨房——这是实实在在的困难，因为在中国，民以食为天。然而，需求乃发明之母（这也是为什么中国人会有各种各样的发明创造）。教授们在公共走廊里划出空间，用纸板、塑料和胶带搭建厨房，在纸板做的门上挂上铁锁。这些门连小孩子都能轻而易举地扯开，如同日本房屋的纸墙一样，实乃防君子不防小人之举。而且，那时没有发生过盗窃和蓄意破坏财物的事——或许是因为确实没有什么值钱东西可偷。不过，即使是在 1988 年，人们的服装依然比我预想的时髦得多。

土黄色

来中国前，苏说："我要添置新衣服，中国人不穿颜色鲜艳的衣服，也不穿短裙。"

我怀疑她只是想把衣柜的衣服从里到外统统换掉。"现在不是'文化大革命'时期了，苏。我敢肯定他们比过去时髦多了。"

"你不懂，"她说，"最好以防万一。"

苏错了。一些年纪较长的中国人穿旧式的暗色服装，但年轻人则大不相同。和苏在校园散步时，我指着一位面容姣好、身穿亮黄色迷你裙的年轻学生说："苏，看看那条裙子，是短裙，还是黄色的——不是蓝色，也不是灰色。"

她瞪了我一眼，说道："那是**无趣的**暗黄色。"

无言以对！不过，我知道她又说错了，因为在中国没有什么是无趣的。

第 七 章

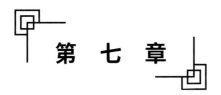

食堂大战

如今的学校食堂干净整洁、风格现代、光线充足、菜品丰富，从中餐、西餐到泰国菜、清真菜，应有尽有。而1988年的食堂却大相径庭。乌压压的一片，有时即便是大中午也得打着手电照明。

我们老外抵达度假楼的下一周，厦大海外教育学院便为我们提供了烹饪设施。他们用玻璃包起一个2米长1米宽的阳台，用混凝土搭了个水槽，还安装了双炉膛的丙烷炉灶。这确是善意之举，但无法满足四十个成年老外和八个小孩的日常需求，每次做饭都要排长队等候。强忍几天后，我和苏决定去试试厦大食堂——这是我们到中国以来要面对的最大挑战之一。

我们最喜欢的食堂是一幢灰砖建筑，活像狄更斯小说里的济贫院。亚热带的烈日照得我眼前白晃晃一片，只能依稀看到煤火微小的红火苗舐舐着巨大的铸铁炒锅。待双眼适应光线，我才看到炒锅"魔法师"站在木制餐台后面，餐台上摆着大铝盘，盛着冷饭，还有一碗碗水煮卷心菜、放凉的炒蛋、猪肉、鸡肉、腌菜和馒头，挤得满满当当。虽然外国人对这些食物时有抱怨（哪个学生不抱怨学校食堂饭菜呢？），令我惊叹的是，凭着几口大炒锅、几把切肉刀和几个煮锅，厨师们每一餐都能快速烹制出如此多样的菜式，填饱厦大几千名学生的肚子。

老潘与鸡头面面相觑

学生静静排坐在松木桌旁的素色松木长椅上，桌上的铝碗大都盛满食物，主要是饭，还有一点蔬菜、猪肉和炸鱼。他们把铝碗端到嘴边，用金属勺子把食物扒进嘴里；只有外国人才费事用筷子。用餐完毕，他们把剩菜倒在桌子中央，堆成一堆，然后在外墙边的水龙头底下冲洗各自的餐具，最后回到拥挤的宿舍（每间宿舍摆四张双层床，住八个人）。

我渐渐开始把那堆残羹剩饭看作有用的提示，用来判断哪些菜受欢迎，哪些菜不受待见。但是，要成功打到饭菜，我得好好琢磨应该怎么排队，还有怎么顺利地支付餐费。

排队如跳舞

单单是琢磨怎么排队就花了我三天。想象一下：五百个学生饥肠辘辘，争先抢占排队的最佳位置。就在这时，六名厨师舀出新鲜出炉的烹饪菜品，学生们一时间推推搡搡，使出各自的看家本领，有的把手举过别人头顶，有的伸长手臂越过别人的身体，有的甚至想方设法把胳膊从别人的腋下挤出去。只要不与被推搡的人四目相对，双方都能留住颜面。让我感到惊奇的是，他们在整个过程中都能保持和善，充满耐心。换了在美国，早就有人拔枪相向了。

第二次，我等到只剩下三三两两的人时才去排队，不过那时只能买到别人挑剩的菜了。第三天,我又换了一种策略,在食堂开门前半小时就在门外严守阵地。当身后慢慢聚集一群排队等待的人时,我便又叉着腰、气定神闲地站着,刚好能挡住门口。不过这只是白费力气。门打开的那一刻,一个可爱的小姑娘一俯身嗖地从我左胳膊下方钻过去,一个男人从我右手边往里挤,等我回过神来,已经淹没在熙熙攘攘的人海之中了。

终于轮到我点餐了,刚激动了没一会儿,就听到对方说:"不收现金,只收食堂配给票。"

我便找系主任询问:"怎么拿到食堂配给票?"

"配给票不分配给外国人。"她说。

"但食堂不收现金。"我说。

"是的,这是规定。他们只收配给票。"

没想到厦大在许多方面领跑中国,比如招收带家眷的外国学生,却仍存在官僚主义问题。几周后,学校着手帮我们解决问题。不过在此期间,有几位中国老师和领导分给了我们一些配给票。"我们还有很多呢!"他们坚持道。后来我发现他们自己都不够用,却还是慷慨解囊。这善良真诚的民族,谁会不爱呢?

几周后,学校终于想办法给我们弄到了配给票,不过我们还是得琢磨一番如何使用!

实行配给制的理由

中国的配给制无所不包,不过配给制对我们美国人来说不算新鲜事。二战期间,美国执行的配给制也涵盖一切,从黄油、糖等日常调味品,到巧克力等食品,再到尼龙长袜之类的衣物。我祖母说过,她记得她姐姐不知从哪儿弄来一捆渴望已久的糖票。"二十二斤糖!"她感叹道,"我们得赶紧,不然被囤户买光了。"

然而,中国所面对的紧缺程度是二战时的美国人无法想象的。有时食用油的配给量是每月仅两汤匙。

中国配给制的配给量取决于年龄、劳动类型(轻体力劳动或重体力劳动）、农村户口还是城市户口、南方人还是北方人（北方人偏爱面粉和小米，南方人偏爱大米）。配给涵盖主食谷物、肉类、食用油、糖、酱油、豆腐、鱼类、蔬菜、酒、汽油、丙烷等等。

配给票比现金更有实用价值，因为有现金的人寥寥无几，即使有现金，能买到的东西也屈指可数。不过，我认为厦大应该给研究生开设配给票使用课程。

食堂配给票分为八种，包括大的纸质票和小的塑料票，有三种面额：红色可兑换十份，黑色五份，绿色一份——有时绿色票实际上会是蓝色或黄色。有时，我一手用托盘端着好几个碗，一手抓着一捆各种颜色的粮票、肉票、油票和菜票，要从嘈杂的人群中挤开一条道，不免有些慌张。怎样牢记哪些是肉票，哪些是粮票呢？最后，我终于弄明白了。粮票是纵向打印（可能是因为粮食是向上生长的？），肉票是横向打印（可能是因为已被屠宰的家畜横放在案板上？）。嗯，真香。不过，哪张票对应哪道菜呢？

我把蔬菜票递过去，要付炒青菜的钱，对方却说："还要一张肉票，里面有猪肉。"我用一张粮票买包子，却听到："是菜馅儿的，还要一张蔬菜票。"我笨拙地摸索着手中被揉成一团的各种票，后面的人等不及，便伸长手臂，越过我头顶或从我手臂下方穿过，迫不及待地要买饭菜，学生和服务员纷纷嘟囔："哎呀！老外。"

真是令人沮丧。为了吃顿饭，我们每隔几周就至少得跑两趟银行，每次至少得等上九十分钟，经过四次货币兑换（可不是在开玩笑！依次是美元、港币、人民币、外汇兑换券）才能换到中国钞票，然后才能购买食堂配给票。一边是拥挤的人群，一边是配给制，两相权衡，我们最终放弃了在食堂吃饭，再次尝试自己做饭。

如今，三十年过去了，厦大各个食堂都变得漂亮、卫生，食物美味可口，学生们也耐心排队，井然有序！食堂依然不收现金，但我们可以使用自己的厦大一卡通。幸好他们不收现金。假如厦大每天数以千计的游客也去食堂用餐，我们师生就永远排不上队了。

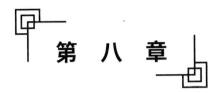

第 八 章

痴迷普通话

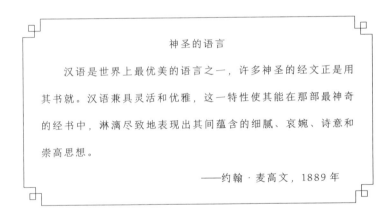

神圣的语言

汉语是世界上最优美的语言之一，许多神圣的经文正是用其书就。汉语兼具灵活和优雅，这一特性使其能在那部最神奇的经书中，淋漓尽致地表现出其间蕴含的细腻、哀婉、诗意和崇高思想。

——约翰·麦高文，1889 年

我打小就喜欢语言，但在 20 世纪 70 年代被派往台湾前，只试着学过拉丁语、西班牙语和德语。我那时对中文毫无兴趣，中文里甚至没有字母表，要如何翻字典查这些象形文字呢？

欧洲语言不仅有字母表，而且有些词汇和我所用的英语十分相似，仿佛只是拼错了的英语词，离英格兰越远的地方，拼写差别就越大。

"hello"这个英语词，在同处不列颠群岛的威尔士是"helo"；在荷兰语、挪威语和德语里是"hallo"；冰岛语和葡萄牙语分别是"halló"和"Olá"；西班牙语和加泰罗尼亚语都是"hola"；罗马尼亚语和海地克里奥尔语则省去"ha"，用"alo"。奇怪的是，即使在与英国相距甚远的苏丹和印尼，那里用的"halo"也和"hello"很接近；索马里语、塞索托语和宿务语，甚至爪哇语及新西兰的毛利语，倒都是用"hello"。然而中文呢？用的是"你好"（nǐ hǎo），听起来像是用痛苦的音调说"knee（膝盖）how（怎么样）"（关于音调，稍后细说）。

怪不得我从来没对中文产生兴趣，这不仅是跨文化的问题，还是跨星球的问题。汉语没有字母表，而且几乎没有一个词与英语相似，除了外来词，比如咖啡（kāfēi-coffee）、汉堡包（hǎnbǎobā-hamburger）、安吉尔（ānjí'ěr-angel）、阿司匹林（āsīpílín-aspirin）、北鼻（běibí-baby）、芭蕾（bālěi-ballet）、比基尼（bǐjīní-bikini）、布鲁斯（bùlǔsī-Blues）、布菲（bǔfēi-buffet）、卡通（kǎtōng-cartoon）、巧克力（qiǎokèlì-chocolate）、代拿买特（dàinámǎitè-dynamite）、范特西（fàntèxī-fantasy）、吉他（jítā-guitar）等等。还有少量由汉语衍生的英文词汇，包括：lacquer（lākè 蜡克，清喷漆的统称，具有三千五百年历史）、coolie（kǔlì 苦力）、ketchup 和 tea（来自厦门方言的 kôe-chiap 和 dey，意思分别为番茄酱和茶）、ginseng（来自福建方言 jīn-sim，意为人参）、gung-ho（gōng-hè 恭贺）、kaolin（gāolǐng 高岭土）、tofu（dòufu 豆腐）和 typhoon（táifēng 台风）。

即使困难重重，我在台湾时还是爱上了中文，并决心学习。

但我还是失败了。

在台北，我花了一百美金（这在 1976 年可不是小数目）买了盒识字卡，盒子是木质的，装有一千张汉字。我试着记住识字卡上的汉字，不过当了解到阅读一份报纸需要认得约三千个字时，我放弃了，最终学了三百个左右。接着我上了两个学期的普通话班，那是马里兰大学在台湾开设的校外进修班。我两学期都成绩优良，在班上排名第一，不过仍然只会说"你好啊"，音调也完全不对。后来，我搭乘飞机从台湾飞往华盛顿特区，准备参加特别调查办公室的特工培训，看到航空杂志上刊登了一则广告，许诺学员能在九十天掌握任何一门外语，达到母语水平，否则双倍退还学费。我付了笔不菲的学费去上课。那课程毫无帮助，他们一分钱也没退，更别说退双倍的钱了。

1985 年，我在洛杉矶做生意，每月付五百美金请一位上海来的华人来我的办公室给苏和我辅导中文，周一至周五每天一小时，为期一年。一年后，钱少了六千美金，我却还是只会勉强和辅导老师说"再见"，不过他确实给我们讲了许多关于中国的故事，比方说公交车夜里摸黑行车。这些故事荒诞不经，我一个都不相信，结果事实证明都是真的。

厦门大学成了我学习普通话的最后希望，前提是我能够顺利入学。

在初级班的第一天，一位校领导递来中文的入学表格，用普通话飞快地说，让我们用中文填表。我们看着他，茫然不知所措。"怎么啦？"他问道，"请现在就填表。"

我的海外教育学院汉语老师

我打着手势用结结巴巴的普通话问："如果我们能读懂汉语、会写汉字的话，我们还用得着上这个初级班吗？"

他大步走出去，带了位翻译回来。他们肯定以为全世界的人都会说汉语。我们的中国保姆李西看一部美国电影，那是在纽约拍摄的，有普通话配音。她说："那些美国人汉语都说得很好哩。"

十年来，我一直渴望在中国学两年汉语，但机缘巧合下，我只学了一学期就去新成立的工商管理硕士（MBA）中心帮忙。不过，这在相当程度上迫使我必须学习汉语。我每天逢人便练习几个新学的字句。中国人起初都太客气，我说错了也不纠正。他们发现我很认真后，便经常纠正我，这几乎让我气馁。

如今，中国人经常对我说："你汉语说得真好！"不过，他们一贯这么夸我，即使当我将问候语"你好吗？"说成了"你妈好？"，他们也夸我。

好在，哪怕是一只鹦鹉，花三十年也能学会汉语。如果这只鹦鹉恰巧在厦门学汉语，还能和我一样染上华南口音呢。

蒙混过关

"耶弗他和以法莲人争战时，基列人占领了约旦河的各渡口，不容以法莲人通过。每当以法莲人逃亡的人说："让我过去吧。"基列人就问："你是以法莲人吗？"如果他说："不是。"基列人就对他说："请说'示播列'（Shibboleth）。"如果以法莲人因为发不出准确的字音，说成"西播列"（Sibboleth），基列人就会把他捉住，在约旦河渡口杀了。那时以法莲人死了四万二千人。"（《士师记》第十二章之五、之六）

中国也有"标准语言"，叫作"普通话"，虽有七百年历史，但直到1932年才有严格定义，参考北京话制定标准国语。这一标准的问题在于，像古时的以法莲人那样，中国南方人不会发"sh""zh""ch"等音，所以会将上海 Shànghǎi 发成 Sànghǎi，幸好不会因此掉脑袋。

南方人还会混淆 l 与 n 或者 f、h 与 r，他们能够发这些音，我搞不懂为什么会混淆。举个例子，厦门人常把"护照"（hùzhào）说成"fùzhào"，把"飞机"（fēijī）说成"huījī"。这的确会在做买卖时造成麻烦，因为你分辨不出他们在说"四"、"十"还是"食"。你也无法分辨音调，因为南方的音调也十分混杂，不过没有中原河南那么难以分辨——这有点出人意料，因为中原是中华文明的摇篮。

啤酒博士

南方人说普通话都不能正确地发音，无怪乎讲英语有问题了。厦门人无一例外都把我的名字"Bill"（比尔）叫成"Beer"（啤酒）。有一年圣诞节，我那些可怜的学生决定破罐子破摔，在送我的圣诞贺卡上直接称呼我为"Professor Beer"（啤酒教授），还送了我一瓶包装精美的青岛啤酒（德国占领青岛留下的最持久的遗产）。

专家建议在北京或天津学习普通话，这样才能学会正确的音调和词末的儿化音，这个音听起来就像是含着玻璃弹珠说话。话虽如此，但我喜爱厦门的气候和人，所以宁愿说话带点口音，也不愿到北方去挨冻。大家就对付着听吧，**里好**（你好）！

> ### 这个飞行员不会说英语
>
> 　　二战期间，有个美国飞行员在厦门同安坠机，村民救了他。村民叫来当地的英语老师当翻译，但这位老师从未和外国人说过英语，他照着英语惯用语手册第一页念道："Hello, how are you?（哈啰，你好吗？）"
>
> 　　身受重击的飞行员呻吟着要看医生，而这位老师对村民说："真不好意思，他说的不是英语。我跟他说：'哈啰，你好吗？'可他答的却不是：'我很好，你呢？'"

一字顶千图

　　在英语中，人们常说"一图顶千字"，但是汉语却可能一字顶千图。就拿我最喜爱的中国经典著作《孙子兵法》来说，它在军事、商业和外交上影响深远，然而整部著作仅五千九百字，这就好比把《战争与和平》写在薄薄的几页菜单之上。

　　就算掌握了三四千个基本汉字，也还是看不懂意思千变万化的汉字组合。谁能猜到"马马虎虎"的意思是"一般般"呢？谁又能想到"矛"和"盾"组成的词会与英语中的"contradiction"同义呢？（"矛盾"一词出自古代寓言，说的是卖兵器的人既卖"坚不可摧"的盾，也卖"无坚不摧"的矛；现今华盛顿特区的军火商游说集团便是如此。）汉语管商人挥霍资本叫"竭泽而渔"；将公众人物意图掩盖其不道德私生活的行为称为"掩耳盗铃"；形容没有耐心、急于求成的做法是"揠苗助长"——如同这个成语典故里愚蠢的农民，为使禾苗长得快一点而把禾苗拔高，结果禾苗全枯萎了；把推行不适当的公共政策比作是"抱薪救火"；劝喻人们只要肯下苦功，定会像老妪"铁杵磨成针"那样取得成功；而仰仗有权势的人来欺压别人则称作"狐假虎威"。

汉语的复杂还不止于此，中国 9.04 亿网民的奇思妙想多不胜数，新词日日层出不穷。比如，从小娇生惯养，无法承受成人生活压力的人是"草莓族"；"山寨"是冒牌货；"剩斗士"指的是大龄未婚人士；"低头族"则沉迷手机，整天低着头看屏幕。

汉语里，无论是古代成语、谚语，还是新造词汇，都是其背后故事的显现。如果只识记汉字，不去了解背后的故事，便不得要领。道教创始人老子微言大义，仅用"齿亡舌存"四字就揭示了柔能胜刚的道理。

尽管困难重重，我还是热衷学习普通话，部分原因是我喜欢画画吧。

情迷汉语

中国人凡事都能用谚语来描述，凡事都能有解决办法，不过，向外国人传授汉语基础知识（ABC）这事儿除外。因为汉语里压根没有 ABC，没有字母表，要记的是四、五万个汉字。

汉字是象形文字，即事物或概念的图画。因此，从某种意义上说，所有会写汉字的中国人都是艺术家。而且，象形文字相对于字母有其优势。象形文字不是抽象的表现而是具体的图画，因此中国人都能"看懂"其代表的意思，尽管在广东话、四川话、北京话等方言中发音完全不同。日本的一些标牌上也有汉字，我能看懂，不过不能念出来。2012 年在首尔时，当地政府领导带我参观博物馆。当我把古韩语碑文翻译成英文时，他们流露出惊讶之色。我提醒道："这就是古汉语。"

一些汉字与其所代表的事物极其相像，即使是不懂汉字的外国人也能猜准这些汉字的意思。"凹"字就很形象地表现出"周围高中间低"的含义，而"凸"则表现出"周围低中间高"的含义。如果你知道"man"写作"人"，那么"大"就是人伸张双臂，很容易联想到"big"（大）或"great"（伟大）。

"刀"（knife）看起来确实像一把中国割肉刀，加上一点表示一滴血，就变成了"刃"，意为"刀刃"或者"用刀杀"。

"Mountain"中文写作"山"，竖立的三笔形似三座山峰，而"river"

写作"川"，代表流淌的水。

如果所有汉字都如此简单，那么我第一天上初级汉语班时就能看懂报名表了。然而为了挫败外国人，几千年来，中国人把他们的象形文字程式化了，到了今天，恐怕只有文森特·梵高才能在"星"字里看到星星吧。为什么香蕉要写作"香蕉"，而事实上用图形 🍌 就可以表示了；用两笔加一画就可以画出苹果——🍎，又为何要这么麻烦地写上十六笔（繁体中文有三十笔）呢？

"鱼"这个字刚开始还是很形象的，后来越变越抽象：𩵋𩵋𩵋鱼鱼鱼。

公元 1 世纪时，基督徒把"鱼"写成：⟨≻⟩。

然而，之后不知不觉地就发生了变化。新中国用简化汉字（即简体字）来帮助扫除文盲。譬如，"会议"的"会"字，从原来十三笔（會）简化成现在六笔，这样识字和写字就容易得多了。但是，有一些字简化过头了。比如，在公交站牌上，厦门的"厦"字经常被写作三笔的"下"。这样极端的简化抹杀了汉字的优美和含义。如果美国政府通过简化拼写来帮助扫除文盲，那会怎么样？（就像这样：how wood Amerikans lik it if Unkel Sam fot iliterasee by simplifide speling?）

温和的建议

撇开美感不谈，中华民族是世界上最尊重传统文化的民族，敢改动这个民族自古以来使用的文字来达到扫除文盲的目的，中国政府真是勇气可嘉。1949 年以前，中国识字率低于 20%，如今识字率提升到 95%（数据来自美国中情局《世界各国纪实年鉴》）。但如果中国政府能够采纳我列在下面的一些建议，也许识字率可以达到百分百。

三角形："三角形"显然不符合几何性质，不如就用 △。

耳朵：除了迈克·泰森（Mike Tyson）的对手外，还有谁的耳朵像"耳朵"？干脆用 👂 吧。

眼睛：古代用 👁 要比"眼睛"这两个字更能传情达意。

快餐：快餐要义就是要快，干吗要费半天时间写二十多笔的"快餐"

两个字。用两个弧形就可以代替：M。

如此等等，不胜枚举。

汉语的抑扬顿挫

汉语更折磨外国人耳朵的是音调（见章末）、不规则的语法和词序。"Please buy me a coke"变成了"Please give me buy coke"。汉语通过在句尾加上"了""吗"和"呃"等词来改变意义、时态和程度。这就是为什么在政治不正确的老电影里，中国人说英语时经常说"changee"和"lookee"。

老外在中文上闹出的尴尬错误多如牛毛。大约在1890年，一位美国传教士吩咐中国女佣晚餐备鸡。女佣一脸惊讶，去了三天才回来："很抱歉，牧师，没人嫁给外国人。"

"鸡"（jī）听起来和"妻"（qī）音近，但即便发音对了，换作另一语境，"吃鸡"也有嫖娼的意思，肯德基的创始人桑德斯上校（Colonel Sanders）可能要大跌眼镜了。

其次是方向问题，抑或说在方向上毫无章法。英国人写字是从左往右，希伯来人从右往左，但汉语却随心所欲，从左到右、从右到左、从上往下，统统都能接受。我在报纸的同一页上见过这三种写法，外加一种斜着写的。恐怕只有看了上下文才能明白。有一次，我指着一个写着"厦大"二字的牌子，跟一位中国朋友说："厦门大学的建筑遍布中国内地和香港。"

朋友听了，笑着说："你读反了！"原来"厦大"反过来是"大厦"，是酒店的意思，与俄语的"dacha"（郊外别墅）同音。

过分的谦虚就是骄傲。

——中国谚语

称谓

即使能和中国朋友顺畅交流，又该如何称呼他们呢？汉语的尊称实在是多得惊人，一不小心就会踩雷。就连工人或司机都有特定尊称，开车的常被叫作"师傅"，确实没错，他们就是这一行的行家啊（还有一词叫"车老虎"，表示驾驶经验丰富的人）。试试看，找一个木匠、水电工或泥水匠，让他们按时完成工作，你就会明白在社会主义中国什么叫师傅了（根据我的经验，美国少有能按时完工的）。

就连我，少说也有八个正式的称谓，有一些我都不愿意提起。我的中文姓氏是"潘"，所以被叫作"潘教授"、"潘老师"、"潘师傅"和"潘先生"。曾有一位中国女商人在电梯里碰见我，说："我在电视上见过你！你是……彼得·潘吗？"

认输（认"叔"）

在中国，比我年长的可能会叫我"小潘"（"小"意味着年纪小或年轻），比我年轻的叫我"老潘"（"老"意味着年长或值得尊重）。中国的孩子叫我"uncle"，可具体指什么呢？母亲的兄弟都称作"舅父"；不过，父亲的兄弟里，父亲的哥哥称作"伯伯"，父亲的弟弟则称作"叔叔"。如果孩子不知道大人的年龄，弄不清该叫伯伯还是该叫叔叔，便只好认"输"（叫"叔叔"）。

不过现在越来越简单了。由于推行独生子女政策，家庭结构简化了，比汉语简化更甚。没有兄弟姐妹，自然就没有阿姨、叔叔、侄子、侄女，也不会再有"姨夫"（母亲的姐夫或妹夫）或"婶母"（父亲的弟媳）。

当然，在我家，我只需要使用两个称谓："儿子"和"老婆大人"。

词典之死

在手机端 Pleco 字典和电脑端 MDBG 中文阅读器出现前，我们用的是纸质字典。我最喜欢的是牛津大学出版社出版的红色装帧《简明英汉汉英词典》。如果你知道汉字的发音，就可以根据拼音——官方的汉语罗马系统（由 19 世纪中叶的厦门传教士传入），按照字母顺序查询。但遇到不知道发音的汉字，如何查找呢？

汉语字典有好几种查字方法，不过，即使是对中国人来说，也不简单。

有些是按照笔画数排序，又按照首笔画（竖、横、撇）加以细分。但是我遇到过一些汉字，甚至连汉语教授也没法按照这些方法找到。有位教授翻来覆去查我的字典，足有十五分钟，然后说："既然我们知道这个字就没必要再查字典了。"

皆因不同的人写汉字时笔画顺序不同。

《汉英词典》

最初四个月，我把《汉英词典》通读了两遍，细细品味其中的英文例句。但鉴于该词典出版年份是 1988 年，距离"文革"结束也才十多年，所以每个例句都带有革命印记也不足为奇。书里介绍了如何将常用的英语单词运用到日常生活中，我最喜欢的例句包括：

认为：我认为她又去练习扔手榴弹了。（Suppose: "I suppose she's gone to practice grenade throwing again. "）（厦大的女生在 20 世纪 50 年代就是这样做的！）

新：发起新的攻势。（Anew, afresh: "Launch a fresh offensive. "）

仅仅：刚加入八路军时，我仅仅有步枪那么高。（Barely: "When I joined the 8th Army route, I was barely the height of a rifle. "）

成为：我长大要成为一名人民解放军。（Be: "I want to be a PLA man when I grow up. "）

可以想象，学生掌握这些词汇后，周五晚上的英语角对话该多么有趣。

"音调盲"以及老外的其他蹩脚托词

老外说不好普通话，常常归咎于音调，找借口说："我是音调盲！"纯属胡诌。所有说英语的人都使用音调——尤其是我们已婚人士。苏珊·玛丽光叫我的名字都能把普通话的四种音调全用上，还能另外用上几十种。

当苏珊用阴平声叫"比尔"的时候，她的意思是"过来！"用阳平声叫"比尔"，是在问"你在哪？"或"是你吗？"上声"比尔"则在表达"你真以为我会信那些？"去声"比尔"尖利刺耳，意味着我完蛋了。有时我老婆会用汉语的轻声——一种模糊的音调，有时也不被视为音调。轻声的"维廉"是台风眼正中的平静，当然之后的结果也无异于台风过境。

谁说美国人不懂音调，至少恋家的美国人懂哦。令我们高兴的是，尽管我们说砸了普通话，自创音调，中国人也很宽容。

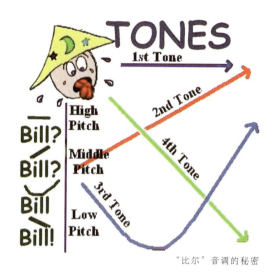

"比尔"音调的秘密

了不起的普通话

抛开玩笑，普通话是一门优美的语言，是世界上五分之一人口的母语，我们理该学讲普通话。现在，中国连幼儿园都有英语外教，美国人还一门心思扎在学习西班牙语和法语上，中文排在第七，比意大利语的名次还低。这无疑会扩大中国人在商业和外交上的优势。如果美国人了解世界发展的方向，就会教孩子英语和汉语。

一位在美国的华人小孩问父亲为什么要学习英语和汉语。父亲回答："学英语是为了与管理国家的人交流，学中文是为了和拥有国家的人交流。"

百家姓（抱歉，不止这数）

中国约有八千个姓氏，其中汉族人有三千零五十个姓氏。但是，常用的姓氏不过一百多个，约87%的汉族人都使用这些，因此中文里用"老百姓"来泛指"人民"。中国三大姓氏是王、李和张，三大姓氏的人口为2.5亿，几乎相当于美国的总人口，其中仅姓李的就超过1亿人。

十大姓氏的人口占中国总人口的40%，它们是：王、李、张、刘、陈、杨、黄、赵、吴、周。中国人随父姓，但女性婚后保留娘家姓氏。

在古代中国，说出皇帝的名讳，甚或与皇帝同名都是死罪。这么说来，若有五千万人与皇帝同名，势必要引发浩劫。刘邦称帝建立汉朝，汉朝年间，名字里带"邦"的人要么改名，要么等着砍头。这种大规模的改名也许会逼疯人口普查的官员吧。

虽然姓氏就那么几个，但名字就五花八门，创意十足了。女子的名字往往和美女、自然、珠宝等有关，比如"美""花""婷"。男子的名字则体现力量或军人气概，比如"刚"或"劲松"。

"文化大革命"时期，给小孩取名讲究政治正确，于是涌现了诸如"兴国""建军""爱华""国庆"等名字。还有许多名字带上了"红"字，比如"朝红""永红""红兵"等。

今天给人取名则更侧重经济方面，好比"致富"就是个好名字，因为现在很多人日渐富裕。

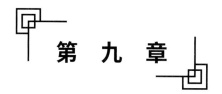

第 九 章

厦门买车记

如今的厦门拥有上百条公交线路——其中大部分是电动公交车（全球99%的电动公交车都在中国！），还有高架快速公交 BRT 和不计其数的出租车,包括清洁能源电动出租（中国本土制造的比亚迪车型十分美观）。我们还可用手机呼叫经济实惠的出租车或豪华轿车。这与 1988 年的情形有着天壤之别。

在厦门的第一辆车

在洛杉矶过惯快节奏生活，来到中国的最大冲击之一就是无车出行。过去这里完全不见私人轿车，出租车少之又少，公交线路只有三条：1 路从厦大到火车站；2 路从厦大到轮渡；3 路从轮渡到火车站。不过，由于可去的地方寥寥无几，三路公交已然足够，而苏也减少了购物，因为实在没什么可买。即便如此，我还是希望能在第二故乡自由探索，遂决定买一辆三轮车自用，但没想到竟历经整整一个月才获得许可。

我走进一家国有自行车商店，把三百五十元递给店员。"我要买那辆黑色车架的三轮车。"

"不行!（"不行"这句话听得太多，我已耳熟能详。）外国人不能买营运车辆。"

"我不是用来做生意。"我解释道，"我是厦大学生，买车是自用。"

"我听说美国经济出现问题。有些外国人拿着学生签证当幌子，在中国工作。"

"难道我每个月付给厦大三百美元，就是为了踩三轮车每个月赚二十美元吗？"

她眯起双眼，似乎迅速心算了一番。"你老婆呢？"

"我老婆忙着带两个宝宝，一个才八个月大，另一个两岁，没时间踩三轮车——我的两个儿子也不会踩三轮车来赚钱。"

"抱歉，营运车辆不能卖给外国人。"

我的第一辆三轮车

我跑了三趟，还是没用。第四趟，也是最后一趟去碰碰运气，我刚好带着几个月大的马修。店员高兴地拍手逗他，拨弄他的金发，捏着他胖乎乎的脸颊。"真可爱！"她接着说，"让我打几个电话。"几分钟后，她说："我们可是冒着风险把这辆车卖给你。不过，你需要提供一封厦大盖章的函件，保证不会用这辆车来赚钱。"

随后，我又花了三天才拿到盖章函件，因为我还得让厦大领导相信我不会去踩三轮车赚钱。终于，我如愿以偿买到了三轮车。当我踩着崭新的三轮车上路，刚骑一百米时，就有一个带着女朋友的年轻小伙冲我喊："去中山公园多少钱？"幸亏我没有借机赚钱发财，因为两个路口后，三轮车散架了。

不能等坏了才修

从自行车店骑出四个路口，前轮开始摇晃不稳，链条滑落。我停下车时，左踏板也随即掉落。说句公道话，店员曾提醒过我，在骑上路前要找维修工检查一下。但是，谁会付钱检查一辆崭新的三轮车？我想这不过是又要趁机敲诈有钱洋鬼子的闲钱而已。然而，她的建议十分中肯。

自行车修理工看了一眼我那辆惨不忍睹的三轮车，责备道："骑之前就该先送过来。"

"但是，这是全新的。"我争辩道。

"就因为是全新的才要来。"他说。后来，我了解到，但凡买了新自行车就要先跑一趟修车铺，因为自行车工厂只负责把自行车零件组装起来，但螺丝拧得不紧，只能保证自行车在运往商店的途中不会散架。运离工厂后会怎么样，那就事不关己了。

那位上了年纪的自行车修理工把三轮车底朝天倒放着，把车轮上松了的辐条调紧，调整刹车，拧紧把手，调整车座，把全部螺丝螺母统统拧紧，调紧踏板，固定好链条。他倒腾那辆车许久，让我不禁担心得把大儿子押给他才能付清修理费，但最后只收我七毛钱。他还招待我喝茶，茶水钱恐怕比从我身上赚的修理费还多。

我付清修理费之后昂首挺胸，高兴地骑车回家，在路上听到两个中国人的对话，"你觉得坐那个外国人的车得花多少钱？"

没过多久，我便巴不得每次载苏珊·玛丽时都跟她收钱。我在车架上搭了一个自制的木车厢，如此一来三轮车净重将近九十斤。载着一家四口，我得使劲儿踩，拉动超过四百五十斤的重量——而且苏经常差遣我跑遍厦门岛去找各式各样的珍宝，比如地板蜡、花生酱等等。一个月下来我瘦了九斤。

学校领导自豪地告诉我们，厦门湖里经济特区的信达免税商店售卖蛋黄酱。骑车来回要三小时，但我还是欣然前往。结果，根本没有蛋黄酱，不过我们买到了金枪鱼，其他外国人知道后，全都兴冲冲地骑着自己的自行车飞奔前往。

后记

抛开诸多埋怨，我很喜欢拥有自己的三轮车所带来的自由自在的感觉，但厦门是个小岛，很快便无法满足我的探索欲了。1992年，我开始打听买面包车的事，准备环游中国。"**不行!** 面包车是营运车辆。外国人无权持有……"我又听到了似曾相识的话。

不过，后来我还是买了辆丰田，开启西藏之旅。

第十章

1988 年的中国梦

"中国梦"现在经常出现在新闻中，但数个世纪以来，中国人从未停止追寻美好梦想。每逢春节，家家户户都要精心挑选红春联贴于门上，寄托美好希冀，比如，"长寿"表示保佑长命百岁，"福"则是祈求繁荣昌盛。这些美好梦想与世界各地人民的梦想大同小异。

时代变迁，现在中国人的梦想是有房有车，让孩子顺利上大学。我知道连农民和环卫工子女也能上大学。但是，1988 年人们的梦想更为朴实。

1988 年，厦门城里人梦寐以求的是"三大件"：自行车、电冰箱和电视机。住在离城区仅 20 公里远的农民，结婚时即便收到一个廉价的塑料外壳热水瓶都视若珍宝。当时大多数农民——甚至连一些厦大教授也是如此——只有玻璃真空内胆的热水瓶，外壳用草或碎布条编制而成。

1988 年，冰箱是身份的重要象征，通常摆放在主厅里，底下放着木托架，并用红色装饰带缠绕，不解开就无法开启冰箱。但话说回来，几乎没有人会给冰箱通电，因为停电天天发生，冰箱性能靠不住，再说商店也没卖多少需要冷藏的东西。中国人每天从本地农贸市场购买新鲜蔬菜和肉类，过去也没有剩饭剩菜需要放入冰箱，因为家里掌勺的从不浪费食材，饭桌上也都是一扫而空——当然，宴请客人则是例外。

光盘与打包

小时候，我们要吃光食物，才能离开餐桌。"要心存感激，"爸爸说，"非洲儿童还在挨饿。"时至今日，我还是如虔诚的苦行僧般坚持吃光盘里的食物，虽然一度想改掉这个习惯。活到这把年纪，我宁愿浪费食物，也不愿撑坏肚子。

中国人到别人家做客，无论饭菜多么可口，一定要在盘子里留下那么一两口。要是吃光食物，就像在暗示主人家准备不周，这属于严重失礼行为。这种观念一直延续到 20 世纪 90 年代末。为了让人们摒弃这种观念，电视台频繁播放公益广告，呼吁人们不要浪费，其中一则让我印象深刻。广告开头出现了一位瘦骨嶙峋、衣衫简陋的农民，天刚拂晓就在稻田里劳作。然后画面切换到城里一户人家，屋里笑语不断，他们碗里盛着满满的米饭、蔬菜和肉。接着又回到村里的黄昏，疲惫不堪的农民坐在小竹凳上，捧着一小碗白米饭。在结尾的镜头中，城里的人家毫不在意地将满桌的剩饭剩菜随意丢弃。这深深震撼了我。从那以后，即使是做客，我也会特意吃光餐盘里的食物。这不符合做客礼仪，但我会小心翼翼地说："为了农民的辛劳。"没有人会生气。

电视台的广告一举奏效。今天，铺张浪费现象骤减，即使是富足的中国人到高档餐厅用餐，吃不完的也会打包带走。但他们不会和美国人一样，假装要带回去喂狗，他们会直接说："打包！"

事实上，即使是在 1988 年，中国人也很少浪费，尤其是按照美国的标准。美国人厨房工具繁多，从大尺寸的食品加工器到切蛋器和压蒜器等小物件，几乎无所不包。而中国人的厨房只有一块砧板、一把菜刀和一个炒锅，仅凭这些炊具就能在几分钟内把蔬菜和肉类变成一桌可口菜肴，完全不逊色于旧金山唐人街的高级餐厅。令我高兴的是，时至今日，中国人仍然保留了这种传统。我很高兴还有些事**没有**改变。

度假楼里的冰箱内讧

1988 年，冰箱对中国人来说是身份的象征，但对于居住在度假楼里的外国人来说，则是必需品。别的不说，我们得储存从香港买回来的果酱、蛋黄酱和奶酪，这些可是我们的宝贝。因此，我们请求厦大领导安排一台公用冰箱。

"没必要吧。"他们答复说，"冰箱是奢侈品，不是必需品。"

第二天，我向我的汉语老师抱怨："我以为中国人很含蓄。你说过，中国人从来不会直接说'不'，只会说'可能'或者'我们会考虑一下'。但当我请求要一台冰箱时，领导却直截了当地说'不！'"

"确实如此，"她说，"但是我们了解**你们**的文化。领导直言不讳，你不欣赏吗？"

"如果他们说'好'，我肯定会欣赏。"我回答。

冰箱被视作奢侈品，我们的申请遭到拒绝，于是，度假楼的四十名外国人集资购买一台松下冰箱，这台冰箱只有我们在加利福尼亚州使用的双门大冰箱的四分之一大。校领导抱怨冰箱太费电，不过我们指出这次买的是节能冰箱，他们终于作出让步。此外，当有访客参观外国学生居住的度假楼时，厨房里有台冰箱看起来也不错。

为维持秩序，我们给每个外国人分配约 25 平方厘米的存储空间，并制定严格规则。没有标注主人名字和房号的罐子或者整晚空置的存储空间都会被别人侵占。因此，如果没有食物需要冷藏，我们会在里面放上带有清晰标识的空盒子，以防他人侵占自己那一方小小空间。

我很惊讶，原本和睦的一群人竟因为小小一个空果酱罐的空间而大动干戈。怪不得人类战争不断。

事实最终证明，校领导是对的，我们真的不需要冰箱——在厦门根本买不到我们从香港买回来的果酱、黄油和奶酪。不到一个月，这台冰箱一半空间都放着空罐子，上面写着"不准动！ 208 房间□□□专属物品！"还有一个人机智地在空瓶子上写了"谁碰谁完蛋"。

第二台冰箱

鉴于大家对冰箱的争夺太过激烈，我和苏商量买一台冰箱自己用。说来也巧，就在第二天早上，我们便收到加州消防员埃尔文（Elvin M.）的来信。信中写道："现在是午夜，我觉得有必要给你写一封信。我和朋友们决定送你一件圣诞礼物……我们想到了冰箱。"**缘分妙不可言！**

电磁炉

虽然领导拒绝给我们安排冰箱，但是他们确实能体谅 40 名外国人挤在两台丙烷炉上做饭的艰苦条件。毕竟，在中国，民以食为天。中国人不仅是世界上最擅长烹调美食的大厨，也是当之无愧的饕餮食客。所以，海外教育学院的几位领导给我们送来一台价值一百美元的高科技电磁炉。外观非常漂亮，但完全派不上用场。

"这个很安全！"他们解释说，"只有锅发热，炉子不发热。"炉子是不发热，但锅也不发热，因为这款高科技电器只适用于钢锅，我们只有铝锅。我好几次骑车找遍整个厦门岛，甚至前往免税店和友谊商店，但到处都只出售铝锅。我把这个情况反映给领导后，尴尬的沉默悄然而至。他们从没有见过电磁炉（我也没有），也不知道厦门没人卖钢锅。我不愿让他们尴尬，所以谢过他们后，我告诉他们，我可以自己想办法，请他们放心。我把电磁炉放在厨房最显眼的地方，周围的人满脸笑容，喜悦之情溢于言表。电磁炉看起来很酷——尤其是当校领导带着访客参观老外厨房时，冰箱和高科技电磁炉增色不少——而且总是一尘不染，因为我们从来没有用过。但我确实发自内心地感激他们尽力为我们购买最好的东西。

我们可能是厦门最早使用微波炉的人。厦大的一位教授还问过我，微波炉使用前要预热多久。

如今，厦门人早已拥有微波炉，也可负担得起全套现代化厨房用品，但是依旧只用砧板、菜刀和炒锅就能烧制出全世界最可口的饭菜。我希望永远如此。

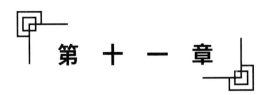

第 十 一 章

电视机和烤面包机

从香港搭乘慢船来厦门前，我和苏买了一台烤面包机和一台电视机。事实证明，两笔采购实属明智之举，让我们在厦门的生活轻松许多。我们本想通过看电视新闻来学汉语，但一位"中国通"警告我们："中国人大多买不起电视机，如果一定要买，就买最小的，不要让自己看起来太显摆。"

于是我们买了台13英寸的电视，凡是瞧见这台"袖珍电视机"的厦门人都报以开怀大笑。其实，许多中国人家里都置办了电视机，再不济的也有19英寸大。我便决定把这台迷你电视机卖掉，换一台更大的，但不管定什么价格都无法转手。最后，我把它送给一个本地人，虽然不要钱，但对方还是嫌弃尺寸太小。

不过我们的烤面包机则颇受老外们的欢迎，但也最常引发不和，制造诸多麻烦，"战况"比争夺冰箱那区区25平方厘米的空间更为激烈。

"不识好歹"的老外和早餐二三事

我们很快就爱上了厦门，但不时仍会泛起思乡之情。每当这种时候，一丁点家乡的事物都能抚慰心灵，比如黄油吐司。来到中国时间更长的老外嘲笑我们："在中国，就要吃中国食物！"我喜欢中国食物，但一天三顿确实是吃不消，尤其是早餐。清晨，我从只比胶合板略软一些的中国床垫（货真价实的"床板"）上醒来，胃就开始渴望熟悉的味道。

中国的早餐跟午餐、晚餐一样，花样繁多。自助餐厅可能会供应五六十道菜！不过，谁想一醒来就对着米粥、腌菜、咸味花生和小鱼干呢？更何况，小鱼干那双干掉的眼珠子还可怜巴巴地盯着你呢。就算有鸡蛋，也都是泡在酱油里的。咸鱼、猪油、炸鱼唇和土笋冻这些食物，到了中午我都能吃进去，可唯独早上不行。清晨一睁开眼，我的脑袋、心灵和胃就开始呼唤鸡蛋(不添酱油)、吐司和咖啡——因此，烤面包机正是不二之选。

简单的早餐引起了中国人的不解，因为对他们来说，不管哪一顿饭至少都要有十道菜，其中一半是在国家地理频道才能看到的动物，剩下的一半则是从偏远山区或人行道裂缝中摘来的奇怪蔬菜或菌菇。

有一天，中国朋友把我叫醒，说："今天，我们要带你尝尝地道的本地早餐，你一定会喜欢的。"他们不顾我一路抗议，把我拽到一家破旧的小店，点了一大碗热气腾腾的浓稠猪血汤。我只能硬着头皮道声"好喝"。

烤面包机拯救了我们。尽管有些外国人一开始对它嗤之以鼻，不过，不到三天，就已有十几个老外每天早上排队用我们的烤面包机。这种局面

公共走廊里的圣诞晚餐
（后排左一为烤面包机）

持续了几天后，我们便去询问管理员能否在公共走廊摆张桌子放烤面包机，还向他们保证"是为了大家方便"。他们要求我们遵守两个条件才肯答应：一、必须是可折叠桌（符合消防规范）；二、不可效仿中国教授，在烤面包机周围搭建纸板厨房。

那些冥顽不灵的"中国通"，一直炫耀他们吃油条、米粥和小鱼干也活得下去，起初确实能够抵抗烤面包机的诱惑，但最终还是心甘情愿地屈服了，因为我意外发现，切好的馒头涂上黄油在烤面包机里烤过后，香味和口感都非常像英式松饼。宣告胜利！不过，我沾沾自喜的心情很快就消

失殆尽。

排队使用烤面包机的队伍太长了，明明是自家的烤面包机，我和苏却要等上半小时。"不如我们凑钱买一台公用烤面包机吧？每人出一美元就够了。"我向其他老外提议。但是，那些舍得花五百美元买日本产小冰箱的学生却犹犹豫豫：既然可以用我们的，就没必要花这笔钱。

四个月后我们搬到教工宿舍，没人不舍我们离开，倒是有一些人说："我们会想念你们的烤面包机。"彼时恰逢圣诞节，趁着节日的氛围，我和苏千里迢迢跑到东海百货，买来一台烤面包机送给他们。

通往天堂的阶梯

东海百货修建了厦门第一部自动扶梯。见过自动扶梯的中国人少之又少，许多人不愿意搭乘。就连身强体壮的码头工人，伸脚试着踏上电梯时都颤颤巍巍，最终还是掉头直奔楼梯走去，全然不顾那班健壮同志们的揶揄嘲笑。

这次的主角是一个刚从农场出来的瘦高青年。他鼓起勇气，挺直腰杆，跃跃欲试之际，正好看到两岁的香农兴奋尖叫着跳上自动扶梯，然后踩着移动的钢制台阶向上跑。于是这位年轻的男子便潇洒往上一踏，结果摔了个倒栽葱。香农大笑着指了指，"爸爸，那个人真好笑！"

"香农，别这样。拿手指指人不礼貌。"

"为什么不行？"他问，"他们也这样做啊！"

东海百货的玻璃橱柜里陈列着许多台烤面包机，令人震撼——当然了，全都是同一个品牌。店铺为了打造商品琳琅满目的错觉，会在货架上摆满一模一样的瓶瓶罐罐或箱包。这让我想起福特公司生产的 T 型车，亨利·福特（Henry Ford）曾说："顾客可以将这辆车漆成他想要的任何颜色，只要它是黑色的。"我指出每台烤面包机上的塑料把手都坏了，店员不以为意地耸耸肩，"把手很容易坏的，直接推金属条就好了。"

金属条会硌手指，不过想到这不是我自己用的，而是给其他老外买的，我便接着问："把手这么容易坏，那其他部分呢？"

店员指着彩色盒子上的"一年保修"中英文粗体盖章字样，说："一年内免费维修或更换。"而后，他开始填写一式三份的单据，当时，不论是买电视机、烤面包机，还是买二号铅笔，但凡购物都需要这种单据。他把公章在红色海绵印泥上用力戳了一下，然后分别在三份单据上盖章，对我说："去收银台付钱。"

中国没有零钱

收银员坐在木制小隔间里，悠哉地翻阅一本影星杂志。我轻声清了清嗓咙，但她却很自然地装作没看到我。我把三份单据和花花绿绿的人民币纸钞放在柜台上。她更加刻意地无视我，所以我把那叠东西缓缓推到她面前。她只好不耐烦地抬头瞪着我，叹了口气，"你想干吗？"

她是收银员，我给了她购物收据和现金。这不是明摆着吗！我忍着没说什么。店员跟大象一样，有过目不忘的本事，一朝得罪店员，以后永远别想买到你想要的任何东西，一句缺货就让你没辙。就算眼前的商品架上明明堆放着你想要的东西，他们也会说："那些？不行，全部坏了。不能卖。"

我恭敬地说："麻烦您，我想付这台烤面包机的钱。"我面带微笑，微微鞠躬，仿佛是启奏皇帝，从某种意义上来说，我的确是在启奏。

她仔细检查那些单据，说："你有没有正好的零钱？"

"是一百六十块四毛吧，我给了你一百六十二块，很接近了。"

她把单据扔给我："我没零钱。"

朋友常对我说："你肯定目睹了中国的很多变化！"

我回答："根本没有零钱。出租车没有零钱，商店没有零钱……"[1]

大约两千五百年前，赫拉克利特（Heraclitus）曾说过："唯有变化是永恒不变的。"在中国，零钱不够用才是亘古不变的现象。我翻遍整个包，终于凑足四毛钱，怯怯地把钱推过去，但她早已埋头看杂志了。看到

1　译者注："change"（变化）一词多义，又译作"零钱"。

硬币后，她便盯着我，"我就知道你有零钱。"

她仔细检查每张单据，盖上印戳。红色盖章从来都干不透，轻轻一碰便模糊一片。怪不得人们说"赤色中国"，原来指的是盖章颜色。

三联都盖好章后，她把其中两联钉在一根生锈的长钉上，把最后一联连同零钱扔给我（一些硬币掉到了地上），然后又埋头津津有味地看杂志去了。我说了句谢谢。不用说，这些店员和移民局官员肯定是同一所学校培养出来的。

保修——用后失效

我原以为住在度假楼的外国人会满怀感激，结果一个美国学生抱怨："你的烤面包机是进口的，但这一台是中国制造的。耐用吗？不然你把你那台留下，把这台中国货带走吧？"

"不要紧！"我指了指包装盒，说，"一年保修！"

一个星期后，这位学生到我们新入住的外宾招待所公寓找我们。"你的烤面包机坏了。"烤面包机坏了，倒说成是"我的"了。我拖着沉重的脚步再次前往东海百货。一群农民害怕地围在自动扶梯前止步不前，我费力挤开他们往电器柜台大步走去。我把收据和装在原包装盒中的烤面包机放在桌上，说："这才一个星期就坏了。"

店员面无表情地瞪着我，我赶紧补充道："坏了。我一星期前买的，你们说如果一年内坏了，东海会帮忙维修或更换。"

他用怀疑的眼神打量着包装盒，说："但你已经用过了。"

"是的，我们当然用过了，就是这样才会坏的。所以请帮忙修好，或者换一台。"

"我们没有这机器的零件。"

"那请换一台。"

"换不了了，因为你已经用过了。"

"我当然用过了。如果我没用过，它怎么会坏？这个精致的盒子上用中英文彩色字写着'一年保修'，东海给的收据上也是这么写的。"

"是的，但前提是商品未经使用。"他可能注意到我耳朵发红，急忙又说道："不然你找经理谈谈，他吃完午饭就回来。"

"现在才上午十一点，他已经走了？"

"他有事要办，两点半回来。"

下午快四点，经理才慢悠悠地走进来。我又把情况说了一遍，他说："我们没法更换，因为你已经用过了。"

接下来的事情我已经不太记得了。我拖着脚步恍恍惚惚地回到度假楼，把坏掉的烤面包机扔在过道的桌子上。有一个外国人欢快地问我烤面包机是不是修好了，我像《化身博士》中的海德先生那样发出不耐烦的嘘声。他赶紧溜之大吉。

几天后，一个勇猛无畏的外国学生决定再向虎山行，数小时后扛回一台崭新的烤面包机。他不无骄傲地告诉我和在场的所有人："只需要尊重这里的文化就行，耐心创造奇迹。"但一个月后我的遭遇重演了。

新换的那台烤面包机刚巧用一个月整就坏了。我们的耐心模范又一次去了趟东海百货，经理斩钉截铁地告诉他："保修是针对原来那台烤面包机，更换后的不保修。"

我给住在度假楼里的伙伴们送了一张精美的小卡片，上面写了一个词：耐心。

到了 90 年代中期，中国店铺的客户服务有所改善。时至今日，那家百货商店的许多老员工还记得我们，往昔趣事成为大家的笑料。由于种种原因，他们当年的处境也不比我们好过。如今，厦门有六家沃尔玛购物广场、一家山姆会员商店、多家法国家乐福、一家德国麦德龙，还有六家大型购物商场。我们能够买到过去梦寐以求的所有外国食品和产品，如果商店找不着，还可以求助几乎无所不能的淘宝。不过，现如今我们基本只吃中国食物。

早餐除外。

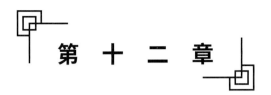

第 十 二 章

油漆店里的香草

我们喜欢中餐，但刚到厦门时，却极度渴望奶酪、蛋黄酱，以及意大利和墨西哥调料等简单的食材。在美国的朋友米奇（Mitch）和简（Janet B.）给我们邮寄一些奶酪，让我们宛如置身天堂。

我也很怀念可口的面包。我和父亲都喜欢烤面包，而大米只是小时候度假时在大米布丁里吃到过。初到厦门的几个月，我使劲喂自己米饭，就像往感恩节的火鸡肚子里塞东西一样，但仍然觉得饥肠辘辘。

虽然我逐渐喜欢上中餐，但仍对西餐美食充满渴望，所以我四处寻找香草、肉桂和肉豆蔻。最后，我找到了一家中药店。因为到了中国后，我很快便意识到，中国人把所有能吃的东西都当成食物，实在不能吃的，就当作药物，最终还是吃到了肚子里。在厦门的药店肯定能找到其他地方找不到的东西。厦门是苏颂（1020—1101）的故乡，他博学多才，不仅发明了世界上第一座天文钟（比欧洲早六百年），还编写了《本草图经》。如果中国超过五千种的草药都不包括肉桂、肉豆蔻和香草，那我就要把苏颂从我的中国伟人名录中除名了。

厦门的中药店古色古香，如同我在19世纪照片中看到的一样，从天花板到地板，一墙又一墙的全是深棕色木抽屉，所有想得到的、想不到的药材都摆放在里面。我在柜台前等着，看药剂师为一位干瘪瘦小的老奶奶配药。他们铺开一张张四四方方的牛皮纸，把甲虫干、蝎子干、树皮、草屑等一味味药材堆放在纸上，再撒上一些籽和些许白色粉末。

药剂师彬彬有礼，也很专业，对每一味药材及其功效了如指掌。看着他们耐心地向老奶奶讲解如何煎药、滤除药渣，叮嘱她每天要服用几次，我感到很吃惊。这和东海百货里充满敌意的收银员形成鲜明对比。[1] 轮到我时，我递给他们一张纸条，上面是我花了九牛二虎之力写下的汉字：肉豆蔻、肉桂和香草。"你们这里有这些东西吗？"

店员笑了，"我们有前面两种，你是哪里不舒服？"

"我没有生病，这些是做饭用的。"药剂师呆呆地看着我，然后和她的同事耳语了一阵，她的同事耸耸肩膀说道："外国人。"

我买到了肉豆蔻和肉桂，但不是我们在美国时常见的粉末状。肉桂呈条状，或者更像是板状，我都可以用它来做一把椅子。我不得不用一把木工刨刀将肉桂削成薄片——天啊，这味道太香了！整个度假楼都飘散着新鲜浓郁的肉桂香味。让我吃惊的是，肉豆蔻实际上是果仁。我以前一直以为，肉豆蔻从发芽的时候开始就是粉末状的，外面还罩着一起长大的玻璃瓶。我费了好大的功夫才把肉豆蔻碾碎，积攒出足够烹饪的分量，但是和肉桂一样，这香味物超所值。但我也因此被惯坏了——再也不爱整瓶或整包的香料粉了！

"但是香草呢？"我问药剂师。

"不好意思，不知道哦。"

我知道厦门一定有香草，因为中国的面包房有出售香草口味的产品。于是我拿着一本字典到处问面包师傅哪里可以买到香草。我一直自认颇有语言天赋，毕竟我读硕士时主攻语言学。但无论我怎么仔细听辨，他们似乎都在说"油漆店"。我觉得这肯定是南方口音的问题，南方人会发错普通话的音，声调也会出错。最终，我请教了一位会讲英语的中国教授。他翻了翻白眼，似乎答案很明显。"当然了，是油漆店。"

1　后来我才知道他们的敌意源于挫败感。他们没有受过培训，也未能得到支持。而到 90 年代中期，商店店员的专业度足以和药剂师相媲美。

"你在开玩笑吧！油漆店里卖香草？"

"不然你要去哪里买？"他说道，"香草是一种化学品，和油漆一样。"

我怀疑他闻到的化学品比香草还要多，但我还是步履艰难地去了趟油漆店。虽然觉得有点傻，但是我还是问道："你们这里有香草吗？"

"当然有，在架子上。"果然，整个架子上都是孔雀牌香草！

"油漆店真的卖香草！"我说道。

"当然了。"他说，"不然你要去哪里买香草？"

我当时仍然不敢相信中国人会在油漆店里卖香草。也许那只是香草味的油漆，他们在愚弄我？在离开油漆店前，我打开瓶子。这气味和马达加斯加或墨西哥的香草一样沁人心脾！而且很浓烈，甚至还可以燃烧。在好奇心的驱使下，我点燃了一根火柴靠近一小勺香草，噗的一下，香草消失在火焰里！可能这里面含有90%的酒精，也就是说，我可以把它用作药物服用。如果中文课真的让我烦心了，我也许可以来几口孔雀牌香草。但我从未尝试过。就我这运气，我可能买到的是香草味的油漆稀释剂，但我踩三轮车都已经瘦了九斤，当然不用再让自己变得更苗条了。[1]

畅销商品冲击

慢慢地，商店出售的商品越来越丰富多样，现金即可购买，无须提供配给票。但我们意识到，遇上真心喜欢的东西，就要赶紧买一两箱回去，否则过了这村就没这店了。商品不是按照市场行情而是按照配额来入库，受欢迎的产品一旦上架销售，一夜之间就会被抢光，留在货架上的都是无人问津的产品。

整整三个月，每一家店都有源源不断的优质西红柿。"如果有意大利面就好了。"苏说。中国面条和意大利面不大一样。有次去香港，我们买了好几斤意大利面，回到厦门才发现找不到卖意大利面酱的商店。可可粉和葡萄干也毫无踪影。取而代之的是一排排的熟鹅肉罐头和豌豆罐头。

---

1 译者注："thinner"一词多义，既指稀释剂，又可理解为"更苗条"。

鹅肉罐头很好吃，但是整个罐子里都是又小又尖的鹅骨头，看起来就像把整只鹅塞到绞肉机里加工，然后煮熟罐装。太多小小的鹅骨头卡在我的喉咙里，让我觉得吃鹅肉罐头就是自找麻烦。而且，本地市场上就有新鲜全鹅出售，价格和半斤罐装炖鹅肉差不多。我猜中国人也发现了这个问题，因为在最初的热销过后，这些鹅肉罐头便不再畅销。

太冷了不适合吃冰激凌？

初到厦门的两个月里，全厦门的商店都在出售"白雪牌"冰激凌（我觉得这名字比"黄雪牌"更好）。冰激凌是中国人发明的，但这款冰激凌却没我想象中的好吃，不过胜在冰爽可口，我们一周都要为它挥霍三四次。然而，突然有一天，白雪牌冰激凌从厦门的各家商店消失了，每个店员的回答都是一样，就好像他们都在背诵《冰激凌红宝书》的内容——"冬天来了。天冷了，没人吃冰激凌。"

"现在还有32度呢！"我争辩道，"而且我们一年到头都吃冰激凌。"

"中国可不这样。"他们说，"冷天吃冰激凌对身体不好。工厂停产了，要等明年。"

他们可能改行卖炖鹅肉了。

后记

1992年冬天，我们去了一趟北京，看到北京人在结冰的湖面上滑冰时都在吃冰激凌。后来，外国"长城牌"冰激凌进入厦门，全年畅销。这证明了厦门人在冬天不吃冰激凌不是为健康着想，而是因为买不到。如今，一年四季，不论您想要什么东西，都能在厦门买到。但我们最钟爱的，还是和中国朋友们轮流转动曲柄在自家冰激凌搅拌桶中自制的冰激凌。

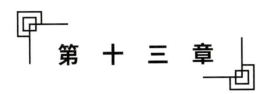

第 十 三 章

融入厦大大家庭，欢度春节

无家可归的美国人

一位中国学生自豪地告诉我："我来自北京。"

"真的吗？那里是怎么样的？"

他耸肩说："不知道，我从没去过。"

我以为他犯糊涂了，结果他指的其实是他祖籍北京。中国人怀有很深的祖籍情结，而我们却没有"祖籍"这个概念，这令他们颇为诧异。

我所遇的每一位中国人似乎都会不自觉地问我："你的家乡在哪里？"我告诉他们我没有家乡，他们却不断继续询问，像是怀疑我怀揣着国家机密似的，"你在哪里出生？"

"路易斯安那州，"我说，"但在我六周大的时候，我父母便离开那里了，之后再也没回去过。"

他们越发沮丧，语气像是质问："你大部分时间都是在哪里生活？"

老潘漫画：无家可归的美国人？

"我三十二岁来厦门，在那之前已在三十个地方生活过。可以说，我随遇而安。"他们意识到我其实是一个无家可归的美国人，便会露出难以置信的表情，甚至对我敬而远之。

没有具体的归属地，这会令中国人感到忧虑不安，因为"根"对他们而言极为重要。数个世纪以来，东南亚大多数海外华侨都来自厦门地区。即便为了生计离开中国，他们最终还是希望在发家致富后回到祖国安享晚年。若未能如愿，他们也会希望子孙后代把骨灰带回中国。他们对当权政府的看法无关紧要，他们是中国人，是福建人。正如英国皇家海军爵士肖尔（Shore）在 1881 年时对厦门人的描述：

"长久以来，厦门一直是中国移民出国的重要口岸。1874 年，至少有一万六千五百名苦力过关去往新加坡，我们抵达数天后，又有一艘大轮船载着八百人驶往同一港口。其中多数人前往马来半岛及马六甲海峡的荷兰殖民地，且全数来自厦门地区，或是技工，或是农民……

……许多人在移居的国家安顿下来，但积累了一定资产后返回家乡者亦不在少数；实际上，由于中国人眷恋故土，部分人为了死后能入祖坟，在经济条件允许的情况下，会特别强调对遗体作防腐处理，送回籍贯地埋葬。"

但我们发现，作为厦大大家庭的一员，我们也是有根的人。

中国新年返乡团聚

与无家可归的美国人不同，中国人始终知晓他们的祖根。他们知道自己来自哪里，春节到来时，他们知道要回到何处——家。春节临近，长途汽车、飞机、火车、轮船等各种交通工具上都会挤满返乡的乘客，个个满载礼品。在乡村，崭新铮亮的自行车上载着一家老小，还有一捆捆礼物、一笼笼活的鸡鸭鹅，吱嘎吱嘎徐徐前行。哪怕是最偏远的内陆地区，山路上也满是返乡的家庭，他们不惜每年长途跋涉，欣欣期盼地踏上返乡归途，父母肩上扛着行李，孩子们蹦蹦跳跳、欢声笑语，期待着品尝奶奶精心准备的美食，听爷爷讲述日军侵略时期和革命年代的离奇故事。

对于我们美国人，感恩节比圣诞节更贴近中国春节的精神内涵。圣诞节自然是最欢乐喜庆（也最费钱）的节日，但最繁忙的客运季非感恩节莫属，因为我们全都回家吃团圆饭。对于中国人而言，春节的重头戏也是团圆饭，也是在此时，我们才发现，我们也有很多如家人般的中国朋友。

中国新年历来是家人相聚的温馨时刻，但当MBA中心的刘平主任知道我们没有准备除夕年夜饭时，他大为吃惊，于是便邀请我们去他家吃团圆饭。这是一次学习和成长的经历。我受益匪浅，也成长了很多——腰围长了有十厘米吧。

除夕围炉

如同当时在厦大的所有人一样，刘主任住在一间很小的公寓里，由大别墅的一个房间改造而成。他们在墙壁上贴满白色的电脑用纸，以此遮盖厦门潮湿气候引起的斑驳变色。仅有的装饰品是一本廉价挂历，还有几朵褪色的廉价塑料花。木质家具做工粗糙（我的手指和臀部都沾到了木屑），但很耐用。但那天晚上，没人在意公寓装饰或家具如何。对中国人而言，最重要的是家人开心团聚，而那天晚上，我们确实亲如一家，一起享用他们所能提供的最精致的菜肴和酒饮。

住处可能寒酸凋敝，但酒食却丰盛考究。刘主任首先以青岛啤酒（德占时期在山东留下的著名遗产）拉开晚宴序幕，接着端出精选的闽南菜肴，第一道是厦门人的最爱：土笋冻——一种蠕虫，熬煮

刘平主任的家

后其所含胶质释入水中，冷却后即凝结成灰色的圆形块状。蘸上足量的辣酱和芥末酱，美味直冲鼻腔，妙不可言。

我们习惯了美国主人家的作风，以为只有两三道菜加甜品，见主任的

妻子和岳母摆了四道菜在桌上，我们便大快朵颐，浑然不知主任还藏着王牌——还有十六道菜接踵而至。到第十二道菜时，我觉得此生再也不想看到中国食物。到了第二十道，我的肚子圆滚滚的，像是怀胎十月，就等着剖腹产。

菜肴包括一盘盘当地鱼、虾、蟹、鱿鱼和章鱼（我的最爱，尤其是吸盘部位，十分有嚼劲，很像塑胶葡萄）、红烧鸡、辣椒牛肉、酥皮糕点、汤，还有各种想象不到的蔬菜（比如苦瓜、菠菜根）。当然，还有孩子们最喜欢的甜点，包括鸡蛋馅饼、黑豆蛋糕、银耳羹。

餐桌上不拘礼节

我很享受餐桌上的不拘礼节。中国人注重传统和礼节，但坐到饭桌边则不那么讲究礼数。他们抛开礼仪的束缚，沉浸在愉悦的气氛中，完全不像西方美食家那样拘泥于餐桌礼仪。他们围坐在一起，盛放着各式菜肴的碗碟摆放在桌子中央，通常是放在餐桌圆转盘上，想吃什么菜就转到自己面前。期间绝不会说"请把……递给我"，因为他们知道上帝赐给我们胳膊就是让我们伸长手去夹菜的！

要是西餐也能如此简单随性，该多好。

在刘平主任家参与"博饼"活动，1989 年

结婚四十年了，我还是记不住西餐的六把刀叉和勺子该如何摆放，该以什么样的顺序使用。我亲爱的岳母会不厌其烦地温馨提醒："比尔，使

用餐具要按照从外向内的顺序。"而且，她总是以缓慢平稳的语调提示我，像是教导智力发育迟缓的孩童，"比尔，汤匙要打圈圈，这样汤才不会洒到你的膝盖上，比尔。"

中国人喝汤根本不用汤匙。在中国，得体，甚至是意料之中的喝汤方法是先用筷子吃完汤里的固体食物，然后捧起碗到嘴边，把剩下的汤水喝完。既优雅又简单。

从无趣的高雅中解脱！

关于"西餐礼仪"，多萝西·帕克（Dorothy Parker）曾写道："那些完全掌握礼仪，且做到完全正确而无可挑剔的人，似乎迟早会进入一种无趣的高雅状态。"

中国人在餐桌上绝不会展现无趣的高雅。他们用的不过是一双朴素的竹筷子，随意地搁在碗旁。然而，我们很快意识到，中国人，尤其是闽南人，使用筷子时确实有一些禁忌。他们忌讳把筷子竖插在米饭上，因为那样看起来就像是在饭碗里插几炷香供奉鬼神和祖先一样。而渔民则忌讳将筷子横放在碗口上，害怕他们的渔船因此搁浅。有一次我把筷子横放在碗上，一位教授说："我们这里不这样放筷子。"

"但我们不是渔民啊。"我说。

他一脸惊恐，"难道你不在乎渔民的船吗？你吃的鱼可都是渔民捕的。"

> ### 使用筷子的饮食习惯
>
> 中国人吃饭不使用刀叉。他们的日常食物基本是米饭配酱菜或蔬菜肉丁。他们在餐桌上使用两根像铅笔一样的细棒子，称为"筷子"。用手指夹握住筷子，控制筷子的同一端并拢或分开，以适合的宽度夹取要吃的食物。如果非要让美国人用筷子进食，恐怕吃饭快的人就要挨饿了。然而，我所见的是中国人与其他人相比，同样身材硕大，同样精神饱满。
>
> ——科芬（Coffin），1908 年

野蛮人和傻瓜

20世纪90年代中期，有中国学者一本正经地指出，鉴于用筷子比用刀叉对肢体灵巧度的要求更高，中国人比我们用刀叉的"野蛮人"更聪慧。使用筷子可提升运动技能，因此有助智力开发。这和另一主张颇为相似，认为记忆笔画复杂的汉字有助于智力开发，而使用简单的二十六个字母却阻碍了我们"野蛮人"的正常发展。

多次听到这样的言论后，我忍不住反驳学生说，我们"野蛮人"双手并用而非只用单手，所以我们更聪明。用餐时，我们一手握餐刀一手握叉子，同时开发左脑和右脑。反之，中国人只用一只手（通常是右手）握筷子，只用到了半边脑袋。

不过话说回来，金盘玉食、讲究排场的餐桌礼仪对我们这些"野蛮人"着实是一种沉重负担（对已婚人士更是如此），所以，说不定中国人确实比我们聪明。

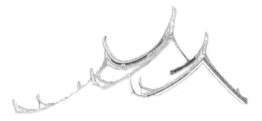

第 三 部 分

厦大管理学院——管理教育的先锋

第 十 四 章

MBA "菜鸟"

白手起家

长久以来，我一直渴望能到中国大陆学两年汉语，但对学成后的去向却毫无头绪。1985 年，我们的汉语老师说："中国想要发展经济，读个商科博士会大有用处。"我颇具商业才干——六岁时就懂得把玩具卖给其他孩子，赚到了人生的第一桶金——而且也没更好的主意了，便听取了他的建议。

等我拿了学位抵达厦大，开始打听修完汉语课程后教授商科课程的事，厦大领导却说："中国只聘请教英语的外国专家。对于其他学科领域，我们有自己的专家。"

有几位"中国通"对我说："商科学位毫无用处。中国只聘用教英语的教师，你最好拿一个英语教学的学位。"

"我已经过河拆桥了，"[1]我回应，"就先念完两年汉语课程，之后再看情况吧。"

1988 年 11 月，到厦门仅两个月后，我就听说厦大刚刚开设中国大陆第一批 MBA 课程，并且终究还是聘了外籍教师（不过只需要一位），这

---

1 在汉语中，"过河拆桥"（burning one's bridge）表示自己过了河，便把桥拆掉，不让其他人过桥，是种自私自利的行为；要表示没有退路，汉语使用一则拥有两千两百年历史的成语——"破釜沉舟"（Break kettles, sink the boats）。

让我又惊又喜。当时，我并不担心，毕竟我还要修读两年汉语课程。但到了 12 月，我开始对汉语课程的缓慢进度感到气馁。

甚至在离开美国前，就有许多"专家"告诉我说，我都已经三十二岁，要学习一门新的语言为时已晚。[1]我并未理会，决心继续追求自己的梦想。在厦大，与我一起上课的同学有的比我小十岁左右，但我不落人后，每天熟记十五到二十个汉字。不过，和全世界任何地方的外语课程一样，我们的课程偏重读和写，而非口语，就连阅读材料都不太实用。所以我自己开小灶，跟遇到的每一位中国人练习讲中文，包括女佣、修鞋匠、白铁匠、自行车修理工、南普陀寺的和尚、新街礼拜堂（始建于 1848 年，是中国最古老的基督教堂）的朋友。

我还购买了中文儿童漫画书。图画很有趣，但结果证明，儿童读物中的汉语对我来说还是太难。要读懂给五岁孩子看的《米奇和米妮》漫画都如此艰难，实在令我沮丧不已。

汉语学习进度缓慢，加之带着两个孩子和三十多个老外挤在度假楼里生活，种种压力下，我开始考虑找一份工作，只在空闲时学习汉语。问题是，没人想要聘请商科教师，而我又不想教英语。不过这一次，缘分再次悄然而至。

管理学院唯一的外籍商科教师乔（Joe L.）由于家中有事，突然打道回府，前往美国田纳西州。他人还未出岛，刘平主任就敲响了我家的门，问："您愿意教授商科课程吗？我们会付您工资，您可自学中文，我们还会为您提供更好的住房。"

"让我考虑一下。"不知经过五秒还是十秒的深思熟虑，我答应了："好！"

真是缘分啊：天时与地利二者兼备。好笑的是，那些曾经劝我回美国攻读英语学位的"专家"，如今却竭力反对："你不该这么轻易放弃学习汉语！两年后，还会有其他工作！"

---

1 过去三十年的很多研究（甚至包括麻省理工的研究）表明，学习一门新的语言时，成年人不仅可以像儿童一样轻松，很多情况下，甚至还能学得更好。

"告诉我说除了教英语，不会有其他工作的不也是你们吗！"

好在我没有听那些"专家"的指点。这些年我逐渐懂得，没有人是真正的中国专家，连中国人自己都未必完全了解中国。

在我看来，倘若中国决心发展经济，商科必定是基础，因此，就必定需要国际商务教育，所以教授商科是个不错的选择。我既可自学中文，省下学费，还可为中国发展贡献心力。

我同意教授"组织行为学"（OB）和"商业规划"（BP）课程，随后又增加了"微观宏观经济学"、"比较管理学"和"商务英语"课程。原先的教师把手上的一些"组织行为学"材料给了我，但我没有与"商业规划"相关的任何教材。这时，缘分再次不期而至。答应授课后没几天，我结识一位来自加拿大纽芬兰纪念大学的访问教授。她说："真是太巧了！我明天就走了，不过我的研究方向就是商业规划。"她给了我一套现成的课程资料——课本、讲义和投影幻灯片，说："这些内容尽管用！"

新手外籍教师

这个工作机会让我欣喜得飘飘然，但商谈薪资时我又骤然被拉回现实。主任事先带我参观了外国专家招待所以及三居室的单身教师套间，说："这里的条件比度假楼好得多。"但我刚答应授课，主任就告诉我："三居室套间只提供给外国专家，您不能算是，因为您教的不是英语。"

"那您为什么要带我参观三居室套间呢？"我争辩道，"再说，我之后也会教授商务英语。"

"但您的博士学位是商科的，不是英语。哪怕拥有英语本科学位，也可能算是外国专家，但是您博士读的是其他学科，所以只能算作讲师，就只能住一居室。"

"您带我们参观了三居室套间，说会改善我们的居住条件。一家四口从两居室搬到一居室，完全谈不上改善！"

主任面带微笑说："其实，**有一个办法**能拿到三居室套间。您可以用一部分薪水来租这套大的。"

“要用多少薪水？”

“一半，”他说，“但您每个月到手的仍有九十美元左右。”

“所以要教商科课程，我非但得领最低工资，还得用一半的工资来付租金？”

“是的，”主任说，“但您想想，这可是帮助中国的好机会！”

若是只考虑原则，我肯定要拒绝，但接着又在心里稍稍盘算了下，说道：“好吧，我接受。”但我不想让他以为我很好说话或者天真幼稚，于是解释了我的想法：“我觉得这样并不公平，但想到能省下学费就接受了。”

刘主任面露笑容，接着说道：“住处没有厨房设备，而且出于安全考虑，也不允许在房间里做饭。所以您每月须付四个人的伙食费才能在教工食堂用餐。”

“四个人？一个才八个月大，一个才两岁。”

“跟年龄没关系，是按人头来算的。这是规定。”

“好吧——那这需要多少钱？”

主任犹豫着，咽了一下口水，说：“每个月一百八十美元左右。”

“伙食费是我剩余工资的两倍？”我差点转身就走。当然，即使算上伙食费，与支付学费相比，还是划算的。虽是如此，想到教个书要花这么多钱还是令人无法忍受。“很抱歉，”我说，“我想我还是继续学汉语吧，以后再找别的工作。”

“但您说过您想要这份工作！”

“是的，但我当时不知道要拿走我一半的薪水付房租，收的伙食费是我剩余薪水的两倍。假如我这么傻，答应这样的待遇，您会放心请我教商科课程吗？”

“或许您可以先考虑考虑？”

“我已经考虑了起码两分钟，足够长了。”

正当我起身准备离开时，主任说道：“或许我们可以在伙食费方面想想办法——争取免掉教工伙食费，怎么样？”

我乘机询问能否在露天阳台做饭，不过答案昭然若揭：“不行！这是

苏在露天阳台做饭，1989 年 3 月

规定。"我想起了《墨菲定律》第二册（1980 年版）里的一句话："获得原谅比取得许可更容易。"

"如果不用支付教工伙食费，那我接受。"

刘主任微笑着，热情地与我握手。他说："您不会后悔的。"

刘主任说对了。我从未后悔做出这个决定！

酬不抵劳还是待遇公平？

即使工资几乎只有我在美国时的百分之一，与刘平主任的这笔交易却是我人生中最划算的一笔。而且一年后，我甚至请求厦大把我的薪水降低到与中国教授同等水平，这是因为我的中国同事们专业精湛、工作勤勉，领的薪水却远低于我。唯有与中国教授同工同酬，我方能认为自己得到公平的待遇。

我原本的薪水就很少，所以减薪也没有多大影响，但却意义重大，这表明了我对学院和同事的承诺。而且我相信，当学院情况好转，中国教师薪资提高，我的待遇也能得到改善。事实确实如此。每当我的中国同事获得一小笔奖金，或者节假日分到一些水果、食品时，都会与我分享。

其他外国人，尤其是"专家"们，主张我应该"伸张自己的权益"，但在过去的三十年间，我从未协商签订新的合同。厦大付我多少薪酬我都答应，甚至在最初几年完全没有签订合同。但这么多年来，校方比我预料的更为慷慨。而且，我的情况并非个例。

美籍教师简（Jan E.）在厦大新闻系任教，后因健康原因返回美国。了解到她身患重病后，厦大决定每月为她提供津贴，帮助她承担部分医疗费用。厦门市政府的一位高级官员听说她的困境后，也自费资助她。

一位美籍教师从广州中山大学调到集美的一所高校。在新学校任教一年后，中山大学打电话给他，说要给他发几千元的奖金。奖金是在他离职将近一年后才定下来的，但因为恰好涵盖了他任教的时期，校方就联系上了他，表示那是他应得的。

多年后，在研究厦门地区悠久历史和文化时，我才开始理解中国人讲究公平、厚道的哲学根源。

但公平归公平，他们在讨价还价上也精明得很，就像刘平主任对我做的一样。与许多天真的外国人对中国人的先入之见不同，中国人自古以来就是商业谈判高手。不信请看下面几则中国古代故事。

中国古代的经商故事

有限合伙 两兄弟一起种小麦。到了收成时，哥哥说："我拿上面一半，下面的一半归你。"

"可是麦穗全在上面！"弟弟说。

"好吧，如果你觉得这样不公平，那明年我拿下面一半，你拿上面一半！"

弟弟表示同意，结果第二年他们改种土豆。

兄弟合穿一双鞋 两兄弟攒够钱买了一双鞋，两人轮流穿。哥哥从早上穿到晚上；弟弟为了不吃亏，就等到哥哥睡着后穿上鞋子在村庄里到处走，一直走到黎明时分。

后来那双鞋穿破了，于是哥哥问弟弟："要再买一双吗？"

"不用了，我还想好好睡觉呢。"

寓意：亲兄弟，明算账！

分酒 两个人决定一起酿米酒。一个人说："你提供大米，我提供水。"第二个人说："我提供大米，那酒怎么分呢？"

"绝对公平。酒酿好后，我们取回各自投入的东西。我拿回液体，其余的全归你。"

驱蚊护身符 有个人买了一个护身符来驱赶蚊子，可是不起作用。于是，他向卖符者抱怨。

卖护身符的人说："你必须用在合适的地方才能起作用！"

"哪里是合适的地方？"

"蚊帐里。"

东边吃，西边睡："一妻二夫制" 一位年轻的姑娘同时被两个人追求，难以取舍。一个是住在东边的小伙子，家境富裕，但样貌丑陋。一个是住在西边的贫穷邻居，但人长得英俊。姑娘向母亲哭诉："如果我能两个都嫁就好了，吃在东边，睡在西边。"

"人民公仆" 一位新上任的官员想让老百姓认为自己品德高尚，便在官府的墙上写下三行字：

1. 不贪财。

2. 不求官职。

3. 不怕死。

几天后，有位智者在其中添了几个字，变成了：

1. 不贪小财。

2. 不求小官职。

3. 不怕死，但求苟且余生。

第 十 五 章

厦门大学管理学院——为国营商

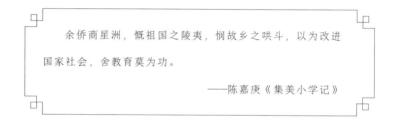

> 余侨商星洲，慨祖国之陵夷，悯故乡之哄斗，以为改进国家社会，舍教育莫为功。
>
> ——陈嘉庚《集美小学记》

1899 年，陈嘉庚年仅二十五岁时，英国勋爵查尔斯·贝思福（Charles Beresford）出版了《瓜分中国》（*The Break-up of China*）一书。这本书实质上是一本目录，记载了中国各地的资源分布状况以及对外国侵占者的好处。埃伦·拉·莫特（Ellen N. La Motte），美国护士、记者、作家，其生动的文笔被认为影响了海明威的创作。1919 年，埃伦在《北京的尘土》（*Peking Dust*）中写道：

"一个美国人指着中国地图上用不同颜色标注的区划说，他的公司可以开在这里、那里，或是别的什么地方，但是每次都被告知：'不行，那块地方属于英国。不行，那块地方属于法国。不行，那是俄罗斯的地盘。不，这是德国人的地盘。'终于，这名美国人向中欧各国官员质问道：'中国到底在哪里！'"

陈嘉庚认为，教育是中国恢复国力、驱逐外敌的唯一希望。正是抱着这样的愿景，陈嘉庚年仅二十岁时便从新加坡返回家乡集美，注资创办其在中国乃至全东南亚的第一家学校。这些学校不仅令中国人受益匪浅，而且还惠及亚洲的外国殖民领主。和林则徐以及先前的其他儒家爱国志士一样，陈嘉庚希望教育可以打开国民的眼界，甚至是压迫者的眼界。正如麦克雷于1861年写道：

> "中国人在听到别人说他们'缺乏好战精神'时，丝毫不会认为这是对他们品格的贬低。'我们不是崇尚武力的民族，'中国人说，'我们是崇尚文化的民族。我们以理智而非蛮力定义权利与特权；以论辩而非刀剑裁决争议。'"

中国一再呼吁道德伦理，但一切努力都付诸流水，陈嘉庚见状便将自己的财富和智慧投入到帮助中国战斗的事业中。毕竟，《孙子兵法》有言，非危不战。不过，陈嘉庚一生中始终坚信，终极救国之道在智慧不在战争——陈嘉庚将发扬中华智慧的厚望寄予了厦门大学。陈嘉庚创办厦大时，设商学部，意在通过商业帮助中国奠定经济基础；又设师范部，以便源源不断地向整个福建地区的学校输送教师和人才。

陈嘉庚在新加坡生活五十年，逐渐认识到一个事实：英国殖民领主固然道德沦丧，行事却十分高效。[1] 于是，他将英殖民者值得借鉴的经验写进几部关于城市问题的著作中。厦大和集美学村的嘉庚建筑融合了西式立柱、立面和优雅的传统中式屋顶，时至今日仍令我们忆起他的愿景：牢牢扎根传统中国道德观和价值观，广纳现代国际教育和科学。

我毫不怀疑，陈嘉庚先生一定会为厦门大学在实现其愿景的漫漫征途中所取得的成就而深感自豪——尤其是我所在的厦门大学管理学院（SMXMU）。

1　只有道德沦丧的国家才会用枪炮要挟一整块大陆的人民接受毒品贸易长达一个世纪之久。

厦门大学管理学院——世界级管理学教育

厦门大学管理学院是厦门大学最大也最受欢迎的学院，在中国，它是教育部授权开设全部商业类学位课程和在职学位课程的少数商学院之一。不过，1988年刘平主任招募我时，管理学院还未展露雄姿！

"我们会打造中国顶尖的MBA课程！"刘平主任说。我敬佩刘主任的热情，于是把怀疑藏在心里。北京上海的高校打造出世界级课程还好理解，因为他们有钱、有关系，可厦大呢？然而到了今天，厦

厦门大学MBA欢迎新生入学，1989年9月

大是中国北京和上海地区以外唯一一所MBA和EMBA课程均排名前十的高校。此外，我们还开办OneMBA项目，采用独特的联合办学模式，汇集五国高校和三十多个国家的近百名学子。

今天，就连哈佛商学院也称赞厦大管理学院的设施质量，可我最初来到这里时，却只能与其他三位教授共用一间小办公室，由于没有书架，只好把书都堆放在地板的一角。我从没想过，与我共用办公室的同事不仅会带领厦大管理学院成为世界级学院，而且还会影响整个中国对管理学教育的追求。吴世农，1992年获厦门大学博士学位，我们的第二任院长[1]，后担任厦大副校长、斯坦福大学客座教授。他是中国金融教学与研究的领袖学者，连续四届担任全国MBA教育指导委员会（CNMESC）副主任委员、全国管理现代化研究会（AMMC）副会长、财务与会计专业委员会主任委员。

---

1 厦门大学管理学院首任院长是厦大校友张高丽先生。张先生出生于厦门附近晋江的一个贫苦农家，三岁时父亲去世，母亲基本上靠一己之力将五个孩子拉扯长大。他后于2013年到2018年期间担任国务院副总理，管理三峡大坝、"一带一路"倡议等项目。我敬佩他"微服私访"，亲自了解乡下人民的真实生活状况。此外，我还敬佩他反腐败的决心和行动。张先生告诫别人不要给任何自称是他亲戚、朋友、同事的人特殊待遇。

老潘在 MBA 中心办公室，1989 年 3 月

我们不仅办公室又小又空，设备也非常少。我数次乘船十八个小时去香港（通常是自费），为学院和厦大外事办（FAO）购买电视、录像机、打印机、电脑零件。我买了太多设备，就连海关官员都问我是不是打算做生意！我对电脑几乎一窍不通，但我是当时少数能看懂英文安装手册的人，于是组装了几台电脑，不过我实际上的"专家"身份并没有保持多久。厦门大学管理学院的技术飞速进步，教职员工和学生对于新电脑系统的掌握也飞速超过了我那有限的知识。

要调整，不要照搬

我原本只同意教授一两年 MBA 课程，之后就回来研究中文——但是我放不下教书。同事们的梦想令我着迷，我兴奋地想要和别人分享这个梦想，哪怕一点也好。不过，我也关心中国管理学教育面临的一些挑战，尤其是中国不会简单照搬外国理念，而是会加以调整，使之符合中国独特的文化和政治背景。1990 年 8 月，我在西安举办的国际管理会议上发表论文《发展中国本土 MBA 课程》。我认为要调整，不要照搬。不仅如此，正如中国必须向世界学习一样，世界也有很多东西需要向中国学习。于是我开始写文章，尝试反驳西方对中国的大量负面报道。

1992 年，厦门大学管理学院开始编写中国本土首套 MBA 教材，我有幸编写了《组织行为学》（不过必须在短短六周内完成）。

1992 年 11 月，在美国佛罗里达州举办的第三届世界发展国际大会上，我就自己关心的另一个问题发表论文《中国大陆的人才外流》（我当时刚刚获得了中国的永久居留权，希望能鼓励学生把精力和才华都奉献给祖国而非外国）。

越是了解中国，我就越是兴奋，因为中国管理学教育潜力巨大，不仅可令中国受益，而且还可惠及中国援助的其他发展中国家（毕竟，即使是在国内经济困难的 20 世纪 50 年代，中国也在援助非洲）。三十年后，我还在教授 MBA 课程。毕竟，还有什么能比帮助中国更令人满足的呢？要知道，2020 年这个国家帮助世界上最大规模的人口摆脱了绝对贫困。如今，和过去一样，中国的国力完全建立在和平的经济发展和商业之上——不像其他所谓的"大国"。

甚至就在我写下本章时，西方国家的抗议者还在要求本国政府承认历史上对奴隶制和殖民主义的依赖——但他们何时才能承认，他们的大部分财富并非来自商业，而是来自在亚洲长达一个世纪的毒品贸易？

"我的目的始终如一：援引历史，捍卫未来，揭露隐秘的昨日世界，通过这个世界，或者在这个世界之上建立起一个有道义的世界。在这个世界中，人们不再牺牲受害，儿童不再忍饥挨饿，也不会因恐惧而四处逃亡。"

——诺贝尔奖得主埃利·威塞尔（Elie Wiesel）（出自一次个人答复）

挣钱、继承或偷窃

很多中国学生都羡慕西方的富有。但我会问：你们也会因为墨西哥毒枭是亿万富翁而羡慕和尊敬他们吗？

简单来说，获得财富有三种途径：挣钱、继承或偷窃。几个世纪以来，殖民国家一直通过海上劫掠、殖民统治、奴隶制、鸦片贸易偷窃财富。当今许多国家——美国、英国、法国、德国、荷兰等等——之所以国富民强，仅仅是因为他们继承了偷窃而来的财富。

美国首位千万富翁约翰·雅各布·阿斯特（John Jacob Astor）向中国走私鸦片长达九年。1848 年，阿斯特去世时，他的贸易帝国价值已达到两千万美元（相当于今天的一千四百亿美元）。但是，阿斯特的多数后人如今都已破产，很多人甚至陷入贫困，因为他们从来都没学会如何真正做到诚实谋生。

三百年前，中国和印度两国的 GDP 占全球的三分之二。就连《哈佛商业评论》也提到，中国经济"比欧洲各国的经济更加开放，更加市场化"。但是到 20 世纪 40 年代，中印两国陷入贫困，其 GDP 仅占全球不到 5%，而西方国家则发展壮大。那时，西方国家虽然参与了合法贸易，不过数以十亿计的鸦片贸易利润还是资助了一些地方的基础建设，比如我们的合作伙伴哈佛商学院的所在地——波士顿。

建立在鸦片贸易之上的波士顿

玛莎·贝宾格（Martha Bebinger）在《鸦片利润如何塑造 19 世纪的波士顿》（*How Profits from Opium Shaped 19th Century Boston*）中写道："在一座历史悠久的城市，很少有当地居民了解鸦片贸易利润所带来的巨大遗产……波士顿的精英家族——德拉诺家族（富兰克林·德拉诺·罗斯福（Franklin Delano Roosevelt）总统的祖父便出自该家族）、卡伯特家族、库兴家族、韦尔德家族、福布斯家族积聚大笔财富，兴建波士顿城，而这一切都建立在对中国的鸦片走私之上。"[1]

波士顿富商珀金斯（Perkins）仅一趟船运就卖掉了六万八千多公斤土耳其鸦片。宾夕法尼亚州立大学一位从事美国研究的教授约翰·罗杰斯·哈达德(John Rogers Haddad)称，靠着这门生意，很多人变成了百万富翁。"19 世纪早期，中国经济实在强盛，而美国人则以鸦片换茶叶，通过这种方法来利用中国的经济优势，"哈达德说，"鸦片贸易确实是美国借助中国的经济力量推动本国工业革命的途径。"[2]

贝宾格写道：

"鸦片贸易的赋税收入资助了马萨诸塞州的警局、消防队、道路、桥梁、法院、学校。鸦片贸易的利润资助了波士顿多家顶尖机构。珀金斯兄弟帮助建立了麻省总医院、麦克林医院、波士顿图书馆。其他鸦片大亨的名字也被镌刻在大学、高中、公共图书馆的建筑上。'波士顿居民对于本

[1] https://www.wbur.org/commonhealth/2017/07/31/opium-boston-history
[2] https://www.wbur.org/commonhealth/2017/07/31/opium-boston-history

城依赖鸦片贸易利润的事实并不知情，'陶森大学历史学副教授伊丽莎白·凯利·格雷（Elizabeth Kelly Gray）说，'而如今，这段历史基本已被掩埋。为了写这篇文章，我们联系了多家机构，其中多数都不知道他们的捐助人是依靠在中国出售非法毒品而发家致富。'"[1]

一百年前，西方人把亚洲人称作"黄祸"，并不是因为中国威胁到了西方，而是因为他们害怕中国可能停止鸦片贸易。鸦片贸易虽不道德，但利润丰厚到超乎想象，有利于西方人发展经济。如今，西方人仍旧把中国描绘成全球威胁。既然西方人现在正在反对自身的殖民主义和奴隶制遗产，那么我希望他们也能睁开眼睛看一看自己曾经对中国犯下的滔天恶行。正如桑塔耶拿（Santayana）曾经写道："忘记过去的人注定会重蹈覆辙。"

幸运的是，中国人始终依靠和平经商来赚取财富，因此，我一直相信，厦门大学管理学院有很多东西需要向世界学习，但同样也有很多东西可以教给世界。

厦门大学管理学院的故事

我和费菲一同撰写厦大八十五周年校庆献礼作品《魅力厦大》时，简单提到了厦大的各个学院，但每个学院的故事都是那么动人，我简直可以为它们各写一本书。不过，既然这本书写的是我在厦大的三十年，我还是在本章的结尾介绍一下我所在的厦门大学管理学院的独特之处吧。对管理学教育兴趣不高的读者可能会觉得这部分有些冗长，不过，我认为厦门大学管理学院的成功，恰好反映出了与其他学院一致的价

老潘与 MBA 毕业生合影留念，1989 年

1 https://www.wbur.org/commonhealth/2017/07/31/opium-boston-history

值观和雄心壮志——而这一点你们可以自行研究（我在第一章末尾列举了很多厦大独占鳌头的成就）。

厦门大学管理学院：中国MBA教育的摇篮，创办第一天起便着眼国际化办学

厦大从建校第一年起便是国际化高校，全校学生几乎有一半来自东南亚地区，而厦大管院在20世纪80年代初建院时走的也是国际化路线。当时，厦大管院是中国—加拿大管理教育交流项目（CCMEP）的八所中方大学之一。1983到1992年，厦大派七十多名教职员工前往加拿大高校的商学院开展调研、访问、攻读学位，这批人后来以新的课程结构、先进的教学方法、现代化的教材改革了厦大的商科教育。

1986年，厦大与加拿大达尔豪斯大学和圣玛丽大学联合发起MBA教育项目，并于1987年招收首批工商管理硕士生。1991年，厦大成为中国首批获准招收MBA学员的九所大学之一。

1999年6月，工商管理学院、经济学院会计系、历史系旅游管理专业、自动化系系统工程专业共同组成厦门大学管理学院。

2002年，厦门大学管理学院成为中国首批开设EMBA教育的院校之一。2006年，厦大管院派出十几名教职员工赴哈佛商学院参加"案例教学及参与者主导教学项目（PCMPCL）"（我参加了2007年的项目）和"参与者主导教学全球学术研讨会"。2007年，学院与哈佛商学院合作举办了案例写作培训（CWCD）项目。厦门大学管理学院还与西北大学凯洛格商学院、南安普顿大学、麦吉尔大学、德国特里尔大学和富特旺根大学等高校开展学生交流。

会计全国第一、金融全国第三、"CFO的黄埔军校"

厦门大学会计专业排名中国第一，是中国首个开设会计、管理会计、审计博士学位课程的高校，中国近三分之一的会计学博士毕业于厦大，包括第一位会计学博士、第一位会计学女博士、第一位会计学国际生博士、

第一位管理会计学博士、第一位会计学博士后、第一位审计学博士。

此外，厦门大学管理学院金融专业在中国排名第三，在银行领域亦名列前茅。学院两万名校友中整整有三分之一从事财务、会计、银行业工作，被誉为中国"CFO的黄埔军校"。

厦门大学管理学院的优秀毕业生包括：中国排名前二十的中国银行、中国工商银行、中国民生银行、兴业银行、北京银行的五名首席执行官（CEO）；中国顶尖证券公司国泰君安证券、海通证券、兴业证券的三名董事长；香港联合交易所和上海证券交易所的两名首席执行官；中国石油和中化集团首席会计师；台湾的钢铁、石油、电信、电力大型企业总经理；台湾邮政部门、公路部门长官。

厦门大学管理学院的三个发展阶段

对于我这个旁观者（在某种程度上也是参与者）而言，管理学院的战略演变颇具趣味。厦门大学管理学院经历了三个迥异的发展阶段（改编自厦大管理学院的认证报告）：

第一阶段 巩固（1999—2005）：巩固学院金融和会计专业在国内的领先优势，树立学院在南方顶尖商学院中的领导地位，向国际院校学习。

◎ 2000年，教育部批准厦门大学会计发展研究中心（CAS）为国家人文社会科学重点研究基地；

◎ 2000年，厦门大学MBA课程位列全国第六；

◎ 2001年，厦门大学管理学院分三期向纽卡斯尔大学派出三十名骨干教师进行英语深造；

◎ 2002年，厦门大学管理学院成为中国首批获准招收EMBA学员的三十所商学院之一；

◎ 2004年，厦门大学管理学院成为中国首批授予会计硕士专业学位（MPAcc）以及项目管理和物流工程专业工程硕士学位的院校之一；

◎ 2004年，厦门大学管理学院与ACCA（英国）合办国际会计本科班；

◎ 2005年，厦门大学财务管理与会计研究院成立，是国家"985工程"

唯一的财务与会计哲学社会科学创新基地;

◎ 2005 年,中国工商管理硕士教育指导委员会将厦门大学的 EMBA 课程评为"优秀";

◎ 2005 年,《商业周刊》(中文版)"中国优秀商学院"排行榜中,厦门大学管理学院位列全国第五;

◎ 2005 年,厦门大学管理学院获管理科学与工程博士学位授予权。

第二阶段 全面联结(2006—2012):以 EDP 项目强化企业联系,以国际合作项目助力提高课程、项目及研究水平,以学生国际交流拓展视野。厦门大学管理学院还聘用了多位海外博士,提高了国际发刊数量,并开始寻求国际认证。

◎ 2006 年,厦门大学管理学院成立教育中心,中心现设有华南最大的 EDP 项目;

◎ 2006 年,厦门大学管理学院采用哈佛商学院的商业教育模式,在哈佛商学院培训教职员工,采用哈佛商学院的案例教学模式;

◎ 2007 年,厦门大学管理学院和哈佛商学院共同举办案例写作研讨会和课程开发研讨会;

◎ 2007 年,厦门大学管理学院的工商管理学科被评为五个国家重点学科之一;

◎ 2008 年,学院与法国勒阿弗尔大学、韩国仁荷大学、美国罗德岛大学合作开展全球 MBA 领导力项目;

◎ 2009 年,厦门大学管理学院与凯洛格商学院推出 1+1 EMBA 联合课程;

◎ 2010 年,厦门大学管理学院授予旅游管理专业硕士学位;

◎ 2010 年,在《福布斯》发布的排行榜中,厦门大学的全日制和在职 MBA 项目双双入选,分别排名第九和第十;在"中国最有价值 EMBA 项目"排行榜中,厦大 EMBA 项目排名第九。厦门大学管理学院成为北京和上海经济区以外唯一一所三个项目均排名前十的商学院。

◎ 2011 年,厦门大学管理学院成为美国巴布森学院在中国大陆的唯一战略合作伙伴,并成为巴布森 GCEE 论坛成员,学校教职员工接受了创业教育培训；

◎ 2011 年，AMBA 授予厦门大学管理学院 MBA 和 EMBA 项目 5 年期认证；

◎ 2012 年，厦门大学管理学院与伊利诺伊大学厄巴纳分校联合开办 1+1 会计硕士课程；

◎ 2012 年，厦门大学管理学院与西安大略大学毅伟商学院举办案例写作和案例教学研讨会。

第三阶段 国际化（2013年至今）：全面国际化；以国际标准重新调整内部组织结构与流程；加强与政府、企业的合作。

◎ 2013 年，厦门大学管理学院获 EQUIS 认证；

◎ 2013 年，厦门大学工商管理学科在教育部学科评估中位列全国第三；

◎ 2013 年，厦门大学管理学院与欧洲高等商学院（法国）联合开办 1+1 欧洲商务硕士课程；

◎ 2013 年，厦门大学管理学院成为 ACE 联盟创始成员；

◎ 2013 年，厦门大学管理学院合并所有本科专业，按工商管理学科大类招收本科生，修订本科生培养计划；

◎ 2014 年，学院从美国聘请具有丰富国际教育和教学经验的主任；

◎ 2014 年，学院与下列学校开展全球 EMBA 项目：英国爱丁堡大学商学院、加拿大麦吉尔大学德桑特尔斯管理学院、美国西北大学凯洛格商学院、美国乔治敦大学麦克多诺商学院、西安大略大学毅伟商学院、斯坦陵布什大学、杜伦大学、德国 WHU 商学院、鹿特丹管理学院、昆士兰大学。

◎ 2014 年，取代香港中文大学加入 OneMBA 全球网络；

◎ 2014 年，学院获 AACSB 认证；

◎ 2014 年，《福布斯》"2014 中国最佳商学院"排行榜中，厦门大学全日制 MBA 排名第七，在职 MBA 排名第八，EMBA 排名第八，是北京和上海地区以外唯一一所三个项目均排名前十的商学院。

◎ 2014 年，厦门大学管理学院开放式 EDP 项目在《金融时报》发布的排行榜中位列全球第五十三位，企业定制 EDP 项目位列全球第四十六位（均位列中国第二，仅次于中欧国际工商学院）。

◎ 2014—2016 年，《经理人》杂志"中国管理课程学生满意度"排行榜中，厦门大学管理学院连续三年蝉联第一；

◎ 2014 年，学院启动"杰出人才"计划（教师储备库计划），资助 3~5 名学生赴海外名校攻读博士学位，毕业后可优先入职厦门大学管理学院。

◎ 2015 年，厦门大学管理学院 OneMBA 项目在《金融时报》发布的排行榜中位列全球第三十四位；

◎ 2015 年，由中国"985 工程"大学开设的唯一海外校区——厦门大学马来西亚分校（XMUMC）成立。厦门大学管理学院已开始派教师赴该校区任教；

◎ 2015 年，学院成为福建自由贸易试验区智库，为政府和企业提供政策研究和项目咨询服务；

◎ 2016 年，厦门大学与厦门金圆投资集团共同出资成立厦门大学金圆研究院，开展金融研究创新和项目合作，与清华大学五道口金融学院和上海交通大学上海高级金融学院相抗衡；

◎ 2016 年，厦门大学管理学院加入 QTEM 硕士网络。

回顾往昔，很难相信厦门大学管理学院竟然在短短三十年中发生如此巨变，不过管理学院的成功要归功于价值观，而这价值观正源自厦门大学创办人陈嘉庚心中的头等大事——"为国育才"。

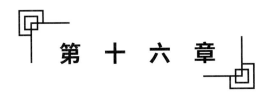

第 十 六 章

"铁饭碗教育"：除了老婆，无所不包

除了老婆，无所不包

距离棚户区被拆还未满一个月，厦大宿舍区惨遭窃贼光顾。学生怒火冲天，要求校方赔偿损失，尽管部分学生承认房间并未落锁。诉求遭校方拒绝后，学生开始抗议。厦大的领导最终作出妥协，答应索赔主张，学生这才意气风发地重返课堂。

这在我看来真是咄咄怪事。国家已经免除了学生的学杂费、食宿费，补贴几乎相当于我们教授的微薄工资。学校还分发纸张、铅笔、钢笔、书包和录音机。诚如一位中国教授的玩笑话："除了学生的老婆，其他我们全包了。"

中国把学生视作未来的希望，竭力为他们提供优渥条件。对此，学生非但不报以感激，反而认为一切理所当然。他们觉得自己曾经努力奋斗只为叩开高等学府的大门，一旦进了大学，无论在校表现如何，收到的回报自然是往后的顺遂人生：上学包毕业，毕业包分配。

包毕业（"铁饭碗教育"）

在美国，考大学相对容易（2020年，美国很多高校甚至取消入学考试！），但在大学里必须认真学习才能毕业。1989年的中国则截然相反——

考上大学难如登天，但上了大学几乎就能毕业。[1]

学生在进入大学前，得先通过"高考"这座独木桥，为此他们十二年寒窗挑灯苦读，勤勤恳恳，夜以继日。家长甚至在孩子上幼儿园时，就着手规划孩子的大学之路。我见过一个六岁大的孩子拉着沉沉的行李箱走在路上，便问她里面装的什么。"作业。"她回答。平心而论，中国学生为了挤进大学，着实付出很多努力。我的许多中国学生能力卓著，在开学第一天的学术表现就足以让美国毕业生望尘莫及。饶是如此，还是有一些学生的表现让我寒心，他们想着反正无论成绩优劣，学校都能保证毕业，便得过且过，不思进取。

这让我想起了所谓的"社会主义"制度优越性——"铁饭碗"，捧得此碗，无论你在工作上兢兢业业还是浑水摸鱼，都可衣食无忧。我在此处用了"所谓的"一词，因为事实并非如此。早在 1929 年 12 月，毛泽东就在《关于纠正党内的错误思想》中指出，追求人人平等的绝对平均主义并非社会主义，甚至会妨碍社会主义事业，我在课堂上亦有所提及。

老潘讲授 MBA 课程，1989 年 3 月

1989 年春季，我亲眼见证了"铁饭碗教育"的苦果。那时我班上有三十二名学生，个个天资聪颖，且大多勤奋好学，只有一名学生不求上进，当一天和尚撞一天钟。他上课姗姗来迟，课堂提问一概不知，小组项目从不现身，作业更是一次未交。后来我抓到他考试作弊，判了个不及格。他来找我，说："你不能给我不及格！我要举报你！"

"啊哈！尽管去吧！"我说。我以为他只是吓唬我——举报老师因学

---

1 当年的情况已不复存在，如今在中国考大学容易了一些，但毕业要求却愈发严格。

生作弊判了不及格？这不是笑话嘛。结果我才是那个笑话。

学院告诉我："你必须给他补考。"

"您是说真的吗？"我说，"作弊的是那学生，怎么反倒罚我呢？"

"这是规定。"

"不行，"我拒绝道，"假若他当真遇到了困难，比如家里出了事或者身体不舒服，我很乐意帮忙。但一个在课堂上无所事事，考试还敢作弊的人，实在不值得我浪费时间。既然考试这么不重要，干脆让所有人都及格好啦！"

"您别无选择，潘教授。我们就是这样办事的。"

我当时应表现得更有耐心，也更有礼貌。毕竟这些规矩不是我同事定的，说起来，他们比我还厌恶这些条条框框。虽然我坚持立场，拒绝提供补考，不过那名学生还是顺利毕业了。

也许正是这种"包毕业"政策才让学生如此自命不凡，目空一切。与今天不同，当年申请就读 MBA 不需要具备三年工作经验。高考前的十二年苦读，再加上大学的四年学习，这些学生十六年间从未离开"象牙塔"。虽然未曾经历风风雨雨，他们却理所当然地认为获得 MBA 学位犹如探囊取物，毕业后担任高管更不在话下！难怪厦门一家国企的首席执行官对我说："我绝不会聘用 MBA 毕业生。他们眼高手低，以为自己什么都懂，能直接从高层做起。"

老潘讲授 MBA 课程，1989 年 3 月

事实上，利用制度蒙混过关的学生寥寥无几（我班上三十二名学生中可能只有一个这样的人——即便这样仍比美国的情况好得多）。我的学生中绝大多数都是真才实学，让我引以为豪。

老潘讲授 MBA 课程，2016 年 5 月

今时不同往日。如今的厦大从严治校，狠抓校风学风。我上报两位成绩优异的学生考试作弊后，校领导当即决定予以开除。我奔波数周，才说服领导收回成命，同意让他们重修。中国的 MBA 课程也向大多数欧洲国家看齐，要求学生具备至少三年的工作经验，因此当今的学生更加成熟稳重，阅历也更为丰富（尽管很多人的英语口语已生疏——这迫使我努力提高汉语水平）。

几周前，一位 1989 年毕业的 MBA 学生联系我，告诉我他三十年来一路打拼，如今在一家知名企业担任首席执行官。我不知道自己教授的知识是否对他有帮助，但很欣喜成为他的老师。执教数十年，我能教给学生的东西实在有限，反而是他们教会了我许多。

感谢他们没让我交学费！

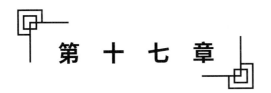

第 十 七 章

在厦大欢庆圣诞节

热闹的平安夜

在厦大管理学院任教的第二学期期末时，我在新华书店买了本书，书名叫《外国人怎么过圣诞》。我知道中国人喜欢了解西方文化，但没料到福建电视台（FJTV）想拍摄我家的平安夜庆祝活动。

福建电视台提出要拍摄我家欢度平安夜的场景时，苏不太愿意。"比尔，这是一家人欢聚的时光！一年到头，我们至少要有一个晚上能清静下吧！"

我也这么认为。老外在中国生活，就像住在鱼缸里的金鱼一般供人观赏。但凡在中国生活过的人都不会轻言中国人内向。中国人不仅观察我们的一举一动，还会评头论足，甚至质疑我们的行为。他们全无恶意，无非出于好奇，即便如此，我们还是难以习惯。所以，一年到头，至少平安夜这晚得让我们安静地与家人共度。于是，我很客气地告诉摄制组，平安夜是家人团聚的时候，实在不便拍摄，我们只能谢绝，真是很抱歉。他们表示理解，也不怪我们，可转头就托厦大外事办来问我们。"请让他们拍摄吧！"钟先生说，"这不仅有助于中国人更好地了解西方文化，对厦大来说也是一次很好的宣传！"

拒绝不认识的人还好办些，对外事办可得顾及情面。"如果他们要拍平安夜传统习俗，我们要布置到什么程度？"我问。

福建电视台拍摄老潘一家欢度平安夜

"你们随意布置就好，就跟你们往常在家乡一样！"摄制组说。那可不得了，他们肯定没想到那是何等盛况。我小时候会花上几个星期来做圣诞节布置。成家之前，我会把圣诞树摆上半年，全年播放圣诞歌曲。既然福建电视台想拍美式的圣诞节，我就给他们办一个吧。

把大厅装扮起来！阳台、门廊也别落下！

"我可以在阳台上放置一幅耶稣降生图吗？"我问。

"当然可以！"摄制组激动地说。

"多大呢？"外事办的代表问。

"也不是特别大——2.5 米长左右吧。"我在一块 2.5 米长、1.2 米宽的胶合板上绘出耶稣降生图，然后把它摆在阳台，打上聚光灯。

接着，我和苏吹鸡蛋，在蛋壳上着色添彩，挂在绿色圣诞树上，还用电脑打印纸剪了雪花片。我原本对自己的雪花剪纸十分自信，后来才了解到，连五岁的中国小孩都能剪出精美复杂的传统剪纸图案，比我剪雪花快多了，而我的这项小才艺在五岁之后就不见长进。

中国人在剪纸艺术上可能略胜一筹，但苏亲手烘焙的圣诞饼干肯定是他们比不过的。她陆续烤了三十几篮，形状各异，有星星、天使、拐杖糖、骆驼、东方三贤士等等，送给中国和外国朋友。[1] 看到骆驼形状的饼干，

1 译者注：据《马太福音》记载，耶稣降生时，几位掌管祭祀的神职人员（即贤士）在东方看见伯利恒方向的天空上有一颗大星升起，便一路按明星指引，前往耶稣的出生地，带着黄金、乳香和没药晋见耶稣。西方素有好事成三的说法，视三为吉数，而三又泛指众人，因此就有东方三贤拜耶稣的美谈。

一位中国朋友惊叹道："啊，是新疆的沙漠之舟！那边也庆祝圣诞节吗？"

我们从偏僻的半山腰公寓区（当时还不知道几个月后我们会搬过去）草丛里摘了些一品红（中文所说的"圣诞花"），装点我们的公寓；然后把近一米高的塑料圣诞树立在梳妆台上，精心装饰了一番，

圣诞节的装饰

还挂上一串小彩灯——中国的餐厅和酒吧里一年到头都亮着这种小彩灯。1988 年，灯串突然着火，烧了我们在中国的第一棵圣诞树，这次我们屏气插上电源，看到灯串没有烧起来，才松了口气。

我们用针线布料缝了一本圣诞故事书和一些色彩缤纷的墙面挂饰。我细心地用彩纸、记号笔和胶水做出拐杖糖、冬青树、玩具士兵、圣诞树和圣诞金铃的图案，用来装饰门厅；还画出一幅约 1.2 米的喜姆瓷偶风格耶稣降生图和一幅约 1.2 米的温馨圣诞节客厅图，图中的壁炉火熊熊燃烧着，壁炉架上用平头钉固定住几只圣诞长袜，还有一颗精心装饰的圣诞树。[1]

平安夜，除了摄制组，家里还来了几位客人，有一位爱尔兰女孩、一位日本老师、一位俄罗斯女孩以及一对在厦大教书的美国夫妇。享用过我们的平安夜披萨（不是典型的美式圣诞传统，只是我家的习惯）后，我们点上最后一根降临节[2]蜡烛，打开最后一扇降临节日历窗户[3]，唱起圣诞颂歌，诵读《圣经》上的圣诞故事。

读完圣诞故事后，苏为每一位客人送上一小篮亲手烤制的圣诞饼干。第二天，那位俄罗斯女孩把饼干分享给了停泊在厦门港的一艘苏联船只上

1　译者注：德国喜姆瓷偶（M. I. Hummel）于 1935 年问世，是高宝（GOEBEL）旗下最出名的陶瓷产品，以精致的雕塑和活泼的彩绘闻名于世。
2　译者注：降临节是基督教的一个节期，即从每年距 11 月 30 日最近的一个星期日开始至 12 月 24 日止（约 4 周），这段时间基督徒会回想耶稣降临时的情景。
3　译者注：降临节日历尤其是针对儿童而言，在原有日历的基础上，增添了可以打开的小窗户。这种日历共有二十四个小窗户，从 12 月 1 日起每天打开一个小窗户，类似翻开一篇倒计时，到 24 日为止。

的船员。我原以为苏联不过圣诞节。原来，虽然他们国家禁止宗教活动，但早在 1935 年，苏联就已经接纳圣诞节作为一种世俗的新年庆典，他们的圣诞节习俗中有圣诞树、骑着三驾马车的"严寒老人"（Ded Moroz）和他的孙女"雪姑娘"。苏联人之所以能接纳"严寒老人"，是因为他比基督教的圣诞老人起源更早。他与圣诞老人相似，不过是作为"冬之巫师"的形象，手持魔法棒，身穿蓝色、白色或红色长袍。

我们的圣诞装饰一直留到中国新年，即每年农历正月初一，一般介于公历 1 月 21 日至 2 月 20 日之间。移居中国时，我们还一度担心不能公开庆祝圣诞节，但现在，我们却过上了最长的圣诞节。

我们在厦大过了三十多个圣诞节，最难忘的还数第二个，因为那年我们收到的圣诞礼物（虽然晚了三个月）是坐落在山坡上的凌峰公寓。我们至今还住在这个公寓里，算来已有三十年了。

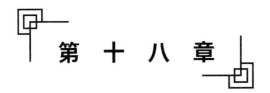

第 十 八 章

麦乐中国

　　杨英女士从厦大一位教授的保姆，一跃成为身家百万的慈善家。像她这样的人物取得成功，总是令人心潮澎湃。但是，伴随着两位数的经济增长，生活节奏的急剧加快令人望而生畏。如今，中国人似乎认为应把"商业"（business）写作"忙业"（busyness）。

　　我问学生，很多研究表明世界上生活压力最大的城市是香港，对此他们有何看法。他们答道："香港太挤了！地方太小！房价太高！"

　　"没错，"我说，"但是别的地方也很拥挤、地方小、房价高，却不比香港生活压力大。香港生活压力大，是因为香港到处都是中国人。"

　　有些学生觉得我在开玩笑。有些学生感觉受到了冒犯，就好像我在批判中国人。但这既不是玩笑，也不是批判，而是内地同样正在面临的严肃事实。

　　19世纪40年代，英国从中国手中强占香港，使其成为鸦片贸易中心。英国人此举无疑用心险恶，但是从好的一面看，英国确实创造了一个赚钱天堂，而中国人利用了这个优势。就像在1900年到1920年间，中国大陆把厦门鼓浪屿变成了"全世界最富有的一平方英里"。面对这样的机会，当时的中国人选择埋头苦干，并且把这种苦干精神延续到今天。

　　在美国，我见过这样的华人：入境时是非法移民，做着低于最低工资水平的工作，省下每一分钱，买房子开办托儿所（或幼儿园），招收其他华人上班族的子女就读，之后又开起餐馆或经商。不到十年，他们就获得美国绿卡，过上富裕的生活。反观同时期的美国人，他们只会抱怨自己生不逢时。

中国人自古以来就知道如何"吃苦"。"Coolie"这个单词直接来自中文的"苦力"，意为辛苦的劳力。中国人还知道如何抓住机会。难怪在香港拼搏的中国人压力巨大。但是，随着机会的增加，如果不学会平衡取舍，内地人也会面临和香港人一样的压力。中国人已开始饱受"富贵病"——心脏病、癌症、糖尿病、肥胖（人们不步行，也不骑自行车了），以及家庭解体（离婚率攀升、年轻人忽视年迈父母）的困扰。

快生活，快餐饮

中国"富贵病"的最大症状之一是快餐。早些时候，中国人的生活重心不外乎每日买菜买肉和做饭，人们在餐桌边一坐就是一两个小时，甚至三个小时。我祖母曾说："最后一个离开饭桌的人活得最长久。"这样看来，当时的中国人都是长生不老的神仙——但是现在早已迥然不同。和西方人一样，中国人越来越依赖快餐。

幸运的是，中式快餐连锁业也在崛起。不过，快餐在中国绝非新鲜事。

中国人做蒸饺、馒头、糕饼已有数百年历史。最令人叫绝的快餐或许要数福州光饼。1562 年，倭寇侵略福建，戚继光将军发明这种扁扁的状似甜甜圈的小饼，士兵们可以将其串成一串，挂在脖子上，方便行军途中食用。即使今时今日，一些光饼师傅仍旧会在光饼中间开个小孔。每次到福州，我总是会买上一袋光饼带回厦门（光饼凉了会变硬，但对我的牙齿有好处）。

麦乐中国

中国人对西方垃圾食品越来越着迷，我对此十分惋惜。不过，当厦门第一家麦当劳开业时，我们还是兴奋不已。那可不仅仅是在中山路来一点美国菜那么简单——他们还有冰水供应！

麦当劳开业前，我们会不时坐公交穿过市区，直奔新开的厦门东南亚大酒店，因为只有那里提供冰水。可以想象一下当我们听说麦当劳要登陆厦门时的激动心情——他们会卖冰饮哦。

但是，这家麦当劳隆重开业的时间却一再推迟，先是推迟到圣诞节、元旦，后来又推迟到春节。最后，我们猜测，这就好比基督复临，确切的时间或日期怕是无人知晓。不过，期待已久的日子终究来临，我们一路飞奔到中山路麦当劳，却被两名保安拦住去路，"非请莫入"。

忘了麦当劳吧！但是，两周后，我和苏在中山路遛弯（我们每周的例行约会），麦当劳巨大的平板玻璃窗上贴着花里胡哨的海报和菜单，要想视而不见可太难了。禁不住诱惑，我们进店点了汉堡和薯条，店员却告诉我们"停电了。只卖饮品"，这下可把在麦当劳门阶上摆烧烤摊的小贩高兴坏了。

苏点了可乐，我点了咖啡，一边思忖着要不要把纸餐垫上赫然印着的彩色奶酪汉堡图片也一起生吞了。

一周后，我们终于吃上了垂涎许久的汉堡，但却发现，现在的我更喜欢中式快餐，尤其是饺子。

压垮骆驼的最后一根稻草

比起在厦门吃汉堡，更有意思的是看别人吃汉堡。我见过有人把饮料吸管当筷子用，一片一片地吃汉堡。说到吸管，我不无尴尬地想起之前有一位中国老奶奶用塑料吸管啜饮滚烫的茶饮，随即被烫得尖声大叫，那叫声直教人毛骨悚然。

我敢肯定那就是"压垮骆驼的最后一根稻草"[1]。假如这事发生在美国，她可能早就起诉麦当劳，巨额赔偿金足以让她一大家子人提早过上退休生活；至于吸管嘛，个头太小，写不下警示语，估计会附上厚厚的使用手册。

1　译者注："straw"一语双关，可译作"吸管"或"稻草"。

但是这一幕不会发生在中国。这里的人会用自己的眼睛和常识作出判断。

有一次我在麦当劳满是肥皂水的地面上摔了个四脚朝天。店员并没有道歉，而是像看傻子一样看着我，告诉我地面湿滑，需多加小心。

快餐之争

麦当劳叔叔会在路边表演节目，此外，麦当劳每周都会推出汉堡人、薯条人、史努比等塑料玩具，号召大家"集齐小玩具"。在这样的宣传攻势下，厦门很可能会变得像日本一样——在日本，孩子们认为巨无霸和寿司都是本土食品。但是麦当劳叔叔并非"战场"上的唯一选手。在厦大，麦当劳和肯德基之间的"非军事区"还不到 100 米。有那么几次，我看到中国人扮演的麦当劳叔叔（看上去更像是日本戏剧明星）向孩子们争宠，努力让孩子们远离肯德基魔术师的诱惑。

老潘漫画：阅读菜单

汉堡、披萨、炸鸡偶尔吃一下换换口味还好，但我仍觉得，生活在中国最棒的一点就是能吃到中餐。只需花半个巨无霸的钱，就能吃到一顿特供的中式午餐。但是，面对麦当劳叔叔的竞争，家庭经营式的小店愈发显得有心无力。在厦门，"金拱门"几乎无处不在。可能有朝一日，来厦门的游客除了汉堡、麦乐鸡就别无选择，或者只能吃到麦当劳的甜酸酱、麦当劳炒饭、麦当劳柠檬鸡块。所以还是趁现在，尝尝厦门土笋冻吧！

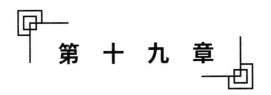

第 十 九 章

走马观花

厦门——美丽的海港

我们对厦门生活的喜爱之情与日俱增。当一切习惯成自然时，我们终于懂得欣赏厦门这座古雅别致的海港小城之美——尤其是东西方文化的融合，在这里源远流长。

置身中山路两侧的街区或是鼓浪屿的任何一处，都仿佛回到了百年之前。举目四望，20世纪20年代的宅第参差不齐地矗立在阴暗狭窄的小道旁。由于路面太窄，撑开伞便无法通行，因此，19世纪的外国人称之为"伞巷"。厦门的建筑风格中西合璧，独具特色，融合了20世纪20年代颇为盛行的"装饰艺术"，形成别具一格的"厦门装饰"风格。

1988年，厦门的街道和建筑都裹上了一层从烧煤炭的炉灶中飘出的煤烟灰——也许我们的肺部也一样。但是，十二年后，厦门却成为中国首个发布每日空气质量报告的城市，时至今日，已成为中国最干净城市之一。

如今，厦门岛宛如瑰宝，深受中外友人的喜爱，皇冠上的明珠非厦大莫属——厦大常常被评为中国最美大学，是中国唯一一所位于经济特区的重点大学。即使历经三十载，我们也从未感到厌倦。每天傍晚，我和苏会在芙蓉湖边散步遛狗，垂枝绿柳、亭台楼阁、中西合璧的嘉庚建筑楼群倒映在湖面上，美不胜收。

老潘一家乘船出海观光，1991 年

八百米开外便是世界上条件最优越的天然良港之一，古朴的戎克船优雅地从几十艘现代货船和游艇旁划过。木制的舢板像软木塞一般漂浮在水面上，船上的渔夫运用沿袭百年的技艺拖拽起刚刚捕获的水产。厦门岛与金门岛隔海相望，相距不到五公里，借助双筒望远镜便可清晰看到金门岛上巨大的宣传标语，观察对岸士兵在防御森严的岛上巡逻。入夜，偶尔还能听见金门传来的声音。

海峡两岸，人声喧闹

一个世纪以前，厦门传教士麦高文曾描述中国人喜爱喧闹。如今，随着现代科技的发达，中国人便喜欢上了扩音喇叭。早些年，扩音喇叭的声音不绝于耳：新闻时事、商品配额、天气变化，或是鼓舞民众建功立业的宣教内容。从清晨六点晨练的号角一直到深夜停止广播为止，扩音喇叭播放的内容时而烦人时而逗趣，但终究刺耳嘈杂，令人不堪其扰。上一分钟刚听完思想政治教育，忽地切换到器乐演奏版的《嘿，朱迪》，紧接着便开始播报打谷机或拖拉机的最新工厂配额，最后再以平·克劳斯贝（Bing Crosby）的一曲《冬季仙境》收尾——拜托，这才七月啊！除了中国，怕是没有他处可见到此番景象了吧。

一天傍晚，厦门外事办带领我们参观"典型"的渔民海滨住宅——三层楼的宽敞砖砌房屋（而我们住的房间就只有衣橱那么大）。但震耳欲聋的儿童宣传口号此消彼长，着实烦人。我对一位全副武装的士兵抱怨："这样喧闹连你们的祖先都会被吵醒了吧。"

那位士兵抗议："不是我们吵，是他们！"然后指着海港对面台湾控制下的金门岛，山坡上各种巨大的扩音器赫然入目。

马修在沙滩上玩树枝，1991 年

台湾，不论是在地理位置或是亲缘关系上，都与大陆水乳交融（70% 的台湾人祖籍在大陆），在政治上却有着天壤之别。今天，我们可以轻轻松松地坐船或乘飞机去往台湾，但是，在整个 90 年代，去一趟台湾就要花两天时间——从厦门途经香港，再到台北。

我曾参演过一部大陆电视剧。剧中部分场景出自与厦门隔海相望的这座小岛。结束后，剧组经台北和香港，花了两天的时间回到厦门，才发现有一部分剧本遗留在小岛上。

"去一趟再回来又要花四天时间！"导演着急喊道。一位厦门渔民说："交给我吧。"当晚，他划着小渔船迅速穿过海峡，让住在金门的亲戚救急取来剧本，剧组第二天早上才得以继续拍摄。

1998 年 9 月，两岸的官员合作举办一场钓鱼比赛。大陆和台湾渔民在中间会合比赛，与世界各地的渔民一样，他们当晚回家后便夸耀捕获的鱼有多大，而后为眼看快到手却挣脱逃跑的大鱼哀叹一番。两岸渔民一起钓鱼，而不是争论不休，这一点令人欣慰。

不过，钓鱼也好，争论也罢，他们都能耐心应对。厦门传教士麦高文在 1907 年这样写道：

"……（这）使得中国人能以完全斯巴达勇士般的耐性和刚毅来忍受任何苦难。即使食物严重匮乏，不足以维持生存所需，他们也能靠仅有的食物年复一年地生活下去。他们任劳任怨做着最艰苦的工作，没有闲适的星期天来打破日常的单调和疲乏，也不进行任何的调整让头脑休息片刻。他们会以坚定的步伐继续履行生活的义务，脸上保持着神秘莫测的沉思神情，不禁令人想起中国寺院或寺庙内常见的佛祖形象……中国人的耐力似乎不可估量。他们坚强、宽厚的本性与生俱来，是为力量之典范。"

值得高兴的是，中国人现在的日子没有像麦高文所处的时代那般多灾受难——但他们依然具有斯巴达勇士般的坚毅耐性。我衷心希望能向他们学习。

走马观花

美国人会认为这里的慢节奏难以忍受。莎士比亚一定是想到了中国人，才让麦克白说出"明天，明天，再一个明天，一天接着一天地蹑步前进，直到最后一秒钟的时间。"这句至理名言。

不过，真的是蹑步前进吗？在美国，似乎我的节奏越快，落后的也越多。我慢慢开始明白中国人为何会说"走马观花"这个词。因为事情总是忙不完，人生却苦短。而且，就像有人曾经说的那样："人们像老鼠般拼死竞争，可问题是，即使赢了，你也不过是一只老鼠而已。"

刚到厦门时，我十分想念之前在美国开的轿车——我甚至还怀念洛杉矶可怕的交通路况！骑自行车太慢了——我已拼尽全力弥补骑车浪费的时间。一天早晨，外事办的老黄说："小潘，我昨天看到你骑着自行车狂奔，什么事这么匆忙？"

"当然是有事要办啊！"老黄面露微笑，似乎看穿了我。我意识到自己无非是办点小差使，并非急事。

商店老板或是自行车修理工经常会在我狂飙自行车时招呼我："小潘，来喝点茶！"

我通常会稍停片刻，笑着说："不好意思，还有很多事要办。"然后急忙骑走。除了整天悠闲地坐着喝茶，他们也许没什么事情可做，但我的生活很忙碌。不过，在老黄注意到我只是习惯性地追求速度后，我决定放慢脚步。这并不容易。

要改变心态就得先改变行为。于是我强迫自己慢慢踩自行车，享受当下（一如基督教和佛教神秘主义者所推崇的修行——保持正念）。有时我会停下来喝茶——烦躁地等着他们花二十分钟洗涤茶具、烧水、倒茶——

二十分钟，只为用小巧的闽南（福建南部地区）茶杯细品两口茶。慢慢地，我开始享受这种方式！现在我和苏在植物园徒步时，也会停下脚步享受沏茶的时光。

让我惊讶的是，哪怕是慢慢骑自行车，也开始显得匆忙，于是我开始习惯于步行，欣赏美丽的校园，看人来人往，停下来喝茶，也习惯于和人们闲聊，因为聊天对象于我而言变得重要，聊天话题也就不再显得琐碎。我们还邀请学生每周五晚上到家里喝茶，我弹着吉他教他们唱英文歌，给他们播放西方电影，但通常是回答他们的问题，最常听到的是："您到底为什么来中国？我们可都想去美国。"

当然，生活的压力还是有的。一家四口住在一间小公寓里并不轻松，更何况这公寓还不比我们在美国的一个房间大，没有烹饪设施，孩子们的医疗保健也差强人意。最重要的是，学习汉语简直难如登天。

但是，正当我开始学着每天花点时间放慢脚步，不再囿于走马观花式的生活时，学校要我帮忙打理一项全新的 MBA 课程，我的日程比以前安排得更满。但我还是同意了，因为这个项目来的恰逢其时，显然是缘分！

> 超脱时间的中国人
>
> 中国人相比西方人优势之一或可称为"不慌不忙"。西方人你争我夺的激烈竞争尚未影响到东方人。东方人清醒明智、处事有度，不慌不乱。假若不考虑其他特征，我们很容易辨认出哪个是英国人：英国人走在路上，往往步履匆匆，摆臂急促，头部姿态显得紧张兮兮，浑身上下都和周围不动声色的人群格格不入；中国人似乎觉得自己拥有无穷无尽的时间，足够他们从容信步，因此无须着急。
>
> ——麦高文，1907 年

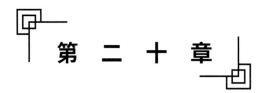

第 二 十 章

凌峰公寓——山顶的小房子

我们在外国专家招待所住了一年后，厦大最终同意我的请求，领取与中国教授同等的薪水并搬进中国教工宿舍。曾经认为我应伸张权益，要求提高薪水的外国人，见我竟然主动请求薪水减半，纷纷震惊不已，但我有两条合情合理的理由。

其一，我不喜欢仅仅因为自己是外国人，就领着比同样辛勤工作的中国同事高出许多的薪水。其二，凭借与中国教授同等的身份，我们可以申请搬到简朴许多但相对宽敞的中国教工宿舍。"住处的条件并不重要，"我说，"我会自己出钱装修，就像我在外国专家招待所公寓那样。"

我也指出，如果我们住进费用较低的中国教工宿舍，学校可以把我们的招待所公寓租给外来访客，从中赚取收益。

公安局一直反对外国人住进中国教工宿舍，后来态度终于软化。我跟着外事办的小邝沿小径走上五老峰，打算察看几所公寓的情况。"如果您不喜欢这里，"他说，"还可以去看另一个地方。"

我们的第一站是凌峰公寓4号楼，宿舍楼有四层，住着七户人家，坐落于半山腰，需攀上一百零五级花岗岩台阶。小邝拿出钥匙打开木门，门往里打开时，铰链吱吱作响。我凝神扫视阴暗的屋子，心里一沉。墙面因油烟而变得污黑，树枝穿过客厅破烂的玻璃窗在屋内肆意生长，地面拼砌着未经上釉、高低不平的红陶土瓦。

屋里最具有现代气息的便是每个房间里悬吊在铁丝衣架上落满尘垢的15瓦灯泡。浴室里倒是有一个现代的陶瓷水槽，配备着一根S形排水管，但是拧开水龙头，那根奇特的S形排水管就把水全排到我的鞋子上。原来这根排水管并没有接通下水管道。

这间公寓空置了一年，后院里杂草丛生，树木参差生长，还堆满了邻居从楼上扔下的垃圾。尽管不尽如人意，但这里背靠群山，面临大海，景致宜人。即使百万富翁都享受不到如此美景！优越的地理位置，只要稍加整修便可入住——譬如翻新地板、墙面、天花板、门窗、线路和管道等。

老潘一家在凌峰公寓楼下拍摄全家福，1991年感恩节

令小邝和我如释重负的是，苏比我还喜欢这个地方，督促我赶紧着手整修新家（其实我才刚刚忙完招待所公寓的整修）。

之前整修招待所公寓已花费不少，我们手头紧，于是，我便包揽一切粗活，缩减成本。整整两个月里，我每星期有六个晚上都在马不停蹄地清洁打扫、粉刷、整修各个角落，从陶土瓦地面上扫出来的尘垢装满了三个粗麻布袋。我用油灰刮刀刮掉厨房、饭厅和客厅墙面上因常年使用油锅加之通风不良而积聚下来的那层厚厚的黑油烟。我自己布线、接管道、铺地毯，用篮子把混凝土和沙子挑上山坡。几位年老的邻居见状，看不过去："小潘，你是教授，让工人干这些活。"

自己包揽体力活省下不少钱。在夜以继日奋战两个月后，我想厦大领导大概意识到我确实不是钱多得花不完，尽管我之前曾经主动请求降薪。于是，在搬进新公寓后，外事办问我在住处整修上支出多少。

"多少钱都没关系，"我说，"我答应过会自己全额承担。没问题。"

"我们只是好奇问问。"他们说。最后我终于告诉他们我花了九百多美金（在当时是一大笔钱）。厦大坚持要为我报销一半，"很遗憾，由于预算紧张，我们无法为你们全额报销，不过报销一半还是可以的。"

他们的慷慨令我们大为吃惊，因为当时厦大确实资金紧张。但是，正因如此，我乐意接受与中国教授同等的薪水。我相信，如果我们待遇平等，等中国教师的待遇改善后，我们的待遇也会随之改善。令人欣慰的是，事实也是如此。我从未请求加薪，因为厦大发展得越来越好，我的工资也稳步上涨。

几十年来，我了解到很多关于中国社会和中国文化的知识，很钦佩中国人能够如此热心地关怀彼此——甚至对我们老外也一样。我尝试向他们学习。不过，考虑到我的中国学生将来要投身国际商务事业，我也试着教给他们一些外国习俗和文化，之后会在《喝茶请自便》一章里和你们分享！

凌峰公寓楼下的花园聚会

山坡上的公寓整修完毕后，我们对外部也做了景观美化。我们为楼里的七家住户建了一座公共花园，里面有一个中式的亭子、一道五米高的瀑布和一洼鱼塘，还有几十种植物、花卉和果树。

1993 年，我们增建了一座车库，用来安放丰田面包车；又给车库配了一个侧房，苏在这里给孩子们上课，也作为图书馆使用（最后藏书有了近一万册）。

一开始很难把书带进中国。海关禁止色情、政治倾向不正确或对社会有危害的书籍，不过，海关并没有那么多懂英语的员工，我们的几千本书他们根本查不过来。一位官员最后说："您知道我们的违禁条例。我们相信您会对我们坦诚相待。"我很高兴他们信任我——直到他们掰开了我的阿司匹林。

掰开阿司匹林

在凌峰公寓住了差不多一年后，我们去香港买了一台烤箱和一台美式大小的冰箱。不过，厦门和平码头的海关官员居然让我打开行李做"特殊检查"，我颇为吃惊。那时，海关人员已对我们有所耳闻。他们对我们有什么怀疑吗？

他们拆开一罐未开封的速溶咖啡，闻一闻，甚至还打开了一瓶阿司匹林，把一颗药丸掰成两半，分别检查。我这辈子从未见过如此严苛的检查。

我看着他们把我们细心打包的行李物品全部翻出来检查，此时，一位主管向我走来，轻声说道："潘教授，非常抱歉，但我们的领导今天来视察，看我们有没有认真工作。如果我们这样仔细检查其他人的行李，多数人都会不高兴，不过，我们觉得您不会介意吧？这真的帮了我们一个大忙。"

我差点笑了，但还是做出一脸严肃的样子。那是几十年来海关最后一次打开我的行李——我并不介意，因为我从未尝试走私任何违禁品。他们信任我，而我也不曾辜负这份信任。

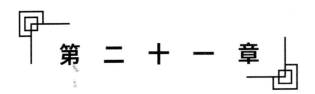

第二十一章

厦大的蛇、鱼和"厦门吸血鬼"

我们喜欢住在厦大的山坡上，背靠嶙峋山丘，俯瞰广阔大海。我们也喜欢安静，尽管依旧能听到远处的汽车喇叭声、南普陀寺的敲锣打鼓声，以及厦大扩音喇叭传出的晨练号角、新闻报道和不拘一格的音乐。七月里一个酷热难耐的上午，他们居然播放了《白色圣诞节》（*White Christmas*），之后是《小象漫步》（*Baby Elephant Walk*），我笑得不行。但是，我们家在小山顶上，这些声音远到可以忽略，我可以转而倾听自家鱼塘里牛蛙的呱呱声，每晚都能享受蝉、蟋蟀、壁虎合奏的交响乐。但我们还有其他的不速之客。

有些古代福建人敬奉蛇神，我能明白这是为什么。福建有长达六米的眼镜王蛇和网纹蟒。20 世纪 90 年代中期，有登山者在公寓后面的小山发现了一条长达五米的蟒蛇。一位有钱的中国人将它买下来放生到附近安溪的山林里。

我曾经在家外面见到过三条竹叶青蛇吊在树上，还见过好几条大蛇，分不清是什么种类。中国师生不相信我居然见过这么多蛇，因为他们在厦门土生土长，一条蛇都没见着，于是我就拍了照片。中国人说："老潘，你交好运了！蛇是小龙，代表好运！"

"那我宁可少交好运。"我说。

几天后，我在门廊上的箱子后面找东西，突然有东西扑到我身上。蛇！它尾巴盘着，头部竖起，颈部皮折已经膨胀起来了——一条眼镜蛇。我差点晕倒。万幸是我在那儿，而不是我年幼的儿子们。我花了十分钟才弄死那东西。之后，我去找隔壁的退休教授，他曾告诉我说厦门没有眼镜蛇。"这是什么蛇？"我问。

他从眼镜上方仔细看了看，说："嗯！是条眼镜蛇。"

"我刚才在自家后门廊把它弄死的。我记得你告诉我厦门没有眼镜蛇？"

他说："好吧，现在没有了！"

几周后，工人在厦大外国专家招待所后面发现整整一窝眼镜蛇，鼓浪屿上也发现过一条长 1.5 米的眼镜王蛇。

在门廊上杀死眼镜蛇后几天，我围着公寓后面建了一堵两米多高的水泥墙，确保没有蛇能溜进儿子们的游乐区。

鱼的故事

在我和眼镜蛇狭路相逢、死里逃生后的两个月，有一天，外事办的小邝和我在厦大芙蓉湖上泛舟。一大群鱼浮到水面围着船游来游去，我说："我想来一条鱼做晚餐。"顷刻间，一条将近三斤的鱼从水中跃起，刚好落在我的大腿上。我差点大叫起来。这条鱼从我的大腿上扑腾掉到船底板上，小邝说："您的运气真是堪比皇帝！"

我们划到岸边，我把那条鱼拿给看湖人。小邝把刚才的故事讲给看湖人，看湖人听了，又把鱼还给我。"既然落到你腿上，那就是你的鱼。"

两年后，我又和另外一名年轻的外事办官员在芙蓉湖上泛舟。鱼儿绕着我们的船游弋，我把和小邝划船时的奇遇讲给这位官员听。顷刻间，又一条大鱼从湖中跃入船里。这回没落在我大腿上，而是落在我们两人中间的船底板上。

我再次划到岸边，把鱼拿给看湖人。"你们总是这样钓鱼吗？"他问。不过这次他收下了鱼。

这种事再也没有发生，但是这两次奇遇足以令传闻流布开来：MBA

班的美国教授身怀奇特的钓鱼术。

"厦门吸血鬼"

我逐渐了解了更多的厦门历史和传统——老厦门一直以野生动物和一百七十多种鸟类而闻名。此外，这里还有闻名于世的厦门虎[1]。根据科学家的说法，厦门虎是所有虎的祖先。厦门虎从鼻尖到尾巴尖的体长近三米，几乎每只都会吃人，因为它们没别的可吃。中国人已把各种体型的哺乳动物都吃了个遍。20 世纪 60 年代初，我一个学生的姑妈就在离厦门不到八十公里的地方被老虎咬死。

如今福建没有野生厦门虎，倒是有种比厦门虎更致命的生物。事实上，世界卫生组织已将其列为地球上最致命的生物。这就是"厦门吸血鬼"——俗称蚊子。

自从搬到山坡上后，我们已找到方法驱赶成群的飞白蚁、五英寸长的毒蜈蚣和蛇，但是对厦门吸血鬼却无计可施。这里的蚊子体型巨大，投下的阴影仿佛扫射敌军村庄的美军直升机。

得知厦门是历史上"热带医学的摇篮"，我并不吃惊。"热带医学之父"万巴德（Patrick Manson）爵士就在附近的鼓浪屿发现蚊子与象皮病（1878）、疟疾（1894）存在联系。1878 年，当万巴德的论文提交给伦敦《林奈学会动物学杂志》审议时，一位批评家讥笑道：

"他们听到的要么是天才的作品，要么更像是醉酒的苏格兰医生在遥远的中国炮制的产物。大家都知道，他们在中国喝了太多威士忌。"

英国人常吹嘘其 19 世纪"日不落帝国"的辉煌历史，殊不知，蚊子却令他们付出惨重代价。1841 年，英军占领香港，疟疾几乎吞噬了整整一个团的士兵，在此后的好几年里，每年都有 3% 的士兵因疟疾殒命。即使到了今天，世界卫生组织仍然宣称这些小吸血鬼是世界上最致命的生物，每年能杀死一百多万人。令我们高兴的是，在厦门，疟疾和登革热已不再是问题。

---

1 编辑注：即华南虎，拉丁文名为 Panthera tigris Amoyensis，可直译为"厦门虎"。

第 二 十 二 章

喝茶请自便

我们新搬入凌峰公寓，最满意的是这里足够宽敞，能招待客人。每周五晚上，二三十名学生挤进我们的公寓：喝茶，练习英语，学唱英文歌。我也会给学生们讲美国文化知识，尽管另一个英国老师说我们美国根本没有文化可言。

我在花园里建了一座中式亭子，还有一个水泥乒乓球台，学生们也将它用作餐台包饺子（我最喜欢的中国美食），然后在鱼塘旁边架起大烤架煮饺子。我们可能会吃完上千个饺子，接着我会弹吉他，

老潘与 MBA 学生的周五聚会之夜，1989 年

教学生唱西方歌曲。我们的花园是自己开辟的小小天堂——或者，正如学生和邻居所说，是我们的"私人世外桃源"——尽管并不是真正"私人专属"。我鼓励楼里的每个人共享花园，退休的中国教授们高兴地肩负起责任，照料我种的许多花草树木。

我把十二个喜庆的中国红灯笼悬挂在树枝上，一位学生跟我说，在电

影《大红灯笼高高挂》里，红灯笼挂在哪扇门前，就代表男主人公准备在哪一位妻妾那儿过夜。"您有十二个灯笼，潘教授！苏珊·玛丽会怎么想？您应该多了解中国文化！"

作为回应，我又挂起两个灯笼，总共十四个——然后给他们上了一堂难忘的美国文化课。

喝茶请自便

中国人习惯以茶待客，而且绝不会图省事用立顿茶包。中国茶道是一门艺术，沏茶、品茶都需要时间，但无论有多忙，中国人总有工夫喝茶。一天傍晚，我顺道拜访刘主任的家。他给我沏上茶，陪我聊了两个小时，似乎是世界上最空闲的人。第二天，他的秘书告诉我，刘主任通宵赶一份紧急报告到凌晨五点，上午八点又来上班了，然而我拜访时他丝毫未暗示我打扰了他。中国人的殷勤好客天下第一。

我曾经觉得，茶平平无奇，直到有一次，我参观一座有四百年历史的明代村舍，看到二十四个人坐在竹板凳上，仔仔细细地分拣茶叶。分拣，挑选出最细嫩、最上等的茶叶，去除茶梗，整个过程枯燥烦琐。难以想象茶叶售价居然如此便宜，与制茶的辛苦劳动完全不成比例。从那时起，每当看到茶叶，我都会默默感谢那些在茶场辛勤劳作的茶农。

正当我给茶农拍照时，其中两位女士开始用当地方言互相叫嚷。身材较高的那位最后抓着较矮那位的衣领，高声叫嚷着，把她拽出了楼房。两人更加激烈地争执了一会儿后，较高的女士又跑进来抓起"受害人"的塑料人字拖、小塑料扇子，又推搡了一番，最后抓住她 T 恤衫的背部，洋洋得意地领着她沿街前行。"她拉着她要去哪儿？送去监狱吗？"我问我的朋友，知名的武夷山摄影师吴光明。他大笑着解释道："高的那个人只是请她的隔壁邻居吃午饭！中国人向来客气，她总得推辞两三下吧——不过连我都没见过能客气到这种程度的！"

客气，客套的礼貌。在无数次遭遇这种场面后，我可算给我的硕士班学生上了一堂难忘的课，告诉他们为什么不要对外国人客气。

一个星期五晚上，我邀请班上的学生到我家看电影。不过我事先警告道："你们一进我家，就是在美国，不是在中国，美国人习惯坦率直接！所以，如果我请你们喝饮料或吃零食，别指望我问三四遍。干脆地说'要'或'不要'就好！"

那个周五傍晚天气酷热潮湿。三十二个学生爬了一百零五级台阶到我家时，全都汗流浃背，气喘吁吁。有一个看上去快中暑了。他们热得快脱水了，一个个瘫坐在沙发、椅子和地上，我问他们："要喝点茶吗？"

"不用了！别麻烦了！"——虽然他们面前的茶壶装满了热气腾腾的茶水，他们还是这么说。

"你们确定吗？"我再问。

"不用了，太麻烦了。"班长说道，神情却有些犹豫。

"好吧。"我说着给自己倒了一杯茶，慢悠悠地呷了一口。看到这一幕，三十二张脸慢慢沉了下来。接下来的一个小时里，我又喝了三四杯，然后才说："我今天早上在班上告诉过你们，美国人习惯坦率直接。如果他们问你要不要，就爽快回答，他们可不会为了说服你而耗到天荒地老。现在，我只再问一次——如果你们想喝茶，请举手。"

这下子，他们立马全举起了手。有些学生甚至举起双手做出投降的样子。"茶壶和杯子在那里，"我说，"请自便。"他们纷纷开始倒茶。

第二个星期的星期五晚上，一群MBA学生说说笑笑来到我家门口，爽朗地喊道："教授您好，茶在哪儿？"

老潘与MBA学生的周五聚会之夜，1989年

入乡随俗：穿三明治袋子

中国人是有趣的矛盾体——有时客气得令人恼火，有时又不拘小节，令人愉悦。除了中国，还有哪些地方的大学校长会这样：蹬着一辆骑了二十五年的旧自行车上班，身穿棉短裤，脚着黑袜子、皮凉鞋，头戴白草帽，粉缎子帽带勒住下巴。即使是总理开新闻发布会也不系领带。中国人穿衣讲求舒适实用，西方人"欲求成功，先求衣着"的执念在中国尚未流行。

厦门传教士麦高文于1897年写道，厦门商务人士（与西方人大相径庭）是如何不愿把资源浪费在"门面豪华的靓丽商务楼"上：

"厦门城的大体样貌绝不可能用'引人入胜'来形容。房子盖得歪七扭八，一副脏乱破败的样子，给人的印象是这座城市与繁荣兴旺毫不沾边。然而，这种论断完全错误。中国人和所有东方人一样，不相信门面豪华的靓丽商务楼是做生意的必要条件。"

时至今日仍是如此。我曾经拜访过几位富有的海外华人的办公室。他们的办公场所从外面看往往像普通仓库，甚至连室内装潢都非常简单——但是坐在桌子后面衣着朴素、举止低调的人却都是百万富翁，有些人甚至是亿万富翁。

然而，外国人即使到了中国，也会像在自己家乡那样，执着于衣着打扮，这可不招中国人待见。

一天早晨，在厦门国际机场，一大群乘客刚刚从出口涌出，突然大雨滂沱。中国人身上披着免费赠送的一次性塑料雨衣，向公交车和出租车奔去。他们看上去很好笑，仿佛裹在巨大的三明治袋子里，但是没有淋湿。

之后出来两个老外，他们昂首挺胸，阔步向前，手里提着昂贵的公文包和古驰包。他们打量着那群披着塑料袋一溜小跑的本地人，彼此困惑不解地一笑，之后勇敢地跨了出去。在他们之前，有足够理智的人绝不会跑出去淋雨。顷刻间，雨水打湿了两个老外昂贵的条纹西服，时髦垫肩也随即塌陷，但他们仍旧保持着庄重的步态，一路走到出租车站台。

见此情景，周围的人小声窃笑，对此不以为然。

所以，还是入乡随俗吧，即使那意味着穿上三明治袋子！

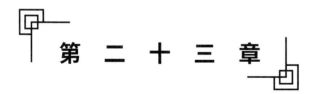

第 二 十 三 章

石块和罐子的故事

　　我们已逐渐适应住在山坡上凌峰公寓的生活，但在洛杉矶历经七年的快节奏生活后，厦门的缓慢闲适仍让我们颇为震撼。很多人看似无所事事，却依然能领薪酬，这还多亏了铁饭碗。毛主席说："各尽所能，按需分配。"但我感觉，人们似乎忘记了这句话当中"各尽所能"这一方面。

　　有许多人，比如我们 MBA 中心的主任、教工同事和教授，日常工作非常繁忙，跟美国人一样。确实，他们的午饭和午休时间长达三个小时，但之后他们会工作到深夜，有时一星期要工作六七天。

　　但中国人即使再忙，也会放下手头的事来招待客人。我们的主任是中国人耐心精神的典范。我见过不同国家的许多人，但很少有人能像刘主任那般令我敬佩。他总是同时兼顾十几件事，但无论多忙，只要有人上门拜访——不论是党委书记、教授或是大一新生——他都会放下一切，欢迎他们进来，请他们喝茶、吃橙子，甚至是吃饭。几个小时后，当客人要离开时，他还竭力挽留——"不再多坐一会儿吗？"——因此耽误了时间，而不得不工作到凌晨五点。

　　不论对方社会地位如何，主任都一视同仁，视礼貌待客高于一切。我在最贫穷的农民身上（不论是在偏远农村的农民，还是厦大的临时工）也见识过类似的耐性——以及豁达大度。

我希望向主任学习。当然，我比大多数中国人都忙碌，因为我教四门课，还要学中文。我从上午九点到下午五点半一直在办公室工作，中间没有午休。MBA 中心只有我一位外籍教师，每天都有人（时常是不折不扣的陌生人）顺道来拜访，慢慢喝茶，问问题问上几个小时，没有一天例外。最后我想办法遏止了这种现象。

最严重时，从大清早到深夜，陆续有访客（尤其是学生）拜访我的办公室和公寓。最无法忍受的是，曾有个学生在晚上十一点带着女朋友过来。

"我刚刚找到一份笔译工作，这是我的译文初稿，"他告诉我，"请帮我确保英语完美无缺。"

我想说那是他的新工作，而不是我的，但我试着像中国人一样表现出耐性。"好吧，把文章留下吧，我修改完给你。"

那位学生说："我很抱歉，但您需要现在就改，因为明天早上八点我必须交给新老板。"

我忍着没说什么，以免他在女朋友面前丢面子。我花了两小时帮他完成任务后，决定不能再按照东方习惯行事，于是告诉他："现在是午夜一点，七个小时后，上午八点我还得上课。往后，请提前电话预约，不要突然造访。"他脸红了，结结巴巴道了歉，然后离开了。从那以后，他再也没来串门。

第二天，我向学生们宣布新规定："从今天起，如果需要我帮忙，请在星期一到星期五上午九点到下午五点半期间来我的办公室。我午休时段也会在那里。另外，除非提前预约，否则请不要随意去我家，星期五晚上的每周聚会除外。"

"但是，我们上午和下午都有课。"一位学生抗议道。

"那就中午来。"

"但是我们需要睡午觉！"

"那就说明不是要紧的事。去睡午觉吧。"

中国人和外国人都惊诧我竟定下这样一条死规矩。一星期后，一位省政府官员在下午一点打电话到我的办公室。我接电话时，他说："您真的不睡午觉的，对吧？"

在中国，时间管理关乎生存，不过，无论我怎样努力向中国人解释，他们似乎都无法理解这个问题。那是因为他们是中国人，而我不是。中国人有13亿，而我只有一个人。即使是在街上或公交上遇到的素不相识的人——甚至是卖鸭蛋女士亲戚的朋友——都会出现在校园里，问我在哪里工作或住在哪里，然后提着几十斤柚子或一篮子活鸡作为礼物出现在我家门口。接着，他们会期望我教他们英语，协助他们出国，把他们的孩子送入更好的学校，又或者给他们一万美元买房子或创业。我可不是夸张。最后我决定"先放入大石块"。

石块和罐子的故事

在厦大的第三年起，我会在每学期开始时和学生们分享"石块和罐子的故事"。

一位教授在罐子里放满大石块，问满了没，学生们回答"满了"。然后他加入碎石，问满了没，这回学生们回答"没有"。然后他加入沙子，"满了吗？""没有。"接着他加入水。"满了吗？"大部分人说"满了"，尽管一位化学系学生对此有争论。教授接着问："这告诉我们什么道理？"

石块与罐子

其中的道理能彻底改变我们的生活态度，那便是："必须先放入大石块，因为如果先加水、沙子和碎石，就腾不出空间放大石块。"当然了，那些大石块就是重中之重的任务，小碎石就是可以迟些再做的事，沙子是该让别人代办的事，而水是该忽略的浪费时间的事。然而，要让这个"石块和罐子的故事"真正发挥作用，必须首先辨别大石块。因此，我设定了轻重缓急和界线。我不想对所有人都有求必应却没有把事做好，相反，我会选择做更少的事并把事都做得更好。我觉得，正是这条准则帮助我更好地履行丈夫、父亲和教师的责任。而由于日程安排固定，我确实学会稍稍慢下来——"细嗅蔷薇"而不是走马看花。

后记

外国人对我的日程安排颇有微词，而中国人却表示尊重，尽管他们并不能完全理解个中缘由。但我也确保所有人知道，假如确有急事，可以随时找我，不论是白天还是晚上。只有一次，一位中国朋友半夜打电话给我，但我永远铭记那个凌晨三点的来电。他的妻子临产，便请我载她去鼓浪屿轮渡码头，再送她去医院。几小时后，他的儿子出生了，我们一起看着这个小婴儿成长为英俊小伙儿——那种青春朝气，让我们在中国度过的三十载都意义非凡。

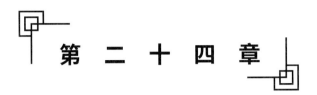

第 二 十 四 章

厦门正式上线

来中国的头两年，我们只打了三次电话，而且只有一次打通了。所有电话都要由厦大接线员转接，有几次，接线员只说了一句"无此号码！"就挂掉电话，即使是外国专家招待所的公用电话也不例外。

我们搬到山坡公寓后的第一件事就是申请一部私人电话。我们公寓楼的楼梯井里确实有一部公用电话，但是七家共用，打电话都难，更别说接电话。

在这里住了差不多三年后，我们被告知可以申请私人线路，不过得花四百五十美元，而且可能要一年或更久的时间才能装好，因为他们要给校园里我家这块地方接新线路。"没问题。"我说。我交了钱，但是三年过去了，我家还是没有装上电话。

我交完定金的两年半后，他们给邻居装上了电话，唯独没给我们装。"抱歉，"他们说，"不过，因为您是外国人，要花更长时间。"

六个月后，电话还是没装上。我估摸着三年时间已经够长了。我们是唯一一家还在使用公用电话的人。于是我决定从公用电话接个分机到家里。

我不想做什么违法乱纪或偷偷摸摸的事，于是我在午饭时改装电话线，那会儿正是人来人往的时候。至少有十几个人问我："潘教授，你爬到梯子上干什么？"

我小声说："别告诉别人，我要把公用电话接到我家，因为这电话除了我们没人用。我们已等了三年，可现在只有我家没有私人电话。我不想让学校因为这事过意不去，所以只好自己动手，省得麻烦他们。"

本来十五分钟就能把活干完，我却花了两小时，站在梯子上告诉每个来询问的人："别跟别人说。"于是他们当然把这事告诉了所有人。

一周后，电话公司的人上门了。"我们来给您装电话，潘教授！"我们在一星期里从没电话的住户变成了唯一拥有两条电话线的住户。我实在太高兴了，直到两台电话开始不停地响铃。

一位中国友人吹嘘他的无绳电话，我说："我看我还是更喜欢'无电话绳'。"

我把我们是如何花了四百五十美元，等了三年时间才装上电话的故事讲给外国友人，他们听了哈哈大笑。"是的，这就是中国。"一些人说。但是几个月后，我们就意识到，中国人要么不做，要做就要做好！我们的电话服务不仅十分便宜，而且电话公司的客户服务也非常出色。我们因为电话线路问题联系了几次电话公司。每次维修工不到两小时就上门，而且会为来晚而道歉。每次最后都发现是我们自己的布线问题，而不是电话公司的设备问题，但是他们依然免费维修，并留下个人名片，说："如果还有问题的话就直接打电话给我。"我试着至少给他们一点小费，但他们坚决拒绝。"不必了，很高兴为您效劳。"

跳过座机

几乎是在我们装上座机的同时，移动电话闪亮登场。于是很多人干脆跳过座机，直接购买手机。学生、南普陀寺的僧人，甚至连中山路的乞丐都有手机，而彼时手机尚未在美国推广普及。而且，和座机一样，手机服务既便宜又可靠（要是美国国会没有拆分贝尔电话公司高效的垄断生意，我们在美国本来也可以享受到这种物美价廉的服务）。

《中国日报》头版刊登了一张照片：一位中国商人用手机打电话，那手机差不多有第二次世界大战时的对讲机那么大。那手机得有四斤多重。

他对记者说："我喜欢手机。感觉自己像007。"要是有这么一部手机，007就不需要武器了。用手机就能杀人。

很快，我的学生们都用上了手机（手机尺寸迅速缩小）和传呼机，唯独我不肯买来一试。厦大和当地政府的人抱怨："我们联系不到你。"

"写信吧。"我说。最终，副市长江曙霞女士为我买了一部手机，我再也找不到借口，只好随身携带。所幸的是，六个月后手机被偷了。不幸的是，他们又给我买了一部，说："这部别再丢了！"我用自己的生命守护这部手机，最终变得和别人一样，再也离不开它。但是我和一种名叫电子邮件的新奇玩意划清了界限。

平信的消亡

中国邮政服务早年曾给我们带来过一些烦恼，但是不到十年就变得快捷高效。一周七天都送信，邮局营业时间也更长了。当然，还是要三到四周才能收到从美国寄来的回信，但我已习以为常。后来，一位快六十岁的朋友瓦特叔叔（Walt）写信告诉我，现在有一种新玩意儿，叫电子邮件。

"电子邮件可以在互联网上发信，几小时内就能收到回复，不用等上几周或几个月！"

"不用了，谢谢，"我回信说，"寄信收信这么快，我一整天不干别的，光写信了。"每半个月给亲戚朋友写一次"我不见外"对我来说就已足够。而且，发电子邮件的话，我就没法在信上画卡通了。

1988年的互联网——学生们在报刊栏阅读新闻

再说，我们也不需要互联网，因为我们有报刊栏，每天上面都会张贴新报纸，所有需要了解的新闻都能看到。国际新闻通常会延迟几天，但我觉得那样更好，因为如果老家有什么坏消息，等传到我这里时，事情往往都已解决。

真正看到别人收发电子邮件是一整年后。我非常着迷——尽管在中国收发电子邮件十分费劲。网速奇慢，尤其是国际网络。我们使用 Windows 3.0 操作系统，得在嘈杂的拨号上网调制解调器上输入成串密码，几次登入登出，才能真正联网。我差点要放弃了。

如今，我无法想象没有电子邮件和互联网的生活，也无法想象没有微信会怎样。我用微信和学生联络，跟远在北京和美国的儿子们视频通话。而且，和电话服务一样，中国人开发的网络服务（我们现在用的是光纤宽带服务）又快又好又便宜。正当我打下这些字时，网络服务中断了——我忘交宽带费两个月了。我缴清了欠费，但是网络还未恢复。我拨打 10000 电话，描述了我的问题，维修人员立即耐心地教我重启调制解调器，问题迎刃而解。几分钟后，一位客服代表打来电话，确保一切进展顺利。

昨晚，我和来自五个国家、五所大学的教授开了电话会议，讨论 OneMBA 项目。大家身处不同大洲，但开电话会议时却犹如共处一室。

尽管有时我会想念厦门早年的宁静，但我现在对可靠的水电供应、电话通信，甚至是电子邮件心怀感激。

不过，除微信外，我依然拒绝使用社交通信软件。大约三十年前，我读过一篇科幻故事，故事描绘了这样一个世界：人们不再跨出家门，而是通过带屏幕的计算机互相沟通。我当时想，这种假设可真牵强啊！但现在，这种假设已经在世界大部分地区变为了现实。

也许我终归还是要买条"无电话绳"。

第 四 部 分

福建之旅

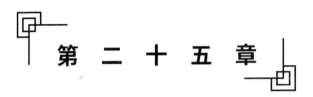

第 二 十 五 章

泉州之行——亲探马可·波罗笔下的刺桐城

　　1992 年 1 月，我们一行人在主任的带领下，驱车两小时来到泉州。彼时，我还不知道这里就是古刺桐港所在地，是马可·波罗（Marco Polo）启航回国的出发地，也是 1492 年哥伦布原定的西航目的地。我后来频繁造访泉州，因此，2001 年，时任福建省省长习近平对我说："您写过您的第二故乡厦门。不妨也写写第三故乡泉州吧？"

　　习近平对泉州和闽南很感兴趣，因为这里是古代海上丝绸之路的起点，也是 21 世纪新丝绸之路——"一带一路"倡议的灵感来源。

　　与厦门一样，历经几十年的发展，泉州已成为一座经济繁荣的现代化城市，但更令我讶异的是，连结这两座城市的乡村也一派繁荣景象。1992 年的乡村面貌与今日有天壤之别，有的村子全村从事回收玻璃瓶、废旧轮胎或塑料的行当，没有别的谋生手段。今天，这些农村地区的生活条件与城市一样好。

　　习近平对泉州饶有兴趣，且泉州与厦大的闽南历史文化底蕴息息相关，有鉴于此，我想和读者分享首次造访泉州的经历。我建议大家亲自到泉州走走看看，切身感受这座城市的变化。如今从厦门走高速公路去泉州，不消一小时便到，也可坐动车前往。

　　刘主任向我们发出泉州之旅的邀请时，我心潮澎湃。那时，我们已经开始攒钱要买辆面包车环游中国，不过估摸着还得好几年才能成行。于是我们迫不及待地抓住这个机会，去参观马可·波罗笔下神秘的泉州——阿拉伯人称之为"Zayton"（刺桐，英语单词"satin"[绸缎]也源自于此）。然而，驱车前往泉州途中的见闻和参观泉州本身一样，令我们感悟良多。

福建人——中国最聪明的农民

沿途所见让我终于理解为何皮彻（Pitcher）会在1893年写道，厦门农民是世界上最聪明的农民。[1] 眼前的景象并不叫我惊讶：厦门通往泉州的路上，没有一块土地是荒废的，满种着水稻、甘蔗、芋头、西瓜和花生。就连铺路石的缝隙里也种着蔬菜。福建的地形素有"八山一水一分田"之说，当地农民历来因山就势，修筑梯田。仁信牧师（Rev. James Johnston）在1898年写道，有些庄稼"种在犄角旮旯里，在我们看来宛若苍鹰之穴，挂于高山之巅，遥不可及"。[2]

1875年1月14日，苏格兰传教士倪为霖牧师（Rev. William Macgregor）在信中写道：

"……梯田的海拔跨度令人惊异，从山脚走到山顶，再折返而回，似乎就要耗费一天。梯田低处插种水稻；稍高处栽种甘蔗、粟、小麦等；再往高处种土豆和豆类；最高处则种植花生和其他耐旱作物。"[3]

外国人喜欢拍摄中国古朴的农村，捕捉水牛犁田的场面，殊不知，没有福建农民就没有工业革命！早在两千多年前，中国人口便已达五六千万，千百年来政府视粮食为头等大事。公元前200年，汉帝首设农业研究中心；公元100年，中国人开始使用生物治虫技术。中国人首创中耕技术，比欧洲早两千三百年；率先使用播种机撒种，比欧洲早两千年。17世纪，荷兰水手将中国的耕作技术和工具传入欧洲。1730年，英国人发明了"荷兰犁"并申请专利，殊不知其源自公元前300年的中国。

1　菲利普·威尔逊·皮彻（Philip Wilson Pitcher），《厦门五十年：厦门传教士史》（*Fifty Years in Amoy, a History of the Amoy Mission*），Reformed Church of America Board of Publication，纽约，1893年。
2　仁信牧师，《中国和福尔摩莎：成功传教的故事》（*China and Formosa: The Story of a Successful Mission*），Hazel, Watson, & Viney, Ld.，伦敦，1898年。（"福尔摩莎"是早期葡萄牙人等对台湾岛的称呼）
3　倪为霖牧师，1875年1月14日信件，《英国长老会的信使和传教纪实》（*The Messenger and Missionary Record of the Presbyterian Church in England*），伦敦，1875年4月1日。

1911 年，富兰克林·金（F. H. King）指出，中国农民懂得如何保护自然资源，一片土地历经数千年耕作，土壤依旧肥沃，而西方却在短短几十年内穷尽地力。

"……几乎每天都能从展现在我们四周的景象中学到知识，甚至常有惊人的发现。在观察的过程中，我也为美国该转向哪种农耕体系感到困惑。我们从自己的发现以及所能联想到的这些国家数千年来对自然资源的保护和利用中受到教育，震惊于他们土地的高产……"[1]

和福建农民一样出色的，还有福建渔民。

中国最出色的渔民

郭实腊（Karl F. A. Gutzlaff）在 1834 年写道："中国渔民数量庞大，其中属福建本地渔民最富于进取、敢于冒险。"[2] 显然，福建渔民至今保持着开拓精神，早在 20 世纪 90 年代初，他们就新建大房子，大多采用晋江特色的砖瓦。与福建农民一样，福建渔民发明的水产养殖技术，领先欧洲人近两千年。寿尔（Henry Noel Shore）在 1881 年写道：

"厦门附近已出现大规模的牡蛎养殖，并且非常成功……看起来人工牡蛎养殖场在中国出现的时间比在罗马出现的时间要早得多；欧洲学者至今仍在就相关理论撰写文章和小册子，而这个务实的民族自一千八百年前以来便在牡蛎养殖上收成颇丰。"[3]

各具特色的乡村

司机每开几公里就得放慢速度徐徐蠕动，左移右摆以避免擦碰站在路中间兜售器皿和农产品的小贩。沿途尽是农田环绕的小村落，乍看之下似乎大同小异，但仔细观察后会发现，每个村子都有独特的营生，瓷砖、煤球、

1 富兰克林·H. 金，《四千年农夫：中国、朝鲜、日本的永续农业》（*Farmers of Forty Centuries, or, Permanent Agriculture in China, Korea and Japan*），威斯康星大学，1911 年。（译者注：参考程存旺、石嫣译，《四千年农夫：中国、日本和朝鲜的永续农业》，东方出版社，2011 年。）
2 郭实腊，《1831、1832、1833 年在华三次航海日记》（*Journal of Three Voyages Along the Coast of China in 1831, 1832, and 1833*），Frederick Westley and A.H.Davis，伦敦，1834 年。
3 英国皇家海军爵士亨利·诺尔·寿尔，《田凫号航行记：一位海军将领在中国、福尔摩沙和日本的随笔》（*The Flight of the Lapwing, A Naval Officer's Jottings in China, Formosa and Japan*），朗曼斯格林出版公司（Longmans, Green and Company），伦敦，1881 年。（"福尔摩莎"是早期葡萄牙人等对台湾岛的称呼）

塑料、废品回收，不一而足（如今，那片地区与城市一样现代化、发达）。

其中一个村庄就像高高低低的黄泥砖房缝拼成的一床灰色百衲被，不过的确别具一格。村里的水井是最聚人气的地方，一如千年前的景象。妇女、孩童成群结伴来井边打水，用的是木匠批量制作的漂亮木桶，一个只卖几块钱。

手艺人和艺术家

用木头或竹子制作而成的容器、器具美得让人惊叹。中国匠人制作普通木桶、竹篮花费的心力不亚于创作艺术作品，我不是最早发现这一点的外国人。1938年，中国匠人的精湛工艺和对细节的苛求让路易斯（Elizabeth Foreman Lewis）赞叹不已：

"如果说有哪种美德在中国人身上最常见、体现得最明显，那可能就是在工艺方面的一丝不苟……不论是陶匠拼尽全力涂刷出完美的釉面，还是象牙雕刻师用工多年制成一张价值连城的屏风，或是温婉恭顺的家庭主妇为自家人纳鞋底，都一样在细节上坚持不懈、下苦功，不仅花气力把东西做出来，还花同样的气力追求美观、耐用。在中国，把工作做好得到的满足感似乎本身就是对工作的嘉奖，尽管劳力有时会变成富有创造性的艺术，而且中国艺术家与工匠之间只有细微的差别，但在中国这片土地上，显而易见，劳动力就是最廉价的商品。"[1]

让我们诧异的是，大多数农村已通电，不过一些村委会禁止村民用电，原因是有人把手指戳入墙上的插座孔，导致电伤。这令我记起20世纪初，因有几个行人被列车碾死，中国农民便把铁轨拆了。

顺口一提，20世纪90年代的列车和19世纪那种直冒黑烟的火车几乎没有两样。我们做梦都想不到，短短三十年间，中国已拥有世界上最庞大的高速铁路网和公路网；也想不到从厦门出发，搭乘动车，不到一小时即可抵达泉州，而且平稳舒适，根本察觉不到列车在行进。

1　伊丽莎白·福尔曼·路易斯，《中国画卷中的肖像》（*Portraits from a Chinese Scroll*），约翰温斯顿出版公司（John C. Winston Company），芝加哥，1938年。

古老的煤炭之乡

太阳爬上山，天亮起来，可当汽车下坡驶入煤炭之乡时，天又暗了下去。这是个幽暗的山谷，一切笼罩在煤烟之中，树木、农舍、村民全都灰蒙蒙一片（毫无疑问，他们的肺也一样蒙上阴影）。这景象看起来像传说中的仙人不小心打翻了黑色鞋油洒在这片土地上。

街道两旁高高堆着泥土和煤渣。妇女和孩童从头到脚全身黑不溜秋，将泥土和掺了水的煤渣混合搅匀，然后压上煤球机，打出圆柱形的煤球。所用的煤球机是一根铁棒，一端横着把手，一端连着打孔模具，压出来的煤球孔距分布得当，上火快，热量足，节煤效果显著。

无论在农村还是厦门城里，送煤工身上总是沾满煤灰，他们踩着黑乎乎的三轮平板车，满载着同样黑乎乎的煤球，不仔细瞧，定会以为送煤的是裹着黑袍的幽灵。满身是煤的送煤工见着我们总是乐呵呵地咧嘴大笑，挥手和我们打招呼。正如千百年前一样，似乎没有什么能让中国人垂头丧气。一百年前，厦门传教士罗斯·塔尔曼（Rose Talman）在其未出版的回忆录中写道：

"在现实的生存环境下，中国人形成了自己的解决方法——节俭（中国人不浪费任何东西）、耐心、勤劳和幽默，这是中国人应对现实生活的处世哲学，也正是这些品质使得中国人刚毅、坚韧，并赋予他们安守清贫和摆脱贫困的意志。"

走私者的海湾

在这个烟尘弥漫的山谷中，有些村庄并不靠煤炭或瓷砖营生，村民趁夜划着小舢板或开着漂亮的高速渔船往返台湾海峡。尽管中央政府做出许多努力，禁止从台湾或香港走私货物，但这些濒临台湾海峡的沿海村庄将这一地理条件视为唯一且最有利的资产。从好的方面看，频繁的贸易往来有助于增进两岸人民情谊，至少有助于增进非正式的关系。但往坏处想，这又损害了合法贸易。可喜的是，如今两岸开放交流，经贸往来早已合法，比以往任何时候都更加繁荣。

瓷器之乡

沿途经过的下一个村子宛若一片瓷器森林，每间破破烂烂的住宅门前都堆放着陶罐和陶瓷花瓶，有的涂了釉面，有的没有上釉，五彩斑斓，堆得密密麻麻，摇摇欲坠。老老少少好几十人蹲在道路两边吆喝叫卖，罐子几乎一模一样，唯有颜色能看出细微差别。我琢磨着，一个人一天到底能不能卖出一只罐子。但想想中国人一块钱能掰成好几块花，也许一个月卖出去一两个，就足够开销了。

热衷回收的村子

接下来途经的几个村子，都住着热爱回收的村民，这情形并不稀奇，因为中国人一贯以浪费为耻。在本杰明·富兰克林（Ben Franklin）说出那句"省一文即赚一文"之前很久，中国人就说过"即使住在森林附近，也不要浪费柴火"。

这些村庄可回收物品的数量和种类之多，令人叹服，且不同村子又各具特色。在一个村子，我们看见堆成小山坡的旧衣服和破布。在另一个村子，我们看见工人将五颜六色的破损塑料制品一股脑地聚拢成堆，然后围在约 6 米高的物品堆里一一分拣：水桶、脸盆、痰盂、篮子、玩具、浴架和饮料瓶。一个村子像是周边环绕着由玻璃瓶、罐子和惠泉啤酒瓶堆成的山，而另一个村子像从苏斯博士的童书中走出来一般，遍地的铁丝和废旧自行车，构成一个形态可自由变换的 6 米高雕塑。

我尤为惊讶的是，这些废物回收之所以丝毫没有异味，因为中国人不似美国人铺张浪费，他们很少丢弃食品。我很钦佩节俭的中国家庭主妇、家庭主夫，他们每天长途跋涉去热闹的菜市场，不论买什么都要先与店家讨价还价，不知道的，还以为店家要勒索他们。如果只从他们讨价还价时的音量和口吻判断，你定要以为他们恨不得杀了对方，不过等到交易结束，双方均面带微笑，和和气气话别。买菜的把装着农产品的菜篮挂到厦门产飞鸽自行车锈迹斑斑的车把上，踩着自行车奔回家去，然后花上几小时准备饭菜，先是洗菜、剁肉，再把新鲜的生姜、大蒜和香菜逐一切片、切段、切丁，最后下锅烹饪。他们会把食材统统用上，连一片菠菜叶也不落下。

中国人擅长用最简单的食材和工具（一把菜刀、一个炒锅和一个炉灶）烹制美味佳肴。而在美国，我的朋友拥有宽敞的厨房、种类繁多的高科技工具和电器、各种你能想到的香料和配料，以及数不尽的料理书籍，但却几乎天天吃快餐或微波炉加热的冷冻食品。

福建人发明了最快的快餐

遗憾的是，中国人也开始热衷快餐了。朝积极的一面看，中国快餐店崛起是对贩售垃圾食品的西式快餐的有力打击。这并不奇怪，因为世界上最快的快餐——光饼（在东南亚叫 Kompyang）就是中国明朝抗倭名将戚继光（1528—1588）发明的。

16 世纪 60 年代，戚继光将军带兵在福建沿海一带抗倭，发觉敌人可以根据炊烟位置追踪他的部队。于是，他发明了一种很容易烤制的圆饼，主要成分为面粉、猪油、洋葱和盐。饼中间还留个小孔，士兵用绳串起，可挂在脖子上随时食用，既不耽误行军，又节省做饭时间。

现在忙碌的美国人常把"eat and run"（吃了就跑）挂在嘴边，但古代的中国人速度更快，他们可是边吃边跑呢！

光饼是我最喜爱的福州美食之一。但凡到福州，我都会买几十个带回家。但我发现，泉州也有很多中国别处没有的美食，或许是古时四海八方来的游客带来的，历经千年传承保留至今。

第 二 十 六 章

传奇的刺桐港——阿拉丁的故乡?

终于来到传说中的刺桐港（刺桐即泉州，关于刺桐的历史请参见第二章），我激动不已。在阿拉伯的传说故事里，连水手辛巴达都造访过此地。不过，辛巴达的故事极可能受了郑和将军的经历启发，郑和尊称为"三宝太监"，"Sanbao"与"Sinbad"（辛巴达）发音相近，且前有郑和七下西洋，后有辛巴达七次航海之旅，未免太过巧合。

阿拉丁的故事可能也从刺桐撷取灵感。1992年的迪士尼动画电影《阿拉丁》把故事背景设在中东，但在《一千零一夜》的原著中，故事发生地其实在中国。我有六七本关于阿拉丁的书，出版时间在19世纪到20世纪初，每本书里的插图都把阿拉丁绘成中国人，身穿中国服饰，生活在中国风格建筑的城市里。故事开篇写道："阿拉丁是一位贫穷寡妇的儿子，在中国的一座城市里生活。"在冒险的最后，"阿拉丁拿到神灯召唤精灵，命令精灵把宫殿搬回中国。"

阿拉丁故事中的"中国城市"很可能是泉州，因为泉州在中世纪是世界大港，有世界上最优良的天然港口。泉州还以丝绸闻名，著名的阿拉伯旅行家伊本·白图泰（Ibn Battuta）说过，泉州丝绸可与杭州相媲美。

14世纪中期，泉州有五十万人口，来自世界各地，其中四万是穆斯林。马可·波罗从泉州扬帆返航意大利时，曾描述道，泉州拥有世界上最大、最繁忙的港口，比肩亚历山大港。

借助磁罗盘这一创新发明，中国商人得以出海贸易，他们从泉州启航，带着中国的绸缎、茶叶、铁器和其他畅销的中国珍品，前往世界各地，然后买回象牙、珍珠、玳瑁、犀牛角等商品。东非的摩加迪沙人和基林迪尼人珍爱青花瓷和白瓷，但中国丝绸才是最受青睐的瑰宝：锦缎和红绿丝绸运到越南；印花绸送抵泰国；染色缎运到马来西亚；花卉图案的丝绸送到印尼；织锦运往缅甸；彩缎和白色丝绸运到印度；绿织锦送抵伊朗；彩绢送到肯尼亚；彩色织锦则销往伊拉克、埃及、摩洛哥和沙特阿拉伯。

然而，由于泉州美名远扬，引来外藩屡次侵扰，逐渐走向没落。

泉州——亚洲大熔炉

泉州很可能开设了中国最早的专门接待外国贡使和番商的驿馆，始建于宋朝时期，至今仍矗立在车桥头。虽然这家驿馆只接待外宾，但刺桐的其他地方却不设限制，外国人畅行无阻，开放程度亘古未有。中国竭力鼓励海外贸易，对海外文化和宗教兼容并蓄。外国人可以成为中国公民，与中国人结婚，甚至在政府中担任要职，这一举措不仅明智，甚至大有裨益。一个拥有中国公民身份的阿拉伯人一度独占中国全部贸易收入的四分之一！

在这里，中国人和外国人和平共处，自由交往，文化与宗教的交流也如商品贸易般如火如荼。中外宗教都视中国为宝地，因为中国信徒最多、经济繁荣、拥有无与伦比的陆地和海上贸易网络，无远弗届。

泉州是宗教传播的中心，景教、犹太教、印度教、耆那教、藏传佛教、天主教（在圣方济各死后一百年内还存有三座方济各会教堂！）和波斯摩尼教（世界现仅唯一的摩尼教寺庙坐落于泉州）云集于此。泉州还建有七座清真寺，拥有伊斯兰教徒四万人。

伊斯兰教先知穆罕默德（570—632）因信仰在祖国遭到反对和迫害，派遣门徒到中国传教，彼时的中国与现在一样，是世界上最大的市场，适宜发展信徒。公元618年至626年间，先知遣贤徒到华传教，一贤传教广州，二贤传教扬州，三贤和四贤传教于泉州。据说三贤和四贤死后葬于泉州东门外的灵山圣墓。一千三百多年来，这座伊斯兰教圣墓一直受到泉州伊斯兰教徒的精心维护。

清净寺（始建于公元1009年）是中国现存最古老，也是东南亚最古老的清真寺，整体为石构建筑，仿照叙利亚大马士革一座美丽寺院而建。宏伟的穹顶于1607年的8.1级地震中塌陷。至今仍有伊斯兰教徒经常到此进行宗教活动或参观。

明朝初期，阿拉伯军队发动了兵乱，朝廷派兵镇压，泉州陷入一片混乱。明朝皇帝下旨烧毁世界上最伟大的商贸船队，并禁止对外贸易。随着这座中世纪最伟大的港口淤泥堆积，风光不再，泉州城日趋黯淡，变得寂寂无名，贸易中心转移到厦门。

泉州清净寺，1990年

如今仍有数以万计的阿拉伯后裔居住在泉州，但他们并不知晓自己的血统，直到近来的历史学家将此事公之于众。他们的祖先为避免与中国人产生矛盾，冲突加剧，于是改名换姓，采用中国人名字，甚至连文字书写也有向中文靠拢的倾向。遗留在泉州各处的伊斯兰墓碑，在阴刻的阿拉伯语铭文中夹杂着三个与汉字出奇相似的"藩客墓"（意为外国人之墓）。

云鹿村卜、黄二姓的人近来才知道他们都是阿拉伯人蒲寿庚的后裔，蒲寿庚在宋元时期主管海上贸易，后任福建行省中书左丞。

泉州的百崎乡有一万多阿拉伯人的后裔，不过他们都姓郭，单从姓氏判断，恐怕永远不会知晓这一事实。陈埭的丁氏一族也是阿拉伯人的后裔。我参观过他们的宗祠，建筑呈现典型的闽南风格，又融合了伊斯兰教装饰。

重返家园

泉州旅游指南盛赞泉州具有"两千处驰名中外的名胜古迹",我认为这固然有夸大的成分,但泉州确有许多值得一看的地方。2001年,习近平主席建议我写写泉州,于是我利用六周的时间游览泉州,但都没来得及游览完所有景点。

泉州之行激起我的求知欲,我渴望进一步了解中国历史和文化,开始写文章讲述自己在中国的经历,尤其是中国日新月异的发展变化。但有一些外国人反驳说:"中国只有沿海地区在发展,内陆还是老样子。"

"你怎么知道?"我问,"你从来没去过那里!"

"你不也没去过。"他们说。

于是我决定亲眼见证。1993年春天,我们买了辆十五座的高顶面包车,从厦门出发一路向北开到内蒙古,接着向西穿越戈壁沙漠抵达西藏,最后南下驶经华南多城返回厦门。到1994年夏末,已环游中国七万公里。

老潘一家在泉州与老子雕像合影,1993年

中国的扶贫举措甚至惠及最偏远的地区,令我深深折服。没想到二十五年后,我有机会与厦大管理学院的师生结伴,驱车两万公里再次环游中国,见证中国为在2020年彻底消除绝对贫困所做的努力及取得的卓越成就!

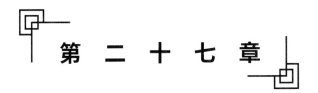

第 二 十 七 章

"洋鬼子"和"洋朋友"

"你是哪里人？"在乡下晃悠时，时常遇到中国人这样问。

"我是美国鬼子。"我回答道。

询问的人，无论是农民或是警察，店员或是士兵，通常应声而笑，也有些人会纠正我："现在已经没有美国鬼子了！只有美国朋友！"

中国人的宽恕精神令我赞叹。对他们而言，西方国家长达一个世纪的占领及鸦片贸易所带来的恐慌和屈辱早已宛如过眼云烟，不再挂怀。现今，外国人不再是"洋鬼子"，而是"洋朋友"。虽然仍有部分中国人会嘀咕"日本鬼子"之类的说法，但大部分出自老一辈，年轻人并不买账。

1988 年以来，中国的年轻一代似乎崇尚西方事物，但近期，凡是日本的东西也颇受青睐。许多中国人在学校学日文，频繁光顾日式餐厅和寿司店，听日本流行歌曲。他们也会在家里、花园里挂上日式纸灯笼，精心打理微型的日式禅庭。年轻人越是欣赏日本事物，就越难理解老一辈人内心挥之不去的伤痛。他们的祖辈当中，有许多都亲见抗战时期日本的暴行，因此留下终身不可磨灭的心灵创伤。值得中日两国人民庆幸的是，厦门有像佐林（Sabayashi）一家这样的日本家庭。

佐林夫妇育有两女，他们放弃日本的安逸生活，来到厦门教授日文。这对夫妇既喜欢也欣赏中国人，并对日本在战时的暴行真诚悔过（尽管我不知道他们是如何了解到这些事情，因为日本历史书中并无讲述），因而逐渐赢得中国学生和同事的喜爱与尊敬。一直以来，他们为中日友谊之桥所作的贡献虽微小却极为宝贵，就连他们身边那些上了年纪的中国朋友现在也转变了对日本人民的看法。然而，中日友谊的根基并不牢靠。

第二次世界大战期间，由于日本国内新闻媒体对播报内容审查严格，导致大多数日本民众对日本军队在海外的种种暴行一无所知。现今，一些日本极端主义者正在争取改写并粉饰日本历史，许多中国人则担忧此类修正主义背后的动机。如果要赢得长久的和平与友谊，一味地否认历史是行不通的，应该通过对话，促进和解——这是我在福建的一个偏远村庄里学到的。

一位年老的店员朝我叫嚷："洋鬼子！"

"你好，'中国鬼子'。"我回话。这种反驳通常会引来惊讶和笑声，但这次没有！

"哪有中国鬼子！"那个人喊道，"你们外国人干尽坏事，中国人才不会！"

之前，我甚少遇到中国人怀有如此大的敌意。更糟的是，那天天气闷热潮湿，我满身疲倦，心情暴躁。于是，我语带讽刺地回嘴："你说的是哪一桩坏事？我们可是做了很多坏事啊！"

那个男人开始劈头细数我们的罪行："鸦片战争！火烧圆明园！还有——"

"——这都是恶行，"我承认，"但都是一百五十年前的事。跟我一点关系也没有，和我的父母、祖父母也没有关系。中国曾发生过'文化大革命'，你也是那个年代的人，这样我是不是应该咒骂你？"

那人张口结舌地看着我，嘴巴一开一合，却没发出声音，仿佛是粤菜师傅刀下待宰的草鱼。我却惶惶不安，懊悔自己没谨记圣经箴言"温和的回答平息烈怒"。

我还在自责，那个人却露齿笑了，说："你说得对。我从来没有那样想过！"这让我深深松了口气。随后，郑爷爷请我进屋喝茶，和我聊了很长时间。那天末了，我又多了一位朋友。

煽动者可能会严厉呵斥洋鬼子，但我们终究都只是普通人，前覆后戒，取长补短不失为明智之举。希望有一天，我们能充分了解彼此，摒弃那些根深蒂固、四处传播的固有印象和以偏概全的认知。这是因为，当涉及人的时候，不管是"老外"还是"老内"，任何笼统概括都有失公允——当然，这一条除外。

老潘漫画："老外"与"老内"

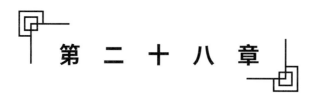

第 二 十 八 章

福建颁发第一张"中国绿卡"

> 中国有成千上万名学生留学海外，他们归国后，中国必将出现翻天覆地的变化。
>
> ——邓小平，1978年，与基辛格协会副会长罗伯特·霍马茨（Robert Hormats）的对话

1990年年初，一位女学生告诉我："我很想去美国留学。美国是个美丽的国度，人民善良美好，美国的大学也很棒。您能帮我去美国吗？"

我受宠若惊，没想到她如此高看美国，但一周后我听到她对来自加拿大的教授西尔·迪普尚德（Cecil Dipchand）博士说："我很想去加拿大留学。加拿大太美了，我喜欢当地人和当地文化，特别是您的家乡哈利法克斯。您能帮我去加拿大吗？"

教书三年来，每逢新学期我都会问MBA学生，他们认为什么课最重要。每次听到的回答都是"英语！"

"那为什么要读MBA？"我问道，"转到外语系吧！"

学好英语是**头等大事**，因为英语最能帮助他们实现目标，在 20 世纪 90 年代中期之前，他们的目标大多是出国留学或工作。"如果留在这里，潘教授，单位让我们做的工作只会让 MBA 知识派不上用场。这里没有未来。"

"要有耐心！"我补充道，"全球经济重心正重回亚洲。[1] 出于历史原因，眼下确实艰难，但是未来属于中国，不属于西方。中国在你们身上投入很多。把你们的聪明才智用在这里吧！"

"您说起来倒是轻巧，您可以随时离开，但我们没办法。"

中国花大力气培养的这些人才，却跑到国外去，用自己的才能去建设别的国家（不少人最后沦落到在中餐馆打工，蹉跎几十年岁月后才后悔当初没有留在中国），每每看到这些，我都十分沮丧。

最终我决定申请中国永久居留权，这只是为了表明我的决心：我不只打算在中国待一两年（这是我原先的计划），而会长期留在中国，因为我相信未来属于中国。但要获得永久居留权并不容易！

没有永久居留申请表

据我所知，从七百年前的元朝至今，福建都没有几个永久居留的外国人。整个中国获得永久居留权的外国人也就几十个，他们在 1949 年新中国成立前都为中国做出过巨大贡献。我没有做出巨大贡献，但还是提出了申请。"我没有钱，也没有丰富的经验，"我告诉一位政府官员，"但是我还能活几十年（但愿如此），

福建省优秀外国专家称号授予仪式

1　西方媒体常说经济重心正在向亚洲转移，但事实上是经济重心正在重回亚洲。三百年前，中国和印度的 GDP 占全球的三分之二。2014 年 3 月，《哈佛商业评论》指出，在过去，中国的经济比欧洲更加开放，市场化程度也更高，直到 19 世纪初（第一次鸦片战争时期）情况才发生变化。

可以教授商科——这是中国的现代化建设所需要的知识。"

"外国人不能申请永久居留权。"我在外事办工作的朋友说。

"我其实已研究过，"我说，"法律是允许的。"

"但是我们没有相应的申请表。"他说。

"没问题，"我说，"我可以做一张！"

我设计了一份官模官样的文件，说明我为什么想要永久居留权，在上面签字并盖上我的中文印章，提交给厦大领导，由他们转交给厦门市政府。之后就石沉大海，在多次询问后，我得知申请在从厦大到北京的某个环节被拒绝了。

我又设计了份申请表并再次提交，但还是被拒绝了。第三次提出申请时，厦大一位领导问我："你准备申请几次？"

"直到批准为止。"我说。

"听起来你相当有信心。"他说道。

"我其实一点信心也没有。我钱不多，经验也不够丰富。但是中国需要商科教育，我觉得自己的 MBA 课程很有用，也很有必要。我会尽力做到最好，也努力提升能力——我想这还算有点价值吧。"

"你在美国赚了那么多钱，为什么想在中国教书？你爱中国胜过美国吗？"

"当然不是！"我说，"尽管美国有许多问题，我还是爱美国。我是美国人。但我也爱中国，帮助中国也是在帮助美国——如果双方都想谋求和平。"

第三次申请没有被批准，不过厦大外事办的工作人员告诉我，北京来了电话，说有一位官员会飞来厦门讨论我的永久居民申请。

北京来的官员五十大几岁了，衣着干练，深谙全球事务，让我想起20 世纪 30 年代风度翩翩的上海商人。他很机敏，但又平易近人、热情友善。他针对我申请永久居留权的目的和我的从军背景询问了很多问题。当得知我父亲在军队服役了十八年，其中十一年都在参与反对亚洲共产主义的战争，并且我曾经是一名空军特别调查局（OSI）的情报员时，他说道：

"要在社会主义国家长期居留，您的背景很不寻常。"

"我没法决定我的背景，"我说道，"我很骄傲为自己的祖国效力。但是战争并不是维持和平的唯一手段。我觉得在中国教授国际商务，帮助中国摆脱孤立，也同样是通往和平的康庄大道，这对中国和美国都有好处。"

那人还询问我对政治和宗教的看法。"我了解到你是个基督徒。那你怎么看待马克思主义？"我坦率地说出我对马克思主义的看法，包括理论和实践。与他告别后，我以为我的申请会再次被拒，因为我们在几个问题上存有分歧。但周一早上，他打电话来说："感谢您这几天坦诚相见。请重新申请永久居留权，这次会受理的。"

我的第四次申请顺利通过了市政府和省政府的审核直达北京，此后不久，苏和我获邀出席在北京举行的永久居留身份颁发仪式。

虽然中国同事和学生对我获得永久居留身份都感到很高兴，但是厦大的几个美国人对此颇有怒气。我尽力向他们解释个中缘由，但对于他们而言，事情非黑即白——中国是黑的，西方是白的。然而我了解得越多，就越发意识

永久居留证授予仪式，1992 年 10 月

到，实际上存在很多灰色地带。东方和西方都有自己的问题。

让我更加痛苦的是远在美国的家人和朋友的反应，他们批评我争取永久居留身份，好像背叛了自己的祖国。"我仍然是一名美国公民，"我说道，"但是我觉得在这里可以大有作为，为什么要离开？人生苦短，不可浪费。"七年后，我才顿悟生命真的过于短暂。

1999 年，我差点被癌症夺去生命，就此让我的中国奇遇画上句点，但这让我更加坚定自己的观点：人生苦短，不可浪费。没有人是任何国家的"永久"居民。

时至今日，我那些在 20 世纪 90 年代早期"逃到西方"的学生中，已有许多回到中国并在中国功成名就。一如我早年告诉他们："未来属于中国，而不属于西方"。

我很欣慰现在能够说："我早说了吧！"

第 五 部 分

环游中国

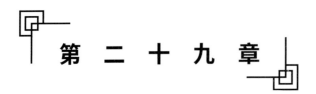

第二十九章

海南之行

1993 年春

"新出台的法律允许外籍教师买车，在中国待满一年就可以购买免税车！"厦大外事办的负责人钟兴国先生说，"您要买吗？"

终于能去西藏啦！

这之前的五年里，我写了很多文章，还拍了部电视纪录片，意在驳斥西方媒体对中国有失偏颇的描述，但不少外国人批评我："中国只有沿海地区在发展，内陆还是老样子。"

"你怎么知道？"我问，"你从来没去过。"

"你不也没去过。"他们反驳。他们说得很有道理！与其依靠媒体，无论是外国还是中国媒体，不如靠自己一双眼睛。于是我和苏决定环游中国，亲眼见证是否连偏远地区也能从改革开放中受益。这不仅可以帮助我更深入了解中国，提高文章可信度，还有助于改进课堂教学。我的学生没什么钱，大多数从未远游，我想让他们了解中国各地的现状，让他们认识到这些现状与我教授的宏微观经济和战略课程不谋而合。

我们计划自驾旅行好几个月，所以我申请买辆十五座的高顶面包车，可以在车内添置一张床、一张桌子和几个书架，用来放孩子们的教材（他们得知旅途中还要学习，十分不悦！）。但海关官员说："面包车是营运车辆，教师不可以买。"

我差点笑出声："五年前我买三轮车时，你们也这么说！我需要一辆大的面包车，我们想要开去西藏，再开回来。我们要在车里住好几个月！"

官员很惊讶："你要从厦门开车去西藏？"

"没错，从北边走，途径北京和内蒙古。要三个月，可能更久。"

他像看疯子一样看着我，但还是同意了。

孩子们在面包车里，1994 年 1 月

破釜沉舟，探索福建

在自驾环游中国前，我决定先探索中国的东南地区，第一站定在福建。就算车子坏了也没关系，毕竟离家不远嘛。而且，为了感谢厦大外事办的帮助，我带上了外事办的工作人员，一起进行为期十天的福建自驾游。我万万没想到的是，在 1993 年，福建的道路几乎是全国最差的（今日的福建拥有全国最好的交通，但那时不是！）。

在地势平坦的山东或青海，修路并不是难事，也相对便宜，但在福建，修路得建造桥梁和隧道，得花不少钱，因为整个福建都是一望无际的山脉、山谷和河流，正应了当地人一直挂在嘴边的那句"八山一水一分田"。

幸运的是，新修的公路已经缩短了福建各地之间的旅途时间，桥梁美轮美奂，令人叹为观止，隧道很长，让我担心出口是不是开在地府。1993年 7 月，从厦门开车到武夷山需要三十五个小时，还没算上吃饭和休息。而今，六个小时便可抵达，不过有了"子弹头"动车后，我们连车都懒得开。

虽然在 1993 年，仍需要三十五个小时，但相比 1949 年之前，已改善许多。为了更好地了解老厦门、老福建的风貌，我买了上百本一个世纪以前外国人写的书，还跟踪采访了 20 世纪 20 到 40 年代在厦门生活过的美国退休人士（如今只有两位尚在人世，将近百岁）。

20 世纪 40 年代，从厦门到福州要坐船、坐马车、步行，得花上五天的工夫。1993 年，我驾车需要八到十五个小时。如今，坐"子弹头"动车只需 90 分钟，坐"子弹头"汽车只需三个小时。

中国的夏威夷

领教过福建的恶劣地形后，我们底气十足，相信自己能坚持完成蒙古、戈壁沙漠和西藏之旅。但为了保险起见，我们决定先拿福建周边省份试水，包括中国最南端的海南岛。

海南岛有"中国夏威夷"之称，面积和台湾相当，是中国最贫穷却发展最迅猛的省份。海南岛东海岸坐拥美丽的白色珊瑚沙滩和椰子种植园，岛上住着上千只猴子和许多少数民族，民族文化和习俗丰富多彩。

处处是坑

从警察到卡车司机，人人都告诫我们，不要进行两万公里的中国东南部之旅，可我们花两万美元买丰田车不就是为了探索中国嘛！1994 年 1 月 17 日，我们出发前往海南。出发前的第一步当然是好好检查丰田车，然后亲自更换机油，确保工作正常。没想到还真发现了端倪，机油滤清器是冒牌货。我在 MBA 中心的停车场启动发动机，滤清器爆裂成碎片，机油满地都是。我把滤清器的残骸拿到官方的丰田中心。"这不可能是正品零件！"我投诉道。

"当然不是，"他们说，"这个价格根本买不到。你应该早说想要正品。"

于是我买回原装正品的丰田机油滤清器，又换上机油，终于上路——很快我就知道为何大家都警告我们不要开车去海南岛。

整个六千公里的行程，即使在高速公路上，平均时速也只有四十公里。似乎每条路都在动工、重建、维修，半建半修都有，因为新路有时还没竣工就需要维护（福厦高速公路通车还不到一个月就在维修，而如今，中国的高速公路不仅质量好、效率高，景致也十分宜人）。

修车不修路

有数十公里的道路，双向都损毁了，甚至没有留一条车道给汽车通行，我们只能行驶在凹凸不平的砂砾和花岗岩路面上，犹如在坑坑洼洼的月球表面冒险。这样的路况会严重毁坏悬挂系统，让乘客备受颠簸之苦，还撕裂了车胎（我一周得换四个轮胎），却无须使用昂贵的轧制设备。据厦大司机的说法，中国崇尚"修车不修路"的理念，我们确实身体力行。崭新的面包车没开几天减震器就掉了，跟在车子后面翻滚了好一阵。

有好几次，我们不得不把速度减到每小时三四公里，好绕过坑洞或车辙。一位老奶奶骑着辆旧自行车经过面包车时，还冲我笑了笑。

路况糟糕，司机更糟糕，而最糟糕的是行人，他们似乎完全不知道中国已经进入机动车时代。在富裕的广东省最好的六车道公路上，在司机看不到前方三十米路况的盘山路 U 形弯口处，农民用田里的石块垒起路屏，防止汽车碾碎他们铺晒在崭新干净的高速公路上的稻谷。果不其然，撞车事件屡见不鲜。到了第三天，我们开始计数，发现平均每隔二十公里就会发生一起严重事故。

暮色微光

在这个拥有 13 亿人口的国家，即使是最偏远的地区也难有隐私。我们找了好几个小时，只为寻一处隐秘之地露营。我们找到一处最偏僻的小树林，刚把车子停好，就有农民凭空冒了出来。他们保持着礼貌距离，互相窃窃私语，一边蹲下来看我们的热闹，一边小声笑。

整个晚上，过往的农民络绎不绝，他们肩上扛着篮子，里面装有粮食、蔬菜和粉扑扑的猪崽。他们虽然心生好奇，但落落大方，从不打搅我们——不像那些明明受教育程度更高却不懂分寸的城里人，对外国人指手画脚，开口闭口"老外！老外！"也不当回事。中国最好之处在于人民——虽然有时候人多得让人受不了。

第二天晚上，我们体会到了真正的独处。推土机把山坡上的灰白垩土铲去一大块，我们把车停在一个巨大的尾矿堆后面。没有任何人前来打扰，可能是因为这个位置有股特殊的味道。我们只知道，这是个有毒的垃圾场，没人会来这里，只不过我们实在太累，便也不顾忌了。一觉醒来，我们容光焕发，神采奕奕——虽然不确定这"光"是由于休息得好，还是被放射性物质毒害。

第三天凌晨一点左右，我们汇入弯弯曲曲的卡车和大巴队伍，等着登上前往海南岛的渡轮，航程九十分钟。最后，我们总算在海口的华侨宾馆办好入住手续，沉浸在对温暖房间和热水澡的美好憧憬中。岂料……

厦门的冬天异常寒冷，我们向往以常年温暖著称的海南岛，却发现这个"中国夏威夷"下着小雨，天寒地冻。我事先询问过客房是否有暖气和热水，确定两者皆有后，我付了全款，然后服务员便领我们去客房。

客房的温度不啻冰箱，但她露出甜美的笑容，按下空调的"制暖"开关，便匆忙退出客房。我飞快地冲向浴缸，发现两个水龙头出来的水都是凉的。打电话给前台，得到的回复是："你住在四楼，水龙头得先放水一会儿才会出热水。"我放了整整一个小时，都要把海口的水位拖低一两尺了，还是没有热水。服务员这才吐露实话："热水要下午三点才有。"

"那您能解释一下，为什么一个半小时前打开的取暖器只冒冷气？"

她耸耸肩："海南一年四季都不冷，所以我们没有取暖器。"

取暖器的开关只是个摆设，而上当的外国人则是个笨蛋。我那会儿竟然忘记了，酒店有任何你想要的东西——热水、暖气、热乎乎的玉米粉蒸肉，但是等你预付完三天房钱，并拿出大笔押金后，先前的承诺早已烟消云散，只剩下脸红脖子粗的住客。

苏用她的便携式吹风机给墙壁除霜，我们等着下午三点的热水，三点到了，三点过了，然后是四点、五点。我们终于放弃等待，找了家餐厅吃饭。八点半回到酒店时，我们发现有温水，但旋即又没了。女服务员甜甜地笑着说："你们等过头了。你们出去的时候，有很多热水。"

算了，起码还有电视，但我不晓得如何打开，最后叫来了服务员。她叹了口气，仿佛我是无知的化身，说："用两张床之间控制台上的台灯开关。"

"那电视开关是干什么用的？"我问道。

她翻了个白眼："当然是开台灯啊。"

好歹床垫不错，我们睡得很香。

次日，我们开了十二小时的车，经过古朴的村庄和热带田野。尽管海南矿藏丰富，但仍以农业为主。黄昏时分，我们来到东郊，这个村落位于东北海岸，那里有成片的棕榈树和许多椰子种植园；那晚，我们在一座仿波利尼西亚风格的木屋里过夜，木屋周围椰林掩映，很是漂亮。几个干瘪消瘦的老奶奶叫卖新鲜的椰汁（椰汁还在椰子里，用吸管插进去喝），摸摸我们淡黄色的头发（说"真可爱！"），争论我们是中国哪里人。其实也有金发碧眼的中国人，主要是俄罗斯族和西北的一些少数民族。

许多中国人从未见过外国人。一个年轻的加油站服务员问我是不是中国人。我告诉她："不，我来自海外。"

"哦，"她说，"你是海外华侨。"

椰林风景如画，我们在小木屋住了一晚。第二天，我修好了总是要爆的车胎（一周爆胎四五次），然后驱车十一小时共一百五十公里，来到自诩为"世界少有，海南无双"的兴隆温泉。

一路上，漂亮的姑娘站在公路中间，挥舞着洗碗布，扭动腰肢来招徕卡车司机和大巴司机。我停车想在路边的餐馆快速解决掉午饭，于是我们选择了一家小饭馆，店内比门面宽不了多少，但胜在环境整洁，待客友好。

这个地方是个"旅游陷阱"，一队女服务生蜂拥而至，劝我们点海南深山里的特色菜，一道菜得五十到六十美元，堪比美国麦迪逊大道餐厅的价格。当意识到我们只是一家人自费旅行，不是什么有钱游客或富商时，一众人马立即退回"望风台"，只留下一个苦巴巴但为人诚挚的服务生为我们点菜。我们点了青菜、炒饭和猪肉，菜式简单，但分量很足，也很可口。而且令我惊讶的是，虽然我们在他们眼里确实有钱（毕竟我们有车），但他们收的饭菜钱比菜单上的价格还低！我问服务员是不是算错了。我担心她如果算错了得自己掏钱找补。她莞尔道："那是给有钱游客的价格。"

姑娘们和我们的儿子合影

为了表达谢意，我让姑娘们和我们的儿子合影，后来洗出来寄给她们。

猴岛

午饭后精力充沛，我们前往珍珠潜水村，与拥有上千只猕猴的自然保护区猴岛相对。我们在当地市场买了三斤花生，价格只有岛上的一半，然后坐上渡轮穿过狭窄的海峡。不过，我们几乎可以在水上行走——整个航道上布满采珠人的小屋，漂浮在由桶和废弃的泡沫塑料板组成的平台上，晃晃荡荡。

从渡轮下来，我们上了辆破巴士，车上的挡风玻璃已经裂开。车子疾驰在尘土飞扬的道路上，然后在保护区的门前戛然停下。我们买好门票，开始寻找猴子，但猴子先找到了我们。

老潘和香农喂猴子，1994 年

起初几百只猴子很有趣，但等吃光我们给的一袋花生，他们就开始爬上孩子们的外套，扒衣服的口袋，吓坏了马修。我们把最后一颗花生给了猕猴，然后飞奔向前门，把它们甩在身后。

驾着丰田车继续南下前，我们在村子里买了两个牡蛎，撬开，壳里各有一颗珍珠。我们把珍珠送给了两个孩子，正好一人一颗。如果要形容自己珍爱的人或东西，用英语说是"The apple of my eye"（我眼中的苹果），用中文说则是"掌上明珠"。

海滩

从猴岛到中国最南端的城市三亚，是一段美丽而又荒凉的旅程。随着我们逐渐靠近这个中国最贵的省份中最贵的城市，我思索着要如何找到经济实惠的住处，心里犯起了嘀咕。在离三亚还有十四公里的地方，我一时兴起，拐上一条小岔路。七公里后，一块牌子出现在我们眼前："欢迎来到 Arco 度假村"。

老潘和孩子们在三亚，1994 年 1 月

第二天上午，我们下到海里游泳，海水如泛着波浪的蓝色水晶。我们还和当地的渔民聊天，接着又收拾好行囊，向东出发，去寻找更大的海浪冲浪。沿着公路行驶了几公里，我们经过一块倒在灌木丛中的牌子，上面写着："外国人禁止入内。"

"你说这是认真的吗？"我问苏，"厦大后山的军营旁就立有牌子，但是没人在意。"

牌子已经掉入草丛，我们心想这该是旧时立的，便继续前行，期待着欣赏前方白色的海滩和蔚蓝的海水。我们绕过一个弯道后，与一艘巨大的灰色战舰迎面相遇。路中间的警卫棚里，一个衣着干练的海员立正站着。"你们已进入禁区，"他说，"请返回。"

至少他很有礼貌，换作在美国，我早就被逮捕了。我向他道歉，然后掉头，百来米后我注意到铁皮屋顶的棚屋之间有一条狭窄的泥路，向右蜿蜒而去。"那是往东的，苏。"我钻进小巷，沿路弯弯曲曲地穿过一个村庄，又经过田野。这条路紧挨着一堵砖墙的北侧，墙顶上有锋利的铁丝网，让我误以为我们在海军基地的边界之外。然后这堵墙渐渐消失，路亦是如此。

我驾着车翻山越岭，穿过田野，蹚过小溪，最后来到一个高耸的沙丘，沙丘后面就是我们心心念念的大海。不过我们决定先做午饭。于是孩子们负责捡柴火，我们负责生火。在苏煮面条之际，一小队海员走了过来。"嗨！"我打招呼。

"你好！"一个看上去像负责人的人说。他粲然一笑，说："你们的儿子真漂亮！"接着又问："你们在做什么？"

我指了指锅，"我们在做饭，然后要去游泳。"

"哦，"他说，不安地扫了扫四周，接着说，"我来自海军安全大队，你知道这里是禁区吗？"

"真的吗？我以为禁区在围墙内的大院里。"

"这条路往回六公里半的地方立了牌子，你看到了吗？"

"看到了，但字迹已经模糊，而且掉进了灌木丛里。我以为是废弃的。"

"没错，我们得把牌子修好。牌子没有废弃。这里有战舰，因为靠近越南，安保十分严密。你看到战舰了吗？"

我点点头："我想我们该离开对吗？"

"你们肯走，我就好办了。对您造成的不便，我深感歉意。"

我们给他带来麻烦，他却十分客气，这让我很是尴尬。我们在收拾行李时，一位海员说："能不能和你们的孩子合个影？"

安保官员皱了皱眉头，转而又微笑着说："能不能给我们也拍一张？"

苏收拾东西时，我拍了照片，并问他们要了邮寄地址。然后我们返回酒店，在海滩上做饭，捡了贝壳和海星，捡着一只宽 30 厘米，长着十条腿的"怪兽"。

上山

在中国最南的城市三亚短暂停留后，我们继续北上，这次我们走的是横穿山脉的中央公路。傍晚，我们抵达山区少数民族的聚居地通什。这里虽不是什么旅游景点，但空气清新、人民友好、食物可口、物价公道，而且苗族的风俗、服饰和房屋都很迷人。我们住了三晚。那时的苗族极其穷苦，住在满是灰尘的茅草屋里，既没有自来水，也没有电，但他们总是春风满面，笑声朗朗。

就在通什以北的地方，我们发现了世界上第三大水晶采石场。我们用随身携带的牢靠的水泥镘刀挖掘起来，忙活了几个小时，香农发现了几块漂亮的标本。当地的一位老人家嘟囔地说："十年前，外国人不会在这里闲荡，弄得好像这里是他们的地盘。但好在你们不是日本人。"

难怪他抱怨。这座普普通通的红土山不知何故，恰恰盛产美丽的石英晶体，几百年来，中国人在此小心翼翼地筛选开采。但二战期间，急不可耐的日本人炸毁了这座小山，毁掉了无价的岩石和晶体，并把其中最大最好的窃回日本。从此，这里便留下一堆碎石供中国人筛选。但仍能发现一些宝物。毛泽东水晶棺的棺盖就是用这里挖出的水晶雕琢而成。这些都是昔日旧闻。

我向老人家展示了卷走的"宝贝"——一把石头和小块水晶，这足够让孩子们喜笑颜开。他咕哝一声，但也没有阻挠我们。

第二天早上，我们坐渡轮前往广东，接着开车穿过连地图上都没绘制的山口——也不应绘制——进入广西和桂林，然后北上进入湖南省最偏远的地区，参观了毛泽东故居。

而后，我们沿着长征路线，驶经山区到达江西，最后返回厦门。这两万公里的旅行是段难以忘怀的经历，也是四万公里中国行的预热。四个月后，我们再次踏上旅程。

第三十章

八十天环游中国

  自驾两万公里环游福建和中国东南部后，我花了好几个星期改装丰田车，为西藏之行做好准备。我架起一张木床、一张折叠桌（可改装成另一张床）、还有一些书架，上面放置我们三个月自驾旅行期间孩子们的课堂学习材料。在大床下的储藏空间里，我们塞了一百八十斤干粮和罐头食品，因为我们不确定在路上能否随时买到食物。不过还是人算不如天算。除了在西藏，我们所到之处都能找到不错的食物，结果这一百八十斤食品被原封不动地拉回厦大。

  一个星期五的凌晨四点，孩子们还在睡梦中，我们便坐上载满物品的面包车，下山出了厦大校门。

  我们穿过厦门海堤，沿着海岸线向北行驶，经过马可·波罗笔下所描写的古老泉州港以及省会福州。行至洛阳镇，我们只花了九美元就订到当地一家新装修酒店的两居室套房，度过一个宁静闲适的夜晚。显然，他们还不了解旅游业的套路。拂晓，我们继续驾车往北，沿着道路蜿蜒前行，绕过一座座高山，

香农在武夷山撑竹筏

穿过福建深邃的丛林峡谷，经过一片片梯田，其间散布着村庄、庙宇，还有尖顶教堂，颇有"亚洲新英格兰"的气息。

我们花了三天时间到达毗邻的浙江省，向内陆开往丽水镇（字面意思是"美丽的水"）。这真是名副其实。在这座小城的郊区，我们把车停在河畔的沙洲上，河流闪烁着微光，泛出印第安部落纳瓦霍人佩戴的珠宝绿松石般的色泽。我们蹚入河中，收集亮绿色、红色和紫色的鹅卵石。腼腆的农民赤着脚，带着鲜艳的头巾，身穿灰蓝色裤子和上衣，在一旁困惑地看了我们一会儿，然后他们也开始在河床中收集挑选鹅卵石。当他们把收集到的翠绿色光滑小石块送给我们时，我还以为他们要开价售卖，结果并非如此。他们不知道我们为什么想要那些不值钱的石头，不过想帮我们一把。

一天驾行十五个小时后，我们精疲力竭，终于瞥见河对岸的杭州。这么近，又那么远。尽管前后有六七个人为我们指路，我们还是花了两个小时才走完最后的五公里，部分原因是路牌尽指向那些我从未听过的当地小村庄，却没一个说杭州该往哪个方向走。

迷上杭州

中国有句老话："上有天堂，下有苏杭！"作为汇聚各式园林、湖泊、森林的胜地，杭州在1994年时可能是中国最干净的城市。我问街上的路人："杭州游客这么多，你们是怎么让城市保持干净的呢？"

他笑着说："如果我们把杭州当成垃圾场，游客也会依样画葫芦。但如果我们让家乡保持干净，游客也会保持干净。"

我们最喜欢的景点是丝绸博物馆，里面陈列着古今各式丝绸，还附有各种丝织技术的详细说明。我先前都不知晓原来蚕有这么多种类。令我诧异的是，它们不仅食桑树叶，还食橡树叶、桑橙树叶和莴苣叶。

博物馆的讲解员年轻漂亮，把六七只蚕宝宝装进铺有几片新鲜桑叶的鞋盒，当作礼物送给孩子们。当然，桑叶很快就被吃完了，于是我们被迫做起"偷鸡摸狗"之事，偷偷采摘路边的树叶喂养这些小东西，直到它们吐丝结茧。

几周后，当我们行驶在干旱的青藏高原上时，蚕蛹羽化成蛾，在面包车里飞来飞去，让孩子们兴奋不已。不知藏民见我们带着蚕蛾去做客会作何感想呢？

数千年以来，中国一直视丝绸如珍宝。西安半坡遗址考古发现，六千多年前的手工艺人用丝绸来设计陶碗上的印花图案。在吴兴县，考古学家挖掘出四千七百多年以前的人字形图案丝腰带和丝线。早在三千年前的商朝，养蚕就已发展成为重要产业。当时，商王还指派专门的农业官员来监管蚕丝生产，并且向蚕神供奉三头牛或六头羊，祈求蚕茧丰产丰收。

丝绸生产技术在现代科技的推动下已有巨大改进。以前，养蚕人会在蚕匾上贴猫的画像来吓跑老鼠。如今，他们播放猫叫声录音，大概效果更好。

在杭州待了三天后，我们开车沿着一条路蜿蜒北上，那条路像是缠绕着莫干山山坡匍匐前行的一条黑蛇。1949年前，有钱的外国殖民者会纷纷从山脚下炎热的平原地区来这里避暑，莫干山一度成为热门的度假胜地。

广袤的竹林覆盖着群山，竹子密集得仿如在风中飘荡的绿色羽毛。不过，当我们驾车沿着马路从高耸的竹子底下穿过时，竹林俨然变成了庄严的大教堂，这是一条充满生命力的隧道，似无尽头，隧道的尽头闪耀着近乎超脱的光芒。

苏在面包车里整理床铺

我们沿着弯曲的道路缓缓前行，沿途密密的竹林间点缀着瑞士风格的村庄，村里的住宅用木瓦砌成，木制阳台用雕刻图案装饰，坐落在远处的高山峡谷之中，风光秀丽，景色壮美。我本可以在莫干山上度过一个愉快的夏天，不过行程已滞后，只得匆匆赶路。

大运河

离开休养胜地莫干山，我们重新进入平原地带，顺着大运河开往苏州。大运河全长近 1800 公里，十分繁忙，至今依然穿梭着数百艘"水上列车"——船身较低的混凝土驳船，起码十艘船连成一列，在航道中往返运送建材、煤炭、谷物、农作物等货物。

一些古代城市，诸如西方的罗马、伦敦、亚历山大，中国的西安、杭州、南京和北京，之所以能昌盛发展，皆因靠近河流。但中国古代劳动人民走得更远。尽管有天然的大川大河连接着中国的十个省份，但这些水路主要是东西流向，不利于从事南北贸易的商人经商。因此，中国人自己开辟南北流向的河道。

公元前 5 世纪，中国开始修建规模巨大的南北运河水系，这不仅能促进交通运输，还能灌溉田地，扩大粮食生产，满足当时迅速增长的人口需求。修建工程持续了一千八百年，最终全长近一千八百公里。

运河的修建工程断断续续，但在隋朝达到鼎盛。运河建造者竭尽所能地利用现有的河流湖泊，用七段运河将其相连。

公元 605 年，隋炀帝下令征调百万余民工开凿通济渠，不仅促进了商业繁荣，而且便于征收赋税、布匹和粮食，从而巩固了政权。同年，隋炀帝又征调民工十万余，修浚加宽邗沟。这两段运河都有六七十米宽，两旁的堤岸上栽有杨树和柳树。

即使到今天，中国人依然遵循传统做法，在马路和运河的两侧进行绿化种植。在新修的马路、公路、运河、河渠完工前，一班工人就忙着在两侧、中央的草地分隔带上种下几百棵树。几百棵古老而美丽的树因施工遭到毁坏，取而代之的是这些小树苗，但从长远来看，此举肯定会产生赏心悦目的审美效果。这就是中国人看待事物的角度——长远，而且十分长远。

虽然中国的伐木工人在砍伐松树或冬青叶栎时可能毫不留情，但是几乎从未挖起一棵巨大的榕树或橡树，即使是修建干道公路时也会为之让步。他们会绕过这些树，并非出于对树的迷信敬畏，而是纯粹出于对古老生命的尊重。看到一条六车道公路为大树绕行，我感觉耳目一新。

开凿通济渠三年后，隋炀帝又征召百万劳力开挖永济渠。历时两个世纪，中国政府制定出严格的行政和航运法规，并采用先进的水库和双船闸控制水路的顺畅通行。这种双船闸与我们今日使用的船闸相差无几，比1481年意大利建造西方的第一座船闸还早了整整五百年。

在素有"东方威尼斯"之称的苏州，我们只逗留一晚，便驱车前往南京。两千年漫长岁月中，南京曾见证数个王朝更迭，是中国知名古都。我们很希望有更多时间能四处游览，但仅逗留了一天，因为当时还需好几个星期的路程才能抵达西藏，时间紧迫。

南京是一座庄严、整洁的城市，林荫道令人心旷神怡，古朴建筑与现代购物广场相互映衬，还有古典园林供人游览。夜幕降临，南京焕发出勃勃生机。树林、灌木丛和建筑物都亮起圣诞节灯串，各地中国人一年到头都喜欢亮着这种灯串，满是节庆气息。街道和夜市熙熙攘攘，商贩叫卖着进口牛仔裤和 T 恤衫、著名的南京雨花石和炸鸡等各式商品，还伴随着顾客与商贩的讨价还价声，热闹非凡。

我们在大学招待所住了一晚，就动身北上去"中国的巴伐利亚"青岛，期间绕道拜访江苏省东海县，那里有中国最大的水晶市场。

东海县水晶市场

我自六岁起就喜爱收集天然石材、水晶、矿物、宝石等，所以期盼着能到著名的东海县水晶市场看看。当我们发现面前是一条从稻田间穿行而过的坑坑洼洼的单车道泥路，而且还需驾行七十九公里才能到达东海县时，差点放弃了这个念头。所幸路途并没有想象中艰辛，行驶十五公里后，狭小路面就拓宽成双车道乡间小路，两旁风景优美、绿树成荫。

苏在路边摊买水果时引起了好一阵轰动。这些农民从未见过外国人，他们兴高采烈地与苏聊天，笑声连连。我们买了一袋卖相极好的杏子，他们却只收了一点点钱。苏觉得过意不去，想多付一些，他们不但推辞，反而还往我们的袋子里多塞了几个杏子！毫不夸张地说，即便是最贫穷的中国人，他们的慷慨大方也能让人自愧不如。

我们在东海县买了一些天然水晶。几个月后，当我们向厦大的一位教授展示这些水晶时，他却表示："这些不可能是天然的！"石英块表面突起的结晶犹如被冰冻的光芒一般，他指着说："石匠人工雕琢成这样，哄你们去买。"

"真的吗？"我把香农在海南岛的水晶采石场发掘的一块大石头拿给他看，"这是天然的吗？"

"是的，不过这只是一块石头！"

我把石英石翻到另一面，展露出完美的六方晶石英。

我那位同事倒吸了一口气，仔细端详着我们的水晶收藏品。这些水晶放置在玻璃之下，以黑色天鹅绒为背景陈列衬托，隐藏式荧光灯照明更呈现炫目光彩。"这些不是天然的，"他说，"而是超自然的！"

天然水晶具有优雅艺术之美，无与伦比——光彩夺目的粉红蔷薇辉石、方解石晶体、金属感的钢灰色辉锑矿晶体、立方体岩盐（不那么常见的调味盐）、蓝、绿、紫罗兰色八面体萤石晶体，还有似翡翠的磷灰石晶体（磷灰石的英文为"apatite"，源自希腊语，意指"欺骗"，因这种结晶的颜色和形态容易让外行上当）。我最中意的是一种紫色石英——紫水晶。

我们收获了整整四十五斤之多的水晶标本，心满意足地离开东海水晶市场，打算物色价格合理的酒店落脚，但当地酒店的房费超出预算。凌晨两点，我们终于放弃寻找，把面包车停到卡车停车场，在车里过了一晚。

道路通行费

我们的下一站来到山东青岛，那里曾经是德国的殖民地。我们在当地一家殖民时期风格的宾馆里待了三天，颇像身处德国巴伐利亚的一隅。期间，我们走遍不同海滩搜罗各式贝壳，也在小摊子和餐厅里品尝正宗的山东饺子，这些店铺摊位被四周的巴伐利亚风格住宅和教堂簇拥。而后我们再次上路，朝北京进发。

驶过好一段路后已是黄昏，我们在把车停靠在一家小型的军队宾馆前。那些士兵看见外国人一家子驾车出游，流露出震惊之色，不过他们热情友好，房间条件也相当不错，还装有窗机空调——但等我们入睡后没几分钟，就停止运作了。但是，这些是士兵，而且非常专业。军官负责人向我们道歉并给我们更换房间。那是我们在三个月的旅途中睡得最踏实的夜晚之一。

穿越河北省的道路大部分是宽阔平坦的公路，中央分隔带长满了草，而两侧的自行车道绿树成荫——不过，通往天津的高速公路并未设置入口匝道。我猛地将面包车开出路边，艰难地驶过泥地，从那些轮轴陷入淤泥的卡车旁经过。等到了泥地末端，一个滞留的卡车司机告诉我们，要上高速公路就只能重新爬上泥泞的路堤，由原路返回行驶半小时，开到一个没标识的交叉路口。

乡村道路

要从泥流挪上去可比挪下来难得多，尤其是开着两驱的面包车。耗了半小时才好不容易回到最上面。我按原路返回，找到了那个难找的交叉路口，向北走上天津环城公路。我沿整条天津环城公路绕了两圈才看到通向京津公路的出口。值得一提的是，那条道路的风景十分优美，能媲美美国的所有道路。

我们终于到了美丽的北京环城公路，刚舒一口气，却发现道路因施工封锁。所有的车辆都被迫绕道而行。我们在一条小路上缓慢行进，穿梭于自行车和三轮之间，沿路还有蔬菜水果摊贩，最后到了一个死胡同。视线范围内都不见任何标识。我们花了两个小时才到达下榻的酒店，而酒店距离我们下高速公路的位置只有三公里左右。

虽然道路施工带来不便，我们的第三趟北京之旅依然像前两次那样令人愉悦。我们再次到访最喜欢的景点——北京动物园、紫禁城、天安门、长城、天坛、芭斯罗缤31冰激凌（他们只有九种口味，不过谁会在意呢）、王府井游人如织的商店和书店，当然也少不了当时世界上最大的麦当劳。

没能待多久，我们就离开了北京，舍下种种舒适，朝着位于内蒙古的长城进发，还在戈壁沙漠邂逅成吉思汗的后人。

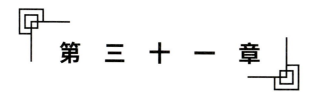

第 三 十 一 章

长城和内蒙古时光机

中国人常说，不到长城非好汉。我们现在已到过长城，甚至连苏珊也可以算是好汉，这还挺恰当的，因为家里是她当家。

用"伟大"来形容这项建筑奇迹实在是过于谦逊。一千年来，长城一直在保护着中国，也保护着东起西安、西到伊斯坦布尔的丝绸之路贸易。与普遍的看法不同，古人修建长城不是为了抵御鞑靼人，而是为了阻挡鞑靼人的战马。毕竟，在夜色掩护下，任何意志坚定的士兵都可以借助绳索和梯子翻越一段孤立的长城，但是让马匹越过高墙可谓天方夜谭。鞑靼骑兵战无不胜，但步兵却不是中国士兵的对手。

如果把几世纪以来建造的所有墙段累加起来，长城全长据说可达五万公里。中国人就地取材，在一切可能的地方修建墙壁、壕沟、上千座烽火台和堡垒。如果用这些材料建一堵五米高、一米厚的墙，可以绕地球十圈还多。

车到长城

老潘和孩子们登上长城

孩子们在长城上签名留念

最古老的一段长城约有五百公里长，建于公元前五世纪，从青岛海岸一直绵延到济南。秦朝时期，三十万士兵和成千上万名被征召的平民耗费九年时间把古城墙彼此相连，最终修成长城。秦汉时期，法律规定每名男性都要花至少一年时间修建或守卫长城。公元555年，一百八十万人被征召修建山西一段长四百五十公里的长城。

1899年6月25日，来自《丹佛邮报》《时代周刊》《共和党人报》《落基山新闻报》的四位丹佛新闻记者杜撰了一则关于长城的笑话，但是这个笑话却少为人知。这四位记者为周天的报道一筹莫展，最终决定编个故事——他们选择中国相关的故事，因为中国远在天边，没人会深究。周日早晨，四家报纸齐刷刷地报道称：中国为表示开放贸易的决心，要拆除长城。《时代周刊》头条登载《伟大的中国长城宣告终结！北京寻求世界贸易！》消息传到中国，中国人非常愤怒，后来才知道那是个玩笑。

在北京郊区、长城以北，我们发现了一个化石林山谷，搜罗到六块小化石，为我们的水晶和矿石收藏再添新藏品。我们在蜿蜒无尽的山谷中开了差不多有八小时，终于遇到一条直路，直路前方是左转弯。我开上这条路，期盼这是一条捷径，可以穿越迷宫般的群山。我很奇怪，政府究竟为什么要花这么多钱在狭窄山谷中央建一条漫无目的的道路。随后我注意到，道路两侧是一排排盖着迷彩网的中国空军喷气式战斗机。我差点心脏病发作。在海军基地禁区野餐根本没法与在军用飞机跑道上开车相提并论！我猛踩刹车，调转方向，飞速沿原路返回。谢天谢地，我们只引来人们的瞪视，而不是炮火。

在北京停留短短一周后，我问几位警察，北京和内蒙古之间的道路是否对外国人开放，是否可以通行。他们露出惊讶的表情，"当然开放。不过不太好走。小心驾驶。"

就这样，我们向内蒙古挺进，不过那时候叫"泥蒙古"（Mudgolia）更贴切。

内蒙古时光机

我们驶过乡村和畜牧小镇，身后扬起阵阵尘土，仿佛几个世纪的光阴飘然而逝。每根柱子上都拴着打扮得花花绿绿的蒙古马马驹。畜栏内牛马成群，商贩身着蒙古族服饰，头戴帽子，脚蹬黑色高筒靴，腰带上挂着匕首，与买家讨价还价。连迪士尼也描绘不出比这更鲜活的场景。

我们驶过平原、山谷、山峦。一次，我们停下来和一位枯瘦的探矿老人聊天。他是一名农民，在一家国营金矿开采场下游河床里淘金。像他这样的农民有上千名。他狐疑地打量了我们一番，最终允许我们偷偷瞄一眼藏在拇指大小的清凉油盒子里的小金片，之后又把注意力转回到他那盘宝贝泥巴上。

那天十五小时的驱车旅行非常有趣，但也很疲惫，我们就这样抵达内蒙古自治区首府呼和浩特。我们浑身脏污，疲惫不堪，感到十分失望，不过呼和浩特的魅力帮我们战胜了疲劳。我们和街上、店铺里遇到的友好的

正在驾驶面包车的老潘

蒙古族和汉族人聊天。在一家店面不大却干净整洁的家庭餐馆，我们吃到了一顿有趣的大杂烩：内蒙古羊肉、面条搭配中式的蔬菜米饭。

傍晚，我们在公园散步，看父母带孩子玩耍，看情侣用望远镜观星，看老年夫妻跟着蒙古族乐队欢快的音乐跳舞。

离开呼和浩特时，我们身心舒畅，决定以后避免让旅途的疲劳困顿影响我们对人和景的好印象。我们又一次爱上了中国——至少在我们被戈壁沙漠的土匪困住前是这样。

我们面临一个重大决策：是一路向西，进入西内蒙古和戈壁沙漠荒芜且不友好的地带；还是回到北京，投入巨无霸汉堡包的怀抱？我向警察和内蒙古卡车司机询问接下来的路况，以及道路是否对外国人开放。尽管自从离开福建以来，我们没有受到官方任何形式的阻拦。

除非能结队而行，否则不要在晚上驾车。我们心中谨记着这句忠告，从呼和浩特出发，一路向西，前往包头。此外还有一条忠告：包头的蒙古土匪据说会带着狗和俄式步枪对麻痹大意的旅行者下手。但我们还是到了包头，一路没有发生意外。我们在成吉思汗陵北部的东胜过夜。

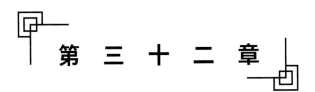

第 三 十 二 章

戈壁沙漠上的陷阱

　　我们稍作停留，参观成吉思汗的博物馆和陵园（虽然成吉思汗陵墓的真实地点无人知晓），之后又优哉游哉地上路，一路往南，进入地球上最荒蛮、最苍凉的地域之一——那里是强盗团伙的天堂，他们盘踞沙漠数百年，拦路打劫，横行无忌，要是碰上一辆载着美国一家人出游的丰田面包车，堪称行大运。

　　路况急剧恶化，先是沥青碎石和砂砾路面，接着就是泥土和细沙，沙子又厚又软，高高堆在道路两旁，根本掉头无望，更别说倒车。一片白茫茫的沙海里，沙丘似波浪随风流动缓缓而行，车轮翻犁沙浪往沙海深处越行越远。我多么希望能驾着四轮驱动的汽车，纵情飞驰，如果能插上翅膀恣意翱翔就更好了。

　　"比尔，你确定走这条路对吗？"

　　"苏，酒店员工说的就是这条路。当然，考虑到他们对外国人的态度，他们可能撒了谎，不过两位卡车司机也说是这条路。仅剩的另一条路是弯路，要开两百公里。走这条路应该要不了多长时间。"

　　一个小时后，眼前只剩下一条小路在沙丘间若隐若现。"我们仍然是往南开吗，香农？"

　　面包车颠簸得像个悠悠球，香农艰难地拿着指南针确定方位。

过了好一阵，他才终于开口："没错，爸爸。算是吧。"

时值七月，沙漠烈日照在流动的白沙丘上，反射出刺眼的光芒，灼烧我的脑袋和眼睛，但路边一副副不知什么生物的头骨，龇着牙，晒得惨白，警示我，如果停下来，我们的命运就和它们一样。一个小时后，我们看见尘土中驶来一辆吉普车——这是四个小时内看见的第二辆车。我挥手示意司机停车，询问前面路况是否会好转。司机咧嘴一笑，两颗金牙在日头下明晃晃的。

"路好极了！"他说。他骗了我们。

一小时复一小时，我们逐渐深入杳无人烟的荒原。每爬上一个沙丘，我都在心里祈祷前方就是绿洲，可每一次都是白茫茫的沙海——沙丘连绵不绝，一望无际。我总算领会为何在中国人眼里，白色象征着死亡，而非纯洁。

面包车进入戈壁沙海

为了避免车子陷入细沙，我以最快的速度驶过能把人骨头抖散的颠簸小路，爬上绕下翻越沙丘，直到车轴陷入沙里，那处的沙丘又高又松，令人起疑，我很快就发现它的确不同寻常。

我们绕过了几个临时路障，那是沙漠强盗精心布置的陷阱，不慎落入其中的司机只得交出钱财，换来"无财一身轻"。我下定决心要破除所有陷阱，但这个沙坑实在太高，我无法减速或后退，只能眼睁睁看着丰田车的车轴没入沙子。

我们的心情比车胎沉得更快。七月的戈壁沙漠，烈日炎炎，四下无人，等车子慢慢熄火，几十个人突然从沙里蹦了出来。我对戈壁沙漠强盗的历史略知一二，碰见他们可不是好事。

"黑喇嘛"

"黑喇嘛"丹毕坚赞（Dambin Jansang）本名丹毕，坚赞是敬称，老一辈沙漠居民相信他还活着，听到他的名字，无不心惊胆战。丹毕精于伪装，从不让身边的人知道他的真实行踪。有的人认为即使他死了，其亡灵依然在荒原之中出没。

丹毕出生于俄国境内，早年因参加革命活动被关进俄国监狱，但成功越狱，逃亡西藏，在那里研习佛教玄学和密宗教义。1900年，他回到故土，自称是准噶尔汗国末代可汗阿睦尔撒纳转世。蒙古人围在篝火旁兴奋地低语，说这位新的神灵将带领他们创立新的蒙古王国。1911年，丹毕率军袭击驻科布多的中国军队，攻下该城后，又大肆屠杀汉人和回教徒。丹毕还亲自遵从仪式杀了十个俘虏献祭，将他们的血涂在军旗上，宣告胜利。

1914年，哥萨克人逮捕丹毕时，发现他帐篷的座席铺着从两名俘虏身上活剥下来的人皮。他被送进监狱，而后释放，最后死于蒙古将领巴勒丹道尔吉（Baldan Dorje）之手。巴勒丹道尔吉刺死丹毕，然后走出帐篷，咽下丹毕血淋淋的心脏，黑喇嘛部下惊骇万分，据说此举让他变得战无不胜。当攻打一座据称坚不可摧的城堡时，对方整支驻军闻风丧胆，落荒而逃。

巴勒丹道尔吉将丹毕的头颅插到一枝长枪上，在蒙古各地游街示众，但许多蒙古人都不相信丹毕真的死了。

解救车辆

一群丹毕后裔围了上来，我扭动身体从面包车底下钻出来。我一直躺在车底炙热的沙地上，试图用一把小手铲解救车辆，那小手铲给小孩子在沙滩上玩沙很不错，要挖沙救车可就不够用了。

"你在干吗？"他们用一口蒙古腔的普通话问我。

"哦，挖个洞通到美国去。"我借儿子的玩笑回答。

他们盯着我的金发和胡须，问我是不是中国人。

"我住在中国。"我回道。

其中一个人俯身蹲下，仔细地打量我。如此高温酷暑，那人竟一身破旧的戎装，里面还套着三四件旧衣服，最底下是蓝色的棉质运动服。光看着他，我都热得冒汗。他不修边幅，长发垂下来挡住一只眼睛，即使缺乏作为沙漠强盗标配的眼罩，气势也十足唬人，一顶蓝色帽子歪歪地戴着，黑洞洞的眼睛藏在帽子的阴影里凝视我。他挑起一边嘴角，咧嘴笑笑，露出三颗金牙，问道："需要帮忙吗？"

"不用，我自己能行，谢谢。"我微笑着回答，心里却希望他们能帮忙打开面包车，苏和孩子们蜷缩在里面，紧张不安。

"用那把勺子挖，要挖很久。"

"不是勺子，是铲子。"我说，"反正我也不着急。"

"给我们五十元，我们就帮你推车。"

花五十元救命可谓极为划算，但我知道他们是故意设套宰人，不想轻易就范，怕他们觉得我们腰包鼓鼓，要再敲上一笔。我想起中国朋友的忠告："遇到坏人绝不要露怯。"于是挤出微笑，"太贵了！我给你二十元。"

"成交！"我递给他二十元，他冲我诡谲地笑，又向同伙示意。他们蹚过沙子，绕到面包车后面，做出推车的架势。我爬上驾驶座，调到空挡，心里想着："他们讲价不太在行。"

嘿嗬——嘿嗬——车子终于出了沙坑。我们越过沙丘顶部，又陷入第二个沙坑。尘土还未散尽，我们的"救星"就出现在车门前，笑嘻嘻地望着我。金牙说："朋友，该付剩下的三十元了？"

"过了这个沙丘后还有吗？"我不放心地问。

"没了，没了！"他摆摆手，笑着说，"只有这两个！"

我信了，笑了起来，那伙人也跟着大笑。我付了另外的三十元，他向我道谢，又眨了眨眼。付足钱后，他们再次露了手非凡的本事。我重整旗鼓，驶向沙漠，衷心感谢他们和他们的先祖，但也祈祷不再需要他们的服务。

这时，面包车内已是一片狼藉。车子颠簸起伏，晃得厉害，置物架倒塌，食物容器爆裂，车里的三个乘客噙着泪水，后悔出来旅行。我也一样，真是受够了沙子。

我一直以为我和阿拉伯人一样，喜爱沙漠，从沙漠里寻获安宁。彼

得·奥图尔（Peter O'Toole）
主演的电影《阿拉伯的劳伦
斯》（*Lawrence of Arabia*）
我看了四遍，一本皱巴巴的
《亚利桑那之旅》（*Arizona
Highways*）杂志被我翻来覆
去仔细研读。我甚至在驾车

骑着骆驼的老潘

穿过死亡谷时，古井无波地思忖着沙漠的致命魅力——但大多时候都舒舒
服服地在车里吹着空调，行驶在平坦的高速公路上，每隔15公里左右就
有加油站、快餐店和电话亭。安全感是孕育安宁的种子，而我们现下既没
有安全感也不安宁，在残酷无情的戈壁上，我艰难地握着方向盘，听丰田
车咔咔作响，妻子和两个儿子在后座上紧紧相拥，紧闭双眼。油表指针快
晃到0位，似两人即将贴上的唇瓣，可眼前仍是一片荒芜，看不到哪怕一
抹绿色、一道人影，甚至一条道路。我感受到了绝望，而非安宁。

太阳大多时候照在我右侧，但道路总是弯弯绕绕，让我产生了不祥预
感：我们不是朝南，而是向西行驶——这个方向怕是不能钻出沙漠，反而
深入荒原腹地，即便是现代中国的科考人员也只有跟着驼队才敢前去。我
紧握方向盘，用力到指节发白，比妻子的脸色还要惨淡，绕过一个沙丘后，
终于看到希望——是树！是人！

满身尘土的农民赶着灰头土脸的骡子，目光呆滞。我们从漫天黄沙中
驶离沙漠，带着胜利的喜悦踏上我所见过的最美的泥路。再往前走三十公
里就是那条两百公里弯路的最南端。从五十公里的捷径上死里逃生，我们
才后知后觉当地人通常会选择绕弯路。

不再"长"的长城

甫一进入陕西，我们就望到遥远的地平线上赫然耸立着宏大的建筑，
像是美索不达米亚的金字塔形神庙。走错了？仔细观察后，我们发现这是
一座城堡或者说塔楼，上面插满旗帜，让人以为误入迪士尼乐园或南加州

沙漠的房地产促销活动现场。建筑看起来年头不久，我们查了地图才知道这是历史悠久的镇北台，是长城榆林段的一部分，不过新近整修过。驱车穿过长城关隘时，我们不约而同松了口气，总算甩开沙漠了。

第 三 十 三 章

陕西霍比特人

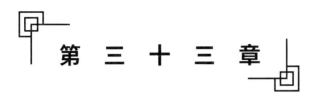

> 在地底的洞府中住着一个霍比特人。这不是那种让
> 人恶心的洞，脏兮兮湿乎乎的，长满虫子，透着一股子泥腥
> 味儿；也不是那种满是泥沙的洞，干巴巴光秃秃的，没地方
> 好坐，也没好东西好吃。这是一个霍比特人的洞，而霍比特
> 人的洞就意味着舒适。
>
> ——托尔金（J. R. R. Tolkien），《霍比特人》

我们怀着喜悦的心情将戈壁沙漠甩在身后（不管怎样，至少是暂时不用再见），下行到狭窄曲折的深谷，四面高耸着陡峭的黄土高坡，上上下下布满人工窑洞，陕西人真是货真价实的中国霍比特人。

陕西窑洞其实相当实用，和闽西客家土楼一样，冬暖夏凉，也安全。贫穷人家的窑洞极其简单，只有夯实的土桌土炕（即可以加热的大通铺床），宽裕点的家庭则安有漂亮的雕花木门和精致的花格窗。就连富裕人家也采用圆弧形的天花板，在屋顶种植草皮，以保留穴居氛围。

无论贫穷还是富裕，窑洞居民大都有一件引以为豪的多功能家具——炕，这是一种用泥砖或石头砌成的巨大方台，下有孔道，做饭产生的余热可用于加热炕面，再经烟囱导出。这种节能炕既能节省柴火，保持空气清新，还能充当暖床和沙发，缝补衣物、幼童写作业、招待客人也都在炕上进行。

窑洞居民虽然贫穷，却很快乐，热情好客，即便是陌生人临时拜访，他们也会邀人上炕，端上新鲜的苹果、花生和酒枣，盛于碗碟中招待客人。酒枣是当地特产，不仅美味可口，据说还可改善脾肾功能。晒干后的枣子装袋储存，可供冬天食用，亦可赠送亲朋好友，或庆贺婚礼和老人大寿。

窑洞的门窗延伸至窑顶，以便充分采光。墙壁贴满了色彩艳丽的海报，海报有画毛泽东、周恩来等伟人的，也有画孙悟空、米老鼠等卡通人物的，中国各地书店有售，二角钱一张。此外，还贴有"富"、"寿"等象征吉祥的字。装饰于门窗的剪纸纹样繁复，出自妇女之手，是她们在漫长冬夜的辛劳成果。年纪尚小的姑娘也会花上几个小时，拿着剪刀和纸，练习这门古老的技艺，因为在当地习俗中，刺绣和剪纸是新娘需要掌握的两门重要手艺。

窑洞住起来不差，造价不高，坚固耐久，居住舒适，冬暖夏凉，兼具生态意义与美学价值。它们靠崖凿洞而建，不占用农田，亦不破坏环境。农民将其用作粮仓，有时还将小麦、高粱、玉米和粟置于单独的洞穴，分开储存。

最为重要的是，窑洞经久耐用。薛仁贵将军居住过的窑洞历经一千三百余年，现今仍可住人。有时候，古法确实是最好的办法。

我以前觉得英格兰人用麦秆作其乡间小屋的屋顶很蠢，但质量良好的茅草屋顶寿命可达数十年，山东以海草为顶的房子可沿用整整一个世纪。反观"现代"美国的屋顶，每隔十年或十五年就得更换（这种"现代"经济建立在计划性报废之上，而不考虑对地球生态的影响）。

经历漫漫长路，我们终于在午夜时分抵达延安。1934 年，两万五千里长征结束后，中国伟大的掌舵者毛泽东就住进延安的窑洞里韬光养晦。我们休整了一夜，于次日早上驱车前往丝绸之路的古老门户——西安，而丝绸之路一点儿也不"丝滑"。

不"丝滑"的丝绸之路

抵达西安后，我们住进西安交通大学的招待所，养精蓄锐，期间只外出过几次，都是前往宏伟的西安古城墙上散步，比起去必游景点观看从土里挖出来的兵马俑，西安的城墙更令我印象深刻。

经过一星期的充分休整，我们又驶上丝绸古道，奔赴甘肃和青海的干旱高地。丝绸之路并不"丝滑"。沿途山峰耸立，山势险峻，盘绕其中的土路崎岖不平，让人难以相信这条贸易之路已通行近四千年。

四千年历史的丝路贸易

福建平潭岛上的居民是世界上最早一批远洋探险家，而中国人也是最早开展国际贸易的人。科学家在丝绸之路沿线的塔里木盆地（位于中国东北）发现了高加索人种的干尸，距今有两千到三千八百年历史——也就是说，在基督生活的时代前，中国的对外贸易已持续了近两千年。一具在地下埋藏千年之久的红发干尸，与其一岁的儿子葬在一起，婴儿留一头棕色头发，头戴红蓝相间的毡帽。有些干尸身着细斜纹衣服，布料织法与两千二百年前的奥地利服饰如出一辙。2007年进行的基因检测显示，这些干尸来自多个地区，包括欧洲、中东和印度北部。

考古学家在一具距今三千年的埃及木乃伊身上发现了丝绸，进一步证明古代中国有对外贸易。汉朝时期，中国每年都派遣十余位使臣去中亚做贸易，换取强壮威猛的骏马。公元100年，埃塞俄比亚人也派使节前往中国。公元43年，罗马地理学家彭波尼乌斯·梅拉（Pomponius Mela）写道，赛里斯人（中国人）是"以诚信著称，以贸易闻名的民族"。

中国在贸易战和保护知识产权方面可谓经验丰富。古罗马对丝绸征收高额进口关税，因为罗马女人不惜耗尽帝国的钱财去购买丝绸。但就像现代的政治家一样，罗马人也为设立贸易壁垒寻了借口，说此举不是为了保护贸易平衡，而是为了捍卫道德，罗马女人穿着薄如蝉翼的丝绸是不庄重、不道德的（说的好像罗马人有什么道德观念似的！）。

中国为保护自己的知识产权奋战数个世纪。为保守丝绸的秘密，中国禁止出口生丝，违者将被处死。于是这种织物的来源长久以来一直是个谜，直到公元 550 年，两个波斯景教的修道士将桑蚕卵藏在竹罐里偷运出来，献给拜占庭皇帝查士丁尼，丝绸的秘密才得以揭露。随后，查士丁尼垄断了欧洲的丝绸贸易，而且没有支付一分钱的特许使用费。

我思绪翩飞，徜徉于历史长河之中，感受丝绸之路无穷无尽的魅力，却无奈被现实的危机打断——丰田车抛锚了。

丰田车"嗝屁"了

同伴和警察的提前忠告、《国家地理》的文章或多或少让我了解宁夏的贫困状况，所以对于糟糕的路况，以及用绳子牵着松鼠的路边乞丐（我以为他们在售卖松鼠，直至 2019 年的宁夏之行，我才发现他们是用松鼠换老鼠药），我们并不感到惊讶。

宁夏固然贫穷，但几乎到处都能看到正在兴建的工程。孩子们的欢笑与他们父母脸上始终展露的笑容，都表明他们早已摆脱无助或无望的境遇。他们对待贫困的勇气令我深深折服，同时也坚定了我帮助他们的责任感。纵是这样的荒郊野岭也铺着水泥路，我对政府的作为十分敬佩。从短期来看，修路定会造成亏损，至少从经济层面看是这样，但好处在于可以减少贫困，这种扶贫不是通过简单地发放福利来实现，而是通过兴建基础设施，让偏远地区的人们将农产品或商品运到市场上销售，增加收入。我想象不出中国政府为这一远见投入多少财力，但其影响力覆盖了我去过的每一个省份。

在宁夏农民奔着希望奋斗之时，我的希望却离我远去。在这个中国最贫穷的省份，在一个月黑风高的深夜，丰田车"嗝屁"了。

漆黑的夜里，我只能借着星光看路，操控丰田车沿着 U 形弯道倒行滑到山脚下，然后踩下应急刹车，手握方向盘，把头埋在两臂间。我心里一点儿主意也没有。天气炎热，我摇下车窗吹风，看到不远处立着"车辆维修"的牌子。缘分！

我不由得想起一句希腊谚语："上帝在掷骰子时，一切早已注定。"

这不是第一次，想必也不会是最后一次。

一位老爷爷对我们笑了笑，穿上破旧的大衣，钻到面包车底下，一番检查后告诉我们，整个燃油系统都被污油堵塞。他没有过滤器备件，但为我们清理了管道，足以让车子勉强再撑六个小时，翻山越岭到达既是甘肃省会，也是西北交通枢纽的城市——兰州。

路面泥泞不堪，兰州（成都也是如此）规定所有进城的车辆都要清洗。排队等待清洗的车辆浩浩荡荡，等了好几个小时才轮到我们。之后，我把洗得干干净净但还是一身毛病的面包车开到兰州的丰田修理中心，然后住进兰州宾馆。我们住在二十一楼的房间，凭窗远眺，美丽的兰州全景尽收眼底，晚上十点断电也丝毫不影响我们的兴致。孩子们轻轻坐在窗台上，数着远处火车站里的守车，母亲和父亲则望着他们的孩子。有了孩子，谁还需要电视呢？

第二天早上还是没电，水和电梯也停了，前台的员工丝毫不理睬我们的电话。于是，我只好拎着红色的塑料垃圾桶，迈着轻快的步子逐级而下。然后从酒店门口的喷泉里装了满满一桶水，扛上肩头爬回二十一层，这时的我早已步履沉重。

我停下歇口气，又走下二十一层高的漫漫阶梯，速度更慢了。我到丰田修理店取回车子，他们收了比报价贵一倍的钱。回到酒店后，我痛苦地爬回二十一层，叫上苏和儿子，提上三个沉重的行李箱和巨大的盛水容器，跟跟跄跄地下楼。我把行李搬上面包车装好，告别了这家兰州三星级酒店，同时下定决心，下次到兰州一定要订个地下室的房间。（2019 年，兰州已与上海或其他东部城市无异，是座干净整洁、生活便捷的现代化城市。）

若不是面包车和下榻的酒店出了问题，我们本可在这座有趣的城市游览好几天，实在是遗憾。兰州最绝的当属美食，尤其是当地的手擀拉面。当然，现如今在中国的任何地方都能吃到兰州拉面，包括沿海地区的五星级酒店，但我仍惊叹于他们的手艺，拉面师傅把面团搓成球状，然后不借助任何器具，只用一双手就拉出大小粗细不同的面条，形状亦多种多样，有细长如意大利面，粗厚如日本乌冬，也有圆滚形或扁条状。

西宁，休息！

在戈壁沙漠被强盗敲诈，在宁夏遭遇面包车故障，拿着行李和水爬了五趟二十一楼，我已精疲力竭。感谢上天我们到了青海的省会西宁，一处天然的疗养胜地。西宁海拔约三千米，地处海拔四五千米的青藏高原东部边缘，凉爽宜人，干净整洁，是个多民族聚集、多文化交融的城市，令人神往。几座清真寺向我们表明这里是回族聚居的地方，但我们也看到了一座新落成的大基督教堂，我们还在这里第一次遇到穿着艳丽服饰、佩戴饰品的藏族人。

西宁的宾馆朴实无华，也没评上星级，但职员热情友好，尽力满足宾客需求，在我的心里永远是五星级。宿舍式的房间虽然简陋，但价格低廉、一尘不染，而且还配备浴缸，让我们泡上了热水澡，奢侈了一把。入住当晚，我洗了两遍澡。我从书中了解到藏族人有个"沐浴节"，他们一生只在出生、结婚、去世时洗三次澡。所以我很小心地没有洗第三次（虽然25年后我重游故地，又洗了一两次！）

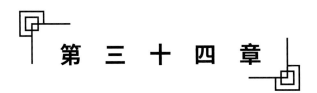

第 三 十 四 章

世界上海拔最高的公路

西宁海拔约三千米，是丹佛的两倍，一路西行海拔仍在慢慢升高，公路盘旋于崇山峻岭之间，路况艰险。翠绿的山谷在陡峭的山峰之间延伸，山腰上点缀着蒙古包和五颜六色的藏族帐篷，让苏珊不由得思索人们如何在倾斜的地面上睡觉。

一些蒙古包外停着崭新的铃木车、本田车，但不及骑着马儿的牧民抢眼，如山羊曲折攀爬峭壁一般，马儿脚步稳健，驱赶家牛和长满粗毛的牦牛前往峭壁上的牧场。

刚开到四千米的隘口，我就觉得头阵阵发痛，呼吸也变得困难。彼时的我还无法想象，仅一周之后，我竟会无比眷恋四千米的"低地"。破旧的"解放牌"卡车艰难爬坡，一路噗噗哒哒作响，喘得比我还厉害。引擎盖支了起来，以便在空气如此稀薄的条件下更好地给热得噼啪作响的发动机通风降温。支起的引擎盖遮挡了司机的视线，同行的伙伴便探出身体大声指路，引导司机"盲"行于开凿在悬崖峭壁上的狭窄公路。有些地方不够宽，汽车无法通行，不过俯瞰三百米深的悬崖底下坠毁的车辆残骸，我猜一定有人冒险尝试。

我急切希望把这些高山甩在身后，不过高山和草地很快便过去了，迎面而来的是盐碱地和沙漠，一望无际延伸到天边的地平线，那是我所见过的最宽阔的地平线。我从不恐高，但辽阔令我陡然生出一种恐惧。

这片广阔地域几无变化，索然无味。这份单调偶尔会被成群的骆驼打破，有的无人看管，有的任由牧民驱赶，牧民的呼喊与阿拉伯人交战时的呼叫十分相似。我猜想，一只离群的骆驼很快就会死于非命，被做成西宁的伴手礼"辣椒骆驼肉"，那盒长方形的罐头就是它的安息之所。

早在基督走过犹大沙漠时，这些"沙漠之舟"（中国人亦这么称呼骆驼）就行走在古丝绸之路上，运送中国的丝绸、铁器、陶瓷和茶叶，又驮回欧洲和中东的梨子、药品和香水，中国的王公贵族视之若珍宝。

"沙漠之舟"

如今，骆驼几乎全被卡车取代，但仍有一些"骆驼家族"散落于沙漠之中。骆驼除了提供驼毛和驼奶，还可将当地的药品和毛皮送去蒙古，然后运回茶叶、糖和布匹。骆驼商队也会跋涉三千公里，历时三月，前往新疆，不过商队从不在夏天出行，而且总要傍晚或深夜才出发。与盛行的观点相悖，骆驼不能在酷暑中生存很长时间。

商队出发前十天，不能给骆驼喝水，喂草也得有节制。临出发，骆驼会豪饮一番——一次喝下一百公斤的水，之后的两到三个星期便无须补充水分。

骆驼骑手打扮很时尚，着一件长及脚踝、可两面穿的驼毛大衣，一面白色，一面深色。白天把白色驼毛朝外穿，可反射日光，让身体凉快。到了夜晚，把驼毛朝内穿，可保暖御寒。

我们沿途停车好几次，给驼队让行。三米多高的骆驼成群穿过公路，步伐缓慢、镇定自若，留下一串单调的驼铃声。广袤寂静的沙漠之中，驼铃悠扬，传到千米之外。

驼铃声总是让中国的诗人和音乐家心驰神往。驼铃很大，状若小水桶，骆驼每走一步便发出清脆响声。传说骆驼骑手和着驼铃的韵律唱歌，可以排解寂寞。不那么富有诗意的人则认为，挂驼铃只是为了防止骆驼走丢。骑手可以骑在领头的骆驼上酣睡，背后驼铃声一停（每支驼队只有一头骆驼挂驼铃），便知道有骆驼走丢了。但当进入土匪出没的区域，骑手会把铃铛倒挂，驼队便知道要安静前行，直至离开危险地段。

我们很快就驶出了骆驼之乡，继续沿着宽阔平坦的公路前行，大漠阳光毒辣辣地照着，公路在日光下泛着微光，经热气折射，仿佛起了涟漪。我们沿途看到好几个湖泊，有的湖边有树木环绕，一直延伸到正前方或两边的地平线上。"孩子们，那些是海市蜃楼，"我说，"它们并不是真实存在的。"

"不可能。"苏珊反驳。当我们接近一个被树木环绕的大型湖泊时，她说："那个一定是真的，比尔。有树。"话刚出口，绿洲就闪着微光，消融成沙子和石头，我的爱人吓得不轻，说道："真奇怪。"

眼前的景象令加州的莫哈韦沙漠相形之下也显得郁郁葱葱。我们一路行驶，渴望着真正的绿洲——它，真的出现了。有好几次，我们爬上布满沙石的秃峰，发现脚下的荒漠浮现闪闪发光的翠绿景象。数十座城镇从死寂的沙漠中凭空冒出，居民大多是回民。窄小的街道绿树成荫，四周的沙漠演变成大片粮田，如一排排绿衣士兵，抵御暴虐的风沙入侵，一旦生命之井枯竭，它们脆弱的生命亦岌岌可危。

这个人迹罕至的高地号称"世界屋脊"，确实名副其实，海拔达到五千米以上，连藏民都称之为"死亡地带"。这里每日都发生着光与暗、冷与热的交锋，人们似在绝境中求生。向阳处阳光直射，炫目灼热，背阴处却黯淡无光，寒意刺骨，令人深感不安。我们要么被太阳炙烤着，要么冷得瑟瑟发抖，因为云彩一会儿从头顶略过，投下变幻不定的阴影，像巨大的黑色阿米巴虫蠕动着穿过被日光晒得发白的岩石和沙丘，一会儿又飘走，让我们重新置身于煎锅之中。

但更令人恐怖的是——面包车油表的红灯不断闪烁。

没有公共加油站

在中国大部分地区，计算机化的先进加油站已随处可见。我最喜欢的是福州的一个加油站，设计得很像美国的航天飞机，贴有数百块的白色瓷砖，光洁明亮，中国从私人住宅到多层办公楼的外墙都贴着这种瓷砖。美国国家航空航天局花费数百万美金，还是无法阻挡不了航天飞机的瓷砖一片片脱落，他们应该采用一片十五美分的中国浴室瓷砖。

在中国西部，汽油非常珍贵。直到丰田车跑得冒烟了，我们才在一个破旧的瓦楞铁顶小屋找到汽油，这是数百公里内唯一的加油站。我用手泵把汽油从一个生锈的大桶抽到另一个更加锈迹斑斑的小桶，然后灌进车子的油箱，汽油洒在地板上，我也被溅了一身。这一过程中，六七个回民好奇地围着我，手里拿着点燃的香烟，一副视死如归的模样。

我又另外多装了两塑料桶的汽油，虽然危险，但总比被困在青海的冻土高原上好。爬升几百米后，汽油桶膨胀起来，非常危险，车内烟雾弥漫。出于安全考虑，我定时松开盖子，缓解桶里的压力，但也差不多让车内的人窒息了。

青海的沙漠是一片干旱而毫无生机的平原，广阔而贫瘠的盐碱地被荒凉的石峰环抱。云朵从南边的西藏逶迤飘来，深蓝色的苍穹云翳翻卷，低垂的积云似与盖着皑皑白雪的山脉相连。我这才明白为何英语的"cloud"（意为云）源自古英语的"clud"（意为"岩石"或"山丘"）。一会儿是天边的云彩状若群山，一会儿是连绵的山脉貌若浮云，虚虚实实，真假难辨。思及要驾着丰田在此神秘之境爬上五公里高的隘口，我就惴惴不安，尤其是汽油再一次告罄。

午夜时分，我们终于抵达格尔木——连接西藏和中国其他地区的商业和交通枢纽。我们希望能在登上巍峨的昆仑山和唐古拉山进入西藏前，休息两晚，但酒店员工说："只能住一晚。"

黎明时分，我们在医疗用品店购买了两袋橄榄色帆布包装的氧气，然后开往格尔木检查站。几个星期以来，我对格尔木检查站一直心存恐惧，因为害怕会被禁止通行，但我的担心毫无根据。三个年轻的守卫大摇大摆地走出棚屋，然后霎时停下脚步。兴许他们从未见过一个外国家庭在毫无陪护的情况下，驾着来自福建沿海的面包车出现在世界屋脊的入口处，车子两边还印着"厦门大学"的字样。

三人很快恢复镇定，像对待中国司机一样，要求我出示驾照检查，但没有要求我再出示其他证件。他们问了十几个问题，但更多出于善意的好奇心而不是怀疑。最后，他们微笑着祝我们一路平安，抬起红白条纹的路障，通往世界屋脊的最后一程便出现在我们面前。

生命线

从格尔木到拉萨的路程相当磨人，但我没有怨言。这条路能建成已是一个奇迹，保养也并非易事。它全长一千一百六十六公里，盘旋于海拔四千到五千米之间，是世界上海拔最高的公路，即使是最低点也不低于美国大陆的最高点。地势崎岖异常、氧气稀薄、狂风不绝，山体滑坡频发，气温常骤降至零下三十摄氏度——这里是冰雪交加的苦寒之地，除了英勇的筑路工人（多年后我有幸在见到并采访了其中几个），无人在此定居。

1951年之前，从拉萨到四川，需要坐牦牛，耗时一年。事实上，为我和苏珊主持婚礼的大卫·伍德沃德（David Woodward）博士在20世纪40年代就曾骑马到过山中要塞。直到20世纪50年代，无数中国军人捐躯建路，西藏在地理上与世隔绝的状态才宣告结束。这条公路被称为"最高公路"当之无愧，因为没有其他路的海拔比这条路更高。军人前仆后继（许多士兵牺牲）终于把路修成，然而凛冽的北极风和低温会对冻土地基造成破坏，养路工人稍有马虎，西藏便会重新陷入闭塞境地。

每隔几公里就有养路工人冒着雨

林正佳与青藏铁路工程

水和冰雹艰苦劳作，守卫这条与外界相连的脆弱生命线。这是我能想象的最艰苦的生存环境，但几乎每个看见我们经过的人都会微笑着向我们挥手，用普通话和藏语高声打招呼。孩子们很快学会了西藏的问候语："扎西德勒！"

良好的基础设施是经济发展的关键，这些善良勇敢的养路工人是中国现代化建设中当之无愧的英雄。但是我不怎么喜欢这些迂回曲折的道路，总有笨重缓行的西藏卡车拐弯时陷入沙坑和泥淖，路况比内蒙古的沙坑还要糟糕，就连军用吉普车也会陷进沙坑和泥淖，深及车轴。我能成功避开只是因为我从十五岁就开始开车了（我当特工时接受过"进攻型驾驶"培训，这可能也有帮助）。

我以前一直认为司机不会晕车，但我错了。上下颠簸、左拐右绕、高原反应、晕车症状，还有从膨胀的塑料油桶里冒出的烟雾，连我这老司机都感到恶心想吐。每隔几分钟就得停车放人下来呕吐，大约十小时后，我提议说我们还是放弃，改去四川吧。苏珊把氧气袋抱在胸前，一边吸着氧气，一边说："我们都走了这么远了。向西藏进发，不成功便成仁。"

临近黄昏，我们跟在一个西藏卡车车队后面，那些卡车上面都绘有色彩鲜明的藏族卍字纹。卡车停靠在路边的田野里，司机们围着熊熊燃烧的篝火，坐在石头上嬉笑。他们抬头看了我们一眼，接着又把目光转回火堆上，仿佛对他们来说，一家子加利福尼亚人驾着丰田车从厦门来这里，是稀松平常的事。

苏在面包车上整理床铺，我靠在驾驶室的门上，看司机们拖出一个1.2米长的木质酥油茶壶，倒入黄油、盐和茶，飞快地轮流搅打，制出他们喜爱的饮料。及至夜幕降临，他们收拾好搅乳器和火堆中残余的牦牛粪便。出乎我的意料，他们不打算过夜，而是要继续前行，还坚持让我们一块走。

那天我开了十五个小时的车，精疲力竭，半梦半醒地倚在驾驶座上，畅想着温暖的床铺和热腾腾的食物，这时挡风玻璃上传来轻轻的敲击声，把我拉回冰冷而狭窄的现实空间。一位藏族司机笑着指了指公路上的一排排卡车，操着口音浓重的普通话说："我们要上路了。跟我们一起走吧。

这里不安全。"

"我很累了！"我拒绝了他的好意，"你们走吧。"

"不行，"他坚持道，"下山的路，好走，海拔低一些睡得更好，有军事基地，士兵们会保护我们不受土匪侵扰。"他顿了顿，又补充道："二十分钟就到了。"

哦，好吧，二十分钟我还受得住——虽然实际上远不止二十分钟。他骗了我，但我后来知道他是好心骗我。

不知过去了多少个二十分钟，我一直盯着长长的一排红色尾灯，它们在岔道上蜿蜒起伏，就像闽西客家村落里的舞醉龙巡游。几个小时后，我们驶离公路，从石壁的缝隙驶入一个军事基地。我谢过向导，就又蜷缩在前排的座椅上，由于疲惫不堪，不消几分钟便沉沉睡去。

次日天蒙蒙亮我们就醒了，而那些乐善好施的藏族司机已离开停车的空地。我们带着空空如也的油箱和备用油箱，开始四处寻找汽油，却徒劳无获。在中国的其他地方，军方愿意把汽油卖给士兵和老百姓，所以我在一个拥有巨大汽油仓的军事基地边停了下来。"请问我们能买点汽油吗？"我向一个士兵询问。

他回答说："很抱歉，我们这里不卖给老百姓。"

"那周边有什么加油站吗？"我问。

"你们往哪个方向走？"他问。

"我们要去西藏。"

他睁大了眼睛。"开车去？不管往哪个方向走，都没有加油站。"他说着，回到了自己的办公室。我感到费解，既然哪里都没有汽油，他为什么还要问我往哪个方向走？

连备用的塑料油桶都空了，我终于感到力有不逮，也许从离开厦门开始，一切就不是我能招架住的。这趟旅行我真不该带着家人。我爬回驾驶座，关上车门，苏问我："比尔，现在我们怎么办？"

"不知道，苏，"我说，"我会想办法的。"但我感到很无助。我一直自信十足，认为可妥善处理所有问题，而且目前为止，我表现得还不错

（当然，部分是缘分的功劳，比如在宁夏的修车铺遇到的老爷爷）。

我决定在路上拦车，去上次用油桶装汽油的小屋，尽管来回要两天。我刚打开车门，就看见一位衣着干练的军官从办公室后面的一栋楼里冒出来，朝着我们的面包车走来。他微笑着说："你可以加油。"

我不知道他们为何改变了主意，但毫不迟疑地接受这份好意。我谢过他后开始加油，他说："把油加满。要开很久才能到西藏的第一个加油站。"

我把油箱装得满满当当，询问需要付多少钱。在那种时刻，不管他要价多少，我都会付给他。军官说："他们已经告诉过你，我们不能卖汽油给老百姓，所以我们送给你吧。"话毕，他迅速转身，阔步走开，然后又回头看了一眼，露出微笑。"注意安全驾驶。"

我们向他挥手告别，继续向山里挺进，爬上一个白雪皑皑的隘口，下山时赶巧七月的冰雹砸了下来。沸腾的黑色热气似透着怒气，笼罩着巍峨的群山，雷声在漆黑的山谷间回荡。风声呼啸，尖厉刺耳，如报丧女妖在苦苦哀鸣。暴风雨仿若是有意与我们玩着猫鼠游戏，大风忽左忽右，每一阵风都是对丰田面包车的无情嘲弄，靠着那点寒酸的装备，仿佛随时都会在落满冰雹的路面打滑，将我们从山腰上抛掷下去。

养路工人对天气引发的骚乱浑然不觉，埋首苦干，偶尔停下来只是为了戴上布军帽，挥手高声打招呼"扎西德勒！"我们也挥手回礼，然后向更高处进发。西藏检查站素以检查严格而出名，随着我们一步步靠近，几个星期前离开厦门时萦绕在我脑海的疑惑又再次浮现。"如果我们在西藏的隘口被迫折返，该如何是好？"

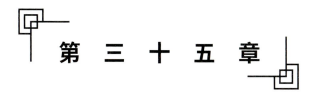

第 三 十 五 章

终抵西藏！

冰雹肆虐，冰块积于路面，丰田车沿着之字形坡路螺旋上行时打滑了。就在几个小时前，军方给了我们汽油，解了燃眉之急，我高兴得如临世界之巅，这会儿看来，大自然母亲似乎为了防范我们过于飘飘然，暗自策划了这场考验。我们通过四千八百八十米的海拔点时，乌云缠绕着高耸的雪峰，汹涌翻腾，一道道锯齿状的闪电击透浓云。到达五千一百八十米海拔点时，苏又开始吸氧了，此时已可以望到远处的隘口——在更高处。那个困扰我的疑虑再次袭来：如果我们在西藏的隘口被迫折返，该如何是好？

最后一段路丰田车已经不堪重负。当我看到路边立着一个高大、威严的身影时，我的心狂跳不止——但眼前压根没什么士兵，只有一尊灰石雕像。那是尊藏族哨兵模样的雕像，披着褴褛的藏族经幡，孤零零地站着，像

唐古拉关隘的哨兵雕像

是被派来警戒擅闯重地的凡人。他一言不发——虽然在那一刻，就算他开口说话，我也不会惊讶。

终抵西藏

我小时候读到詹姆斯·希尔顿（James Hilton）小说中描绘的香格里拉，自那时起便梦想着有一天能骑着西藏矮马，踏足神秘的西藏。如今，身旁伴有妻子和两个儿子，我很高兴自己断了骑马的念头，丰田车已经够呛了。我欣赏着脚下一望无际的辽阔高原，觉得自己就像尼波山上的摩西。我又是拍照，又是录像，对呼啸的狂风和刺骨和寒冷恍若未觉，直到苏给我一记当头棒喝："我们能走了吗？"

当晚，我们投宿那曲一家简陋的宾馆，成为众人的焦点。没有人比藏族人更加亲切友好了。这简直是摄影迷梦寐以求的场景，他们围着我们，被太阳晒得黝黑的脸上挂着乐呵呵的笑容。他们很容易露出笑容，不像其他地方的人一般恐惧拍照，他们不仅愿意摆姿势，还显得热切而自豪。这些人身披细长、华丽的彩色毡子，上面绣有藏族卍字纹和宗教符号，系着宽大的肩带和腰带，腰间系着装饰华丽的匕首。

我有一些亲戚是美洲原住民，与藏族人有相似之处。据一些科学家说，美洲原住民印第安人的祖先曾通过如今已被海水淹没的陆桥，徒步跨过白令海峡。但我认为，能证明美洲原住民和西藏人存在联系的真正证据在于两者所穿戴的绿松石和银首饰的相似性。我曾在亚利桑那州的一个印第安人保留地买了些首饰，仅作对比之用。不出所料，背面的标签上写着"中国制造"。

藏民家庭

有的妇女踩着时尚的军绿色网球鞋，头戴宽边牛仔帽，乱蓬蓬的乌黑长发编成一束束发辫，从帽子里垂下来。据说她们一生只洗三次澡，我怀疑她们是为了不洗头才编的辫子。

也怪不得藏族人很少沐浴，热水在当地十分稀有，就连宾馆也少有供应。听说沐浴节期间，男女老少都会下河洗澡。河水甘、凉、清、净，不仅可安全饮用，还可防病祛病。我觉着奇怪的是，当人人都在河边沐浴时，水的疗愈之力才最为灵验。

藏族男人把长长的、缠在一起的头发编成发辫，用黑或红色的纱线扎起来，像包头巾一样缠到脑后。当四位男子手握刀柄，昂首阔步朝我走来，围在我身边时，相当吓人，我不知该向他们微笑还是撒腿逃跑。好在他们只是笑着谈天，语速飞快，滔滔不绝，好像以为我能听懂藏语。

许多藏民都特意戴圆框铜架的甘地式眼镜，这些眼镜在中国其他地方的旅游商店里被当作古董出售。一位衣着鲜艳的绅士，直挺挺地偏坐在一匹漂亮小马的马鞍上，手捧着一本书，透过甘地式眼镜疑惑地盯着我，咧嘴大笑。几天后，我们在回程中又碰到了他，他领着一群马和欢笑的孩童从隘谷里走出，笑着向我挥手致意，好像我们是老朋友一样。

藏族神猴传说

香格里拉的居民极具魅力，许多人争论他们的起源。藏民声称，他们并非从其他地方迁徙而来，在世界各地的大洪水退去后，西藏便成为人类文明的发源地之一。在海拔五六千米处发现的贝壳化石印证了《吐蕃大事纪年》的观点："起初，西藏被海水覆盖。"

中国的第一个人类学博士格勒同意上述观点，但可能有失偏颇。他是藏族人，出生于四川省甘孜藏族自治州甘孜县。他撰写了一篇四十万字的博士论文，题为《论藏族文化的起源、形成及与周围民族的关系》，提出青藏高原是原始人类发祥地的假设，并认为藏族并非从其他地方迁徙而来。但格勒博士没有证实神猕猴是藏族的祖先。

藏族人自称是神猕猴（观世音菩萨所化）与始祖母岩罗刹（狰狞可怖的山神）繁衍的后代，两者的结合笼罩着神秘色彩。远古时期，孤独的女神在山洞中哭喊着："我很寂寞，神猕猴。我们一起生活，组建家庭吧。"

神猕猴一心想修成正果，没心思理会，但禁不住岩罗刹的屡屡哀求。他们成婚后生下六只小猴，这些孩子多子多孙，繁衍传承，建立了西藏最早的六个部落。然后，神猕猴在美丽的雅砻河谷（被称为西藏文明的摇篮）

种植青稞。此后，藏民便以糌粑（青稞炒面）和酺（青稞酒）为食，繁衍生息。

毫无疑问，达尔文定会赞赏藏族人轻轻松松就在谱系树上将自己追溯到猿类——又或说是欣赏中国人可以如此容易就为外国人追溯先祖。据传说记载，中国人是唯一的纯正种族，由伟大的女神用泥土捏造，而外国人都是中国人和猴子的后裔，这种结合古老而不洁。"所以你们外国人才会有胡子和手毛。"厦大的一位教授告诉我。

西藏的寂静之声

车到世界屋脊

置身于世界屋脊，云幕低垂，让人忍不住俯身躲开。洁白蓬松的团状云朵飘过嶙峋的山脊时碎裂成片，山脊上是一排排轮廓鲜明的舍利塔，犹如巨龙的牙齿，在夕阳的余晖中隐隐闪烁，而夕阳陡然落下，似乎忙着去寻找更相宜的风土。

毛茸茸的牦牛成群结队，点缀在广袤草地上，草地一直延伸到终年白雪皑皑的高山之麓。这些藏牛强悍无比，能在海拔四千五百米的地方生存（不过无法忍受高温），能在零下三十摄氏度的环境下驮载重物，还总能找到回家的路。藏族牧民手里甩着乌朵驱赶牦牛，"乌朵"是用牦牛毛编成的绳子，可用作投石索，射程一百米内精准度极高。

我们在路上遇见几个衣着亮丽的藏族少女，肩上托着装牛奶或是黄油的容器。藏族女孩不停地搅着黄油，直至深夜。此时，一排排蓝白色的藏式帐篷在黄油蜡烛闪烁的灯光下，仿佛一串巨大的藏式圣诞灯饰，立于黑暗的山谷间。

对陕西的中国霍比特人来说，刺绣和剪纸是新娘需要掌握的重要技能。

在西藏，娴熟的黄油制作手艺则是觅一郎君（也可能是两个或三个）的关键。藏族姑娘十分抢手，历史上有时会有好几个丈夫。

西藏一定拥有世界上最干净的空气。这是一种享受——虽然起初我有点神经紧绷。在洛杉矶生活了许多年后，我渐渐对吸进去的一切看不见或摸不着的东西生疑。清新的空气让我想起一则流行的中国笑话。一个人飞抵厦门，下机后当即晕倒。医护人员试图给他吸氧，他的朋友尖声制止："住手，你会害死他的！"他说完便把朋友拉到机场大巴旁，托着朋友的脸凑到排气管前，朋友迅即恢复知觉。"他习惯了雾霾，"他解释道，"氧气可能会要了他的命。"

西藏是对肺部的犒劳，是一场视觉盛宴。西藏还是一曲天籁之音，因为西藏最珍贵的资产便是寂静，这在中国已然奇货可居。老奥利弗温德尔霍姆斯（Oliver Wendell Holmes, Sr.）写道，"而寂静，似一剂膏药，前来治愈喧闹的创伤。"这正是我当时的感想。西藏的寂静具有疗愈之力。我沉浸在超然的宁静之中，即便这份静谧时不时被西藏特有的声音打断——转经轮不断转动的嗡嗡声，寺院筒钦的洪亮哀婉之声，节奏悠然缓慢、催人入眠的鼓声，以及从古老寺院中不绝于耳的诵经声，那殿堂内点着无数盏黄油灯，橙光摇曳。

除去几个四千九百米的隘口，从唐古拉山口到拉萨的路都需要汽车滑行好几个小时的下坡路。更高的平原人迹罕至，不过在海拔较低的山谷里，我们看到了赭色的土屋，木板搭建的阳台上摆放着瓶瓶罐罐和花箱。藏民们很爱惜他们娇弱的花朵，一如他们在怪异的气候下艰难求生。

拉萨以北的羊八井地热田是一处离奇之境——占地面积约四十平方公里，内有温泉、喷泉、盐泉、热湖和热水沼泽。1951年，拉萨还

唐古拉山口

没有可靠的电力供应。今天，拉萨已拥有水力发电站和数个地热站。太阳能热水器已经得到普及，而且西藏还拥有数百台风力发电机。西藏人享受着收音机、电视机、洗衣机（有的人会用洗衣机来搅黄油）的便利，甚至还用上了互联网！2019年，我重游西藏，看到路上穿行着那么多快递车，十分惊讶，后来了解到，如今就连西藏最偏远的村子都已涉足电子商务。

客栈无房

我们走出蜿蜒的山谷，终于望见远处的布达拉宫在午后的阳光下闪闪发光。我们如释重负，下行到神秘的拉萨市，却发现客栈早已爆满。

只有夏季才是西藏的旅游旺季，似乎中国的每个单位都涌到拉萨召开会议。雪上加霜的是，我们到达的五天之后将迎来西藏最重要的宗教节日，所以档次较高的宾馆住满了干部和跟团游的旅客，条件稍差点儿的则挤满了像我们这样拮据的朝圣者。我们找了一个又一个小时，寻遍酒店、旅舍和小旅馆，都被告知："房已订满，九月再来吧。"

百般恳求下，终于有一家汉族人经营的旅馆肯收留我们。旅馆略显杂乱且乏味，不过店家告知我们，若房间有人入住，我们就得立马走人。我们把行李从丰田车上取出来，就着冰冷的水洗了个澡，歇了一天就开始到拉萨街头和布达拉宫的人行道上溜达——不过我们只能小心翼翼地行走，因为高海拔仍让我们感到心脏怦怦地跳。

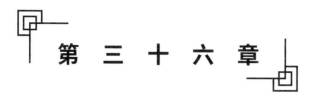

布达拉宫

拉萨是藏传佛教的圣地。正是在这座有着一千三百年历史的城市，藏族语言首次形成书面文字，佛经因此得以翻译。随着语言的发展，藏语作品也得以用文字记载传承。

拉萨街头热闹非凡，金顶的大昭寺外，购物者穿梭于市场和集市，挑选琳琅满目的商品；日出时分，许多香客便蜂拥来到大昭寺，信徒磕长头朝拜，把大昭寺门前地板上铺的石头磨出了圆弧。

从日出直到日落，藏人、汉人和外国人就羊皮、设计精巧的银手镯、银铜头饰和胸饰、刀鞘、鼻烟壶和耳环等物件讨价还价，争个不休。这些所谓地道的藏族工艺品其实大部分产自边境另一端的尼泊尔，这一事实并不教我吃惊。毕竟，我在亚利桑那州遇到过类似的事，宣称是正宗美国原住民手工艺品的玩意儿其实是中国手工制造。但约 1.2 米高的橡木和黄铜材质的酥油茶壶是纯正的当地产品，所以我买了一个。它至今仍摆在我办公室的角落，看上去略显气派，但我一次也没使用过，因为藏式酥油茶是我喝不来的饮品之一，不过福建的擂茶我倒是喜欢。

擂茶是传统的客家茶饮，饮擂茶是传承两千二百年之久的风俗，主要盛行于福建、台湾和其他客家人聚居的地方。擂茶以茶叶、花草（有时是药草）、坚果、种子、谷物和调味品（有时是肉）等食材为原料，混合后置于擂钵（像木制的黄油搅乳器）捣烂成糊状，再冲入开水搅拌，便形成一种清淡的类汤饮料，在寒冷的冬天备受青睐。

第三天，我们参观了布达拉宫。连日的奔波和对抗高海拔不良反应让我疲惫不堪，所以我买了四张巴士车票，可直接上到宫殿门口。但巴士爬上一个陡坡就半途熄火，男人被叫下来推车，女人和孩子们则舒舒服服地坐着。藏族男人和善地笑着，我用肩膀顶着大巴车，使劲地往前推，几乎无法呼吸，更别说挤出笑容了。

巍峨宏伟的布达拉宫坐落于拉萨正中心的玛布日山（红山）上，高117米，东西长360米。玛布日山被誉为"可触及天堂的山峰"。布达拉

布达拉宫

宫始建于7世纪，是藏王松赞干布为抵御外族入侵而建，尽管相比邻居，西藏人可能威胁性更大。西藏军队勇猛剽悍，甚至长驱直入，洗劫中原都城长安。

布达拉宫多次遭受雷电袭击和战乱损坏，17世纪，五世达赖喇嘛主持重建，又经历代达赖相继扩建，才形成今日之规模。如今的宫殿有十三层，有一千间房屋，外墙体厚达四米，固若金汤，整个宫殿没有一根钉子。

清凉、幽暗的大殿内，朝拜的信徒和喇嘛总是沿着顺时针方向移动，口中喃喃念着"唵嘛呢叭咪吽"六字真言。黄油灯的橘色光芒照在神像和朝拜者身上，将他们舞动的身姿投影在墙壁上，宛若秘境。铜制颂钵的敲击声和西藏焚香的气味令人出神冥想，我能看到一些朝拜者的意识状态因此改变。

殿内有八座金灵塔，安放着从五世到十三世达赖喇嘛的遗体（不包括六世）。在西藏，只有德高望重之人才有资格塔葬，灵塔分金、银、铜、木、泥几种，视地位而定，金灵塔是留给达赖喇嘛的。

第五座灵塔高近 15 米，占地面积 680 平方米，消耗 3118 公斤黄金制成。黄油灯烛火轻轻摇曳，佛塔沐浴笼罩在幽幽橙光之中，烟雾从插满香火的香炉中缭绕升起，仿若翩然起舞。

十三世达赖喇嘛的灵塔建于 1934 年，规模较小，但造价最高，所用黄金是五世达赖喇嘛灵塔的十倍，塔身镶嵌着翡翠、玛瑙、钻石和珊瑚。灵塔前方是一座用二十万颗珍珠编成的法物"曼扎"。

达赖喇嘛的灵塔斥资巨大，揭示出很多藏族人视宗教为他们生活和精神的主宰，并为此付出巨大牺牲。对大多数中国人来说，拜祖先和拜神是一种买"精神彩票"的行为：不一定灵验，但拜拜也无妨。而对很多藏族人来说，宗教就是生活本身——这也可以理解，因为即使在生活中，他们也比我们其他人离天堂更近一些。

光与暗

西藏的山峰白雪皑皑，怪石嶙峋，宛若瑰丽的石英晶体在钴蓝天空下的剪影，与镌刻于西藏人骨子里的幽暗灵性形成鲜明对比。这里有大美，也有大惧、无谓和无望。

我观察着磕长头长途跋涉穿过地球上最恶劣的地形来到拉萨的朝圣徒。他们身体直立，双脚并拢，伸开双臂，向前俯身，然后手指划地为记号，起身前行至记号处再匍匐。如此周而复始，坚持数千公里。

这种礼佛方式放到《国家地理特辑》中该是很棒的片段，但西藏人却要为这种精神信仰付出极大代价。整个家庭的毕生积蓄都奉献给了朝圣之旅，一家人在人行道边搭篷露宿，靠贩卖小饰品或乞讨，筹集回程的车费。有的人于朝圣途中死在大街上，得到的是穷人式的葬礼——被一把抬起，就近扔进河里（但愿这不是发生在沐浴节期间）。令人毛骨悚然但务实的天葬只有富人才承担得起。

西藏的冻土过于坚硬，土里石块又多，不适合土葬，所以人们在神圣的山顶上，用刀子剔去死者肉体上的骨头，秃鹫落在滑腻的岩石上，品尝混杂着遗骨和血水的盛宴。以这种方式为生命画上休止符着实可怕，但确实有其效用。也许相比起来，价值二百一十亿美元的美国殡葬业更加触目惊心。让逝者的亲属耗尽银行存款，却只是对尸体进行防腐处理，然后将其埋入黄铜手柄、缎面内衬的昂贵红木棺材里——此举不过是给虫子提供一道美味佳肴罢了。

美国殡葬业利润可观、效率卓越，我们从不去理睬死亡，等到自己一觉醒来濒临死亡时才会正视它。但世界屋脊上的西藏人，活着的每一天都知道生活艰辛且最后难逃一死——这也许可以解释为何他们以激情和幽默的态度拥抱生命。

也许正是受了极端环境的影响，西藏人民对万事万物都表现出极端的态度，从宗教到音乐皆是如此，尤其是藏族音乐。他们喜欢古老的歌谣，《格萨尔王传》是世界上最长的藏族民间史诗，共有一百多万诗行，是印度史诗《摩诃婆罗多》的四倍，藏族表演者需要将整部诗烂熟于心。

这要是落到美国编辑手里，估计就完了。

藏族人伸舌头

一位领着小女儿经过的藏民朝我微笑，伸出舌头。香农见了，说："爸爸，那个人冲我们做鬼脸！"我告诉俩孩子这是藏族传统的问候方式，他们很是高兴。过了一会儿，耳边

香农和马修与藏民家庭合影

不断有笑声传来，我转头一看，香农和马修正对着每一个经过的人伸舌头。我说西藏人可以这样做，但美国人不行，他们很不高兴。之后，他们改为坚持说："扎西德勒！"

西藏汽车停靠站

在拉萨短短数日，我们收获颇丰，随后我们准备驾着丰田车离开，没

想到在加油站加油比向军队讨汽油还要难。"你必须要有工作单位发的配给票。"服务员告诉我。

"可我不在西藏工作，我只是来旅游的。"我说，"我不能用买的吗？"

"当然可以，"那位伙计说，指了指油站的入口处，"门口那些人是倒卖配给票的，能给个好价钱。"

加了半箱汽油（他们少给了几升，声称要补偿气压），我们又折返朝青海进发。十多天未见，最糟糕的弯路已消失不见，但为了不让我们觉得一切得来不费功夫，他们又新造了更糟糕的弯路。

我们沿着蜿蜒的公路下行，太阳刚落到嶙峋的雪峰后边，我们抵达偏僻的安多县。此时距离下一个村子还有十二个小时的路程，所以当我们看到一堵古老的黄色土墙上潦草地写着"有房"时，便停了下来，顺着箭头指引进入一个开阔的院子。一位身形圆润的藏族女房东露出粲然的笑容欢迎我们，笑容里既带着友善，又有几分狡黠。她慢慢地绕着丰田车转了一圈，然后猛地打开侧边车门察看车内，借此估计我们的身价。这辆面包车两周前驶过戈壁沙漠，现在还是一片狼藉，也许让她错将我们判为流浪的美国吉卜赛人，因为她的收费十分合理。"一间房，三十元一晚。要住几晚？"

她带着自豪的神色，打开小房间的锁。粗制滥造的木板床仿佛是从粗糙的木地板上就地取材，拉出木板制成。她扔给我们一箱免费的牦牛粪燃料，供我们用自制的铁炉泡茶，还讲解了如何从院子的井中汲水。

安多县的民宿客房

我们整顿完毕，房东便领我们参观她的住处。虽然只有两间房，但和大多数设施齐全的藏民家一样，她的房里有一个神像架、一张铺有色彩艳丽的羊毛垫和绣花被的床、一个铜炉、一盏煤油灯、一台收音机，还有一串亮红色的塑料保温瓶。

让她引以为豪的是两个 1.2 米高的黑色漆面箱子。每一寸地方都装饰着纹样繁复的藏式花卉图案，色彩含蓄质朴，教人目不转睛看得出神。西藏的色彩是质朴的，是无瑕的。藏族人告诉我，每一种色彩都有其意义。白色代表云彩；蓝色代表无垠、永恒的天空；绿色代表孕育生命的河流；红色代表顺应上天；黄色代表养育我们的大地。

睡了一夜好觉，我们拂晓时分出发，第二天中午时分抵达海拔 5200 多米的隘口，又见到了孤零零立着的哨兵雕像。我走下车来，离开前最后一次脚踏西藏土地，细细品酌这份寂寥深邃、意蕴丰富的孤独。

二十五年后，西藏的寂静之声还时常在我耳边响起，这份寂静如此完美，夜里想起它，我仿佛能听见星星在头顶闪烁的声音。

向孤独的灰色守护者告别时，我用了最喜爱的另一个地方——夏威夷的问候语，夏威夷对我来说更特别，因为我了解到约五千年前就有福建人在那定居。我对着花岗岩的藏族哨兵说"阿罗哈！"，这不仅是"再见"的意思，也是"你好"的意思。

阿罗哈，西藏！盼能再会。

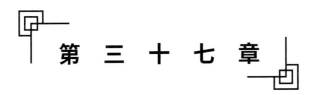

第 三 十 七 章

厦大与西藏的七十年情缘

　　我以为自己的西藏之行十分艰苦，但跟厦大校友叶雪音教授1951年的援藏之旅相比，真是小巫见大巫！她于当年7月随军离开北京，一直到11月27日才抵达西藏，耗时四个月之久！

　　从甘肃到西藏的最后一段路，他们一行人是徒步走完的。狭窄的土路盘旋而上，底下是万丈深渊，他们高唱革命歌曲，驱散心中的恐惧。桥比路更加险恶。大渡河上的铁索桥只用粗糙的木板铺在铁链上，桥面再没有别的东西固定，一有人过河，桥身就会剧烈晃动。有的桥是竹桥，还有的桥是在牦牛皮条上铺长木做成的。他们渡金沙江坐的船是用小牦牛皮条做成的小圆舟，犹如钓鱼用的软木塞浮标漂浮于江面，多亏船夫技术精深，他们才平安渡江。叶雪音一到拉萨就给双亲寄出家书，但过了一年才收到父亲回信："祝贺你经受住考验，相信你会继续努力完成好党交给你的任务……"

　　叶老师报效祖国的行为是自幼受父亲叶国庆熏陶的结果。叶国庆是厦门大学教育学系的第一届毕业生，后在厦大任教，担任厦门大学人类博物馆馆长。西藏正迎来前所未有的繁荣与发展，这一切离不开叶老师和许多与她一样的人的勤奋和坚持——不过等我知道这些已是2019年，那时我与厦大管理学院的师生到访拉萨，见到了厦大首位藏族学生益西旦增。

年轻的益西旦增是西藏大学的教授，曾在北京和厦门求学，又远赴美国、新加坡深造，也在国外获得过很多待遇不错的机会，但他仍坚持回到西藏大学教书，因为他想"回报故乡"。和厦大创办人陈嘉庚先生一样，益西旦增深知教育是通往未来的通行证，也对自己所获的教育机会心存感激。"我看到了这些年教育的变化。"他说，"老实说，放在二十年前，像我这样来自普通家庭的孩子是没有这么多求学机会的。而且，你知道，现在学费全免了！"

厦大的第一个藏族学生——益西旦增

益西旦增对厦大怀有特殊感情，求学期间，他被厦大教师的"感恩、责任、奉献"精神打动。他笑着承认自己有点被宠坏了。"因为我是少数民族，又是厦大的第一个藏族学生，所以厦大很照顾我，有时还送我小礼物。我回过几次拉萨，学校还为我付路费。因此我对厦门怀有深厚的感情。直到今天，每当有厦门来的客人，我都觉得他们像是亲人，因为我在厦门待了四年，在那里结交了很多朋友。那是我人生中很重要的一段经历。"

"你小时候的生活是怎么样的？"我问益西旦增。

"那时的生活很简朴，"他说，"小时候，我们小孩子很想看动画片，但是没有电视，就连收音机也没。"

"现在有电视了吗？"我问。

益西旦增笑了。"电视、冰箱、网络、微信，应有尽有——科技改变了人们的生活，甚至惠及小村庄，令人惊叹。村子里的藏族民居也更加漂亮，十分宽敞，就像美国中西部的房子一样，藏民也拥有自己的汽车和卡车。"

益西旦增还说，西藏人极富创业精神。许多人经济条件改善了，便抓住机会做起了生意——从传统手工艺到现代建筑，无所不包。"而且有时候村民的生活比城里人还滋润，多亏了政府提供的专项补贴。我知道有些人甚至不用交水电费。"

西藏人新燃起的教育热情

西藏人对教育的新认知也推动着当地发展。"二十五年前，家家户户都想让孩子待在家里干活，好多赚点钱，但现在人们认识到教育比赚快钱来得重要，所以都希望孩子能够上学。医疗服务也大幅改善。如果村民想去城里看病，政府会承担部分费用，比例大概有70%或80%。"

2019年秋季，益西旦增开始在四川大学攻读博士学位。"拿到学位后，你有什么打算？"我问。

"当然是回到西藏大学，"他说，"我总是会回到西藏大学……我有很多朋友们梦寐以求的机会，但我觉得自己有责任回去，向朋友和家乡的人们分享我在外面的见闻和经历……西藏给予我很强烈的归属感，因为你在世界其他地方找不到这样的文化。"

身在西藏，心怀大梦

益西旦增刚刚出版了《远方的西藏》一书，与藏族朋友分享他在国外的经历，抒发对西藏的思念之情。"但我写这本书也是为了鼓励我的朋友、学生和孩子，要不懈努力，敢于做梦。我每次开讲座或上课，也会告诉学生，你们要心怀大梦，看看我——我已经实现梦想！我去过这么多地方，你们也可以做到。不要因为自己是小村里的小孩就怯步畏行——你们一定行。一直以来我都是这么鼓励他们。希望这可以激励我的学生和朋友。"

"这是真实的故事，"益西旦增说，"讲述我的求学之路——关于我如何从小村庄的男孩变成高校的副教授。""西藏也拥有这种激励年轻人的环境。我有一些朋友经营生意，政府提供各种各样的优惠政策，帮扶年轻人创业。我也有朋友当了律师、教师、教授。这就是我书中的主旨——中国有适宜的政策和环境来帮助年轻的少数民族学生接受教育。这就是我的故事。"

我与益西旦增的会面眨眼就到了尾声，但我很快会与他再度相见。他有一本我写的《魅力厦门》，是在厦大时用的，已经很是破旧。我给他签完名后，他提议我们可以合著一本《魅力西藏》!

我已经迫不及待!

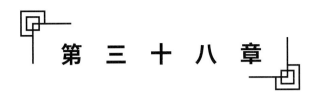

第 三 十 八 章

一路下行——漫漫回厦路

进藏难来出藏易，不管走哪条路都是下坡。丰田车爽翻了，我心里也乐开了花。朝夕相处三个月，我和面包车都培养出默契，发动机一"咳嗽"，我也跟着咳；发动机噼啪作响，我的心也跟着悬起来。我们的身家性命可全仰仗它了。不过，离开西藏一路开到格尔木，几乎都是下坡路，那时我觉着青海的公路算得上中国数一数二。尽管山路曲曲折折，还有大片险恶的沙漠和盐碱地，但我们驱车九小时行驶了800多公里，在西宁歇了两晚。然后，我们满心欢喜地踏上212国道——中国最差的公路，对前路艰险一无所知。我总算明白唐代著名诗人"酒仙"李白缘何写下那首《蜀道难》：

"噫吁嚱，危乎高哉！

蜀道之难，

难于上青天！"

愿上帝保佑，阿门。

西安至成都的铁路总长六百六十九公里，火车要通过九百九十八座桥，钻过三百三十五个隧道，行驶路线之迂回曲折，我应当早点明白前方的路况并非一帆风顺。鉴于神志正常的人几乎不会把汽车开上这条路，路上的隧道和桥梁少得可怜。羊肠小道般的道路贴着近乎笔直的悬崖壁蜿蜒盘旋，车子全程挂着一档，缓慢爬行，忽而上高，忽而下低，还得不时小心避让从中间疾驰而过的超载运木卡车。

诚然，沿途的景色很美。四川肯定是中国最美的省份。秀丽的山峰和大熊猫家园的原始森林风貌，美不胜收，但我很快就看腻味了。

少之又少的平坦公路上堆放着约一尺厚的稻谷和稻草，堆了好几公里远，难得路过的卡车或汽车恰好可以帮着打谷脱粒。而且每隔一公里左右就会出现被水淹没的路段，我们得减速涉水，心里祈祷着但愿积水没有看上去那么深。好不容易行驶了很远一段路，抵达更低处的平原，看到从山上一路横冲直撞下来的大巴车和卡车在这里留下零零散散的残骸。

我们了解到，几百年前还没有铺设柏油路时，山路泥泞湿滑，有从高处跌落的危险，当地农民便在鞋底装上尖钉来保护自己。直至今日，四川人仍用"穿钉鞋拄拐杖"来形容做事稳当。

秦岭山脉以南的景致和北面甘肃平原的沙漠连绵、狂风肆虐、漫天黄土截然不同。四川南部的平原温暖湿润，田里栽种小麦、豆类和蔬菜，沃野千里，古老的灌溉渠系交错纵横。历代皇帝为何都觊觎巴蜀大地，中国政府为何坚持养护好九百九十八座桥梁和三百三十五个隧道，答案已昭然若揭。四川历来被誉为"天府之国"或"鱼米之乡"，真是名副其实。

我们原本计划在成都只待上两天，结果却停留了五天，如果不是厦大的学生等着我回去上课，我们很乐意待上一个月。在这座遥远的城市里，现代化的建筑与中国传统建筑交相辉映，古色古香的公园和时髦别致的购物中心（包括一个繁华的地下商场）和谐融合，令我们深深着迷。成都还因古老的茶园闻名于世，其中一些由家族经营，几百年来未曾易主。当然，出名的还有当地火辣辣的美食。

厦门的川菜馆会在煮菜时撒一点辣椒，但在四川，我觉得他们是在煮辣椒时掺点儿菜。年轻时，我的胃就像铁打的一样，一口气吃下几十颗完整的墨西哥辣椒也面不改色，但川菜却辣得我眼泪直流，连喊佩服。

竹子

世界的竹子中心在中国，而中国的竹子之都在四川。苍茫的群山间藏着广袤的竹海，我们在高高的草丛（因为竹子是草不是树）中蜿蜒穿梭，仿若是朝着一座巍巍耸立的竹子大教堂，赴一场朝圣之旅。难怪中国的艺术作品常常以竹子为主题，远胜于其他事物，也无怪乎中国古代的一位诗人作了一首诗来抒发许多人共同的志趣："宁可食无肉，不可居无竹。"

1615年，一位耶稣会神父写道：

"……（中国人）有一种芦苇，葡萄牙人称之为'竹子'。坚硬几近如铁，内里空心，隔成一节一节。中国人用它来做长矛的柱子和杆身，竹子还有六百种生活用途。"

他未免说得太过保守。中国人称这种巨大的草本植物有上千种用途，并且认为竹子具备圣人的所有优良品格——忠贞不渝、刚正不阿、高风亮节、虚怀若谷。他们认为竹子坚韧挺拔，外直内空，象征着谦虚而不自满。

竹子的用途多不胜数，光说我们的家乡福建，出口竹制工艺品比名茶获利更多，西方历史上也出现过许多与茶叶相关的事件，包括波士顿倾茶事件。

竹子可用来制作衣服、鞋子、椅子、桌子、碗碟、置物架、脚手架、桥墩、房屋、笔、帽子、耙子、凳子、床、乐器、长柄勺、火折子、筎篱、蒸笼、筷子、水壶清洁刷、簸箕、扫帚、排水管、提把、烟管、挠背器（中国人叫"不求人）、猪笼、摇篮、玩具、栅栏、门、绳索、屏风、磨粉机、鸡笼、鸟笼、契刻、灯笼、编织针、窗帘和雨伞。另外，竹笋不管是清炒还是腌制，都是上好的佳肴。爱动物人十都清楚，除了竹子，再没有任何植物能合大熊猫的胃口。造纸大师蔡伦用竹子造出的乳白色纸张，赢得世界各地艺术家的赞赏。

误入歧途

从成都南下到昆明，三天的车程我们走了七天，险些开回西藏。成都往南约三百公里后，我们来到一个岔路口，依靠指南针和地图都无法辨认方向。问路时，好几个人告诉我们要往右走。我们驶入一条盘旋而上、高耸入云的狭窄道路，天色越发昏暗，寒意渐渐袭来，身边掠过的西藏卡车也越来越多。

最后我们陷入困局：两个小时内的第二起卡车迎面相撞事故。两辆运木卡车铆足马力，抢占在道路中间，绕过几个急弯后撞在一起。当地人告诉我，这种情况每天至少发生一次，每次都会堵塞好几公里长的车流，带旺了小贩的生意，他们向受困的司机兜售香蕉、橘子、蛋糕、水煮蛋、茶水和矿泉水。

我不耐烦地问："到昆明还有没有别的路？"

农民们开怀大笑："昆明？这是去加桑卡的！西藏！"

一位藏族司机咧嘴一笑，说："扎西德勒！"

差之毫厘，缪以千里。

——中国古代谚语

受困

我们只好原路返回，开了八个小时的冤枉路，这会儿发现大雨把国道的部分路面冲下了悬崖。整整三天，前不达昆明，后不至成都，所幸，将我们困住的地方却十分舒适，空气干净、清爽。我们下榻的小宾馆靠近公路，远处山坡上状似摇摇欲坠的现代化城镇一览无遗。大多数村民没见过外国人，但他们为人实在，食宿和修车的费用都按当地人的标准向我们收取。

我在小巷里漫步探寻时，遇到了两位中年军官，他们齐声高喊："洋鬼子！"

我笑着回应："中国鬼子！你们好吗？"他们吃了一惊，转而又笑。其中一个人问我："你是从美国飞过来的，还是坐火车来的？"

一台黄色的推土机、一支挥舞着丁字镐和铁铲的工人大军，花了三天才把约十米高的碎石堆基本清走。这些碎石挡住了半条公路，还把另一半冲下汹涌的洪流。我们临走之际，宾馆聚集了一群好心人。老板娘说："小心点，千万别在夜间行车。有土匪！半年前有个日本人失踪了，后来我们再也没见过他！"

悬崖上方还有水不断倾泻而下，我们缓慢地穿过损毁的公路，蹚过积水，祈祷别被冲下崩塌的悬崖。开入远处的人行道时，我松了一口气，但高兴得太早。车子碾过一块巨石，发动机架发

英雄的修路工人们

生严重错位，以致余下的 4000 公里路程，面包车震动得就像厦门飞往福州的老式螺旋桨飞机一样。

在所谓的"土匪地带"，我们的面包车震得愈发厉害，在上山时突然抛锚，于是我们往回退了七公里，来到距离云南不远，一个叫米易的小县城。我们住了两晚，因为面包车再次送修，但修车铺唯一的成果是为我们的钱包减负。"发动机还是失灵了，比尔。"苏说。

我心里一直纳闷，到底什么是"失灵"，又要怎样才能"有灵"呢？

我们下榻的小旅馆氛围轻松愉悦，米易当地人友好热情，我们还在一家餐馆享用了可口又便宜的饭菜，餐馆立着一个红金色的英文招牌，写着："Nice and Cheap Restaurant"（可口又便宜的餐馆）。

从米易到昆明的道路相当平坦且往来车辆较少，不过沿途我们还是看到了六七辆撞歪的车子，包括一辆一头栽进半挂式卡车，埋入半个车身的白色轿车。一个小时后，那辆被撞得七扭八歪的轿车呼啸而过，驶过一个我们看不见的弯道，扬长而去，仿佛没有从刚才与半挂式卡车的"亲密接触"中学到一星半点。

我们的行程落后计划太多，所以只在昆明住了两宿，但我们游览了昆明最著名的景点——石林。成群的撒尼族姑娘自愿做我们的向导，领我们沿着蜿蜒在高耸石柱间的美丽小径和桥梁穿行，这些奇形怪状的石柱仿佛是直接从苏斯博士的童书中搬过来的。当我们挤进一条狭窄的通道时，向导说："如果通过时不碰到两边，就能活到一百零五岁。"见我碰到左边

的墙，她说："如果只碰到一边，能活到一百岁。"我又碰到了右边的墙，她露出甜美的笑容，"两边都碰到的话，能活到九十岁。"真是坚定的乐天派。

黄果树瀑布

两天后，我们的下一站来到中国最大的瀑布——贵州黄果树瀑布。当时六岁的马修对黄果树瀑布印象深刻，以致1995年我们参观尼亚加拉大瀑布时，听到我评价瀑布的大小，马修说："黄果树的更大。"

"才不是。"我说，"尼亚加拉瀑布是黄果树的五倍大。"

马修想了想我说的话，又道："好吧，但黄果树的更漂亮！"

从黄果树出发，道路蜿蜒于奇异怪诞的景观之中，五彩缤纷的古朴村落点缀其中，依偎在千奇百怪、溶洞堆积的喀斯特地貌山峰的山脚。近乎垂直的悬崖峭壁上开辟出梯田，一层层从山脚盘绕到山顶，种植着水稻和玉米。贵州地域辽阔，是中国的岩石庭院。从多个角度而言，贵州的景致比其东边的著名旅游地桂林的山水更加美丽。

苏和孩子们在阳朔畅饮饮料

抵达阳朔，我们总算放下心来。阳朔位于桂林以南66公里处，是个坐落于群山间的美丽村落。许多年来，这里一直是我们最喜爱的中国小村庄。香农和马修与半年未见的中国小女友重逢，我们欣赏当地优美的风光，又在叫"Susan's Café""Mickey Mao's"和"Mac Mao's"的店里美美享用中式西餐。

大排长龙，欢呼喝彩！

2019年，我们再次驱车环游中国，阳朔已成为一座繁华的小城，游客络绎不绝，连河上的游船都排起长队。同样的情况发生在中国各地，以长城为甚。我十分怀念从前的日子，没有熙熙攘攘的人流，环境也没有这般喧闹——但我也欣见人潮和长队，因为这意味着中国人如今负担得起旅游之乐，一览祖国的壮丽山河。

老潘重游桂林阳朔，2019年

20世纪90年代，游客寥寥，只因能够负担旅游费用的只有比较富裕的中国人和外国游客。如今，中国人不仅能游览自己的国家，还能走遍世界各地，中国人的旅游支出在全球占据很大比重。2020年2月3日，一篇题为《中国旅游业是全球旅游业的主力军》（*Chinese tourism, the main engine of global travel*）[1] 的文章称，"拥有13亿人口的中国大陆是世界游客人数的最大贡献者，2018年中国公民出境旅游1.5亿人次。"文章还说，中国游客成为全球最大的消费群体！

"中国游客在旅行中的平均花费高于任何其他国家，人均每年消费额约一千八百五十美元。据联合国世界旅游组织的数据，早在2012年，中国游客的旅游消费就超过美国人和德国人，成为消费支出最大的群体。2018年，中国游客境外旅游消费总额达两千七百七十三亿美元。据行业专家Planet的数据，欧洲免税商品销售额的30%左右来自中国游客。"

我乐见中国旅游业的增长还有另一个理由：旅游业可提供亟需的就业机会。2019年，阳朔本地人讲述了他们如何在这片全国最美丽，但也是最贫穷的土地上生活的故事。所幸，得益于旅游业的发展，日子逐渐红火，

1 https://medicalxpress.com/news/2020-02-chinese-tourism-main-global.html

许多我在二十五年前看到的老式棚屋已被三层高的砖砌楼房取代。教育和医疗亦得到改善，水电和基础设施可媲美大城市，偏远乡村的农民也从电商中赚得盆满钵满。

所以，尽管我不喜欢大排长龙，还是很欣慰看到这么多人排长队，因为这意味着比起二十五年前，更多人的中国梦真真切切地实现了。

终达厦大！

车过桂林

最后三天车程是从阳朔到厦门，我们做好了万全准备。令我们欣喜的是，一条地图上还找不到的新路把我们的行程缩短为两天（实际开了二十一个小时，虽然现在坐飞机或动车更加方便）。

三个月来，我们每天驾驶十到十二个小时（有时找不到可供停靠的安全地带，要开十五个小时），终于归家，让我们如释重负——但冒险之旅还远未画上句号。

回顾整个旅程，我只被困过一次——内蒙古戈壁沙漠的强盗设下的沙坑陷阱。在中国西部，我甚至走过泥泞的弯路，路况糟糕得连军用吉普车的车轴也陷了进去。回到厦大的第二天，我在公寓下面的山坡倒车，丰田车猛地陷入路上的坑洞，这个洞是在我们离开的三个月期间冒出来的，深得很，一个车轮弹起，离地约一尺高。

我请厦大的司机帮忙把车子从坑里拖出来，他们哈哈大笑，"你要我们相信你自驾四万公里，一路到西藏又回来，然后在离家门口一百米的地方掉入坑里？"

四万公里的旅程让我大开眼界。中国对最偏远地区的扶贫工作所投入的时间和精力让我叹服不已——但当时谁也不曾料想，福建的习近平会当上国家主席，制定了要在 2020 年消除绝对贫困的目标。

如果想进一步了解这一了不起的成就，不妨读一读我即将出版的《追逐中国梦》（Chasing the China Dream）一书，书中记录了我在 2019 年 7 月驱车两万公里环游中国的一些见闻，还可以理解为何几位农民自豪地告诉我，他们不再是"井底之蛙"。

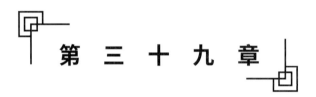

第三十九章

厦大帮扶宁夏隆德脱贫逐梦

我们的政策是让一部分人、一部分地区先富起来，以带动和帮助落后的地区，先进地区帮助落后地区是一个义务。

——邓小平 1986 年 3 月 28 日会见
新西兰总理朗伊（Lange）时说

1994 年，我和家人驱车四万公里环游中国，了解中国的发展状况时，对中国政府许下的脱贫承诺印象深刻。中国的脱贫举措甚至惠及偏远地区，包括西藏北部的"死亡地带"（海拔在五千米以上的县）和宁夏。宁夏常年干旱、黄沙肆虐，交通和基础设施落后，被联合国评为"最不适宜人类居住的地方"。

我十分敬佩中国大力投资兴建贫困地区的基础设施，但不认为中国能收回成本。但正如中国在国内证明的那样，"想致富，先修路"的理念也通过"一带一路"倡议在沿线的数十个国家中得到证明。

1949 年，中国人民在饥饿的边缘挣扎，政府别无选择，只能提供大规模援助。随着时间推移，人们渐渐意识到，援助会产生依赖性，于是重点转向培养自力更生能力（"造血"而非"输血），这样既能帮助摆脱经济贫困，又能摆脱"精神贫困"。俗话说："授人以鱼不如授人以渔。"我1994年驱车环游中国时，从未想过，这个世界上人口最多的国家真能在三十年内完成消除绝对贫困的壮举。

2019年，厦门大学管理学院赞助我和学校领导、同事和学生进行两万公里中国行。此行旨在看看自我二十五年前自驾四万公里环游中国以来，中国发生的变化——变化之大教我们所有人都惊叹不已。没错，我们

"老潘重走中国"在宁夏，2019年

都读过相关报道，但任何形式的媒体都无法让人切身感受变化之大，变化之快。哪怕是最偏远的地区，如今也有了直通家门的现代化公路和水泥路，人们住上了砖瓦房，过去住的土坯房一遇暴雨便成致命危房。能和这些变化背后的功臣——诸多第一书记交流，我深感荣幸，也深受启发。

"跳出井底的青蛙"

1994年时，中国的道路很差，即使是福建省也颇为糟糕，所以驱车环游中国的三个月间，我的平均车速还不到三十公里每小时。今天，中国已拥有世界上覆盖范围最广的公路网和铁路网，不仅能为内陆地区招商引资，还能助力偏远村落的居民到中国各地谋求发展机遇。令我惊讶的是，在不同省份（宁夏和云南）的两个农民不约而同地用"井底之蛙"来比喻自身。他们说："我们以前像井底之蛙，只能看见井口狭小的世界，但现在自由了！"

在我1994年到过的地方中，宁夏在我心中是个特别的存在，因为当时我们的面包车在半夜漆黑的山路上抛锚，一位宁夏的老师傅解救了我们。

当时没有路灯，我摸黑倒车，沿着 U 形弯道滑到山脚，停在土路边上。我正六神无主，一打开车窗就看到两米开外的地方竖着一块手写的木牌，上面写着"车辆维修"。我敲了敲破烂的木门，把一位上了年纪的修车师傅吵醒。他揉揉眼睛，仔细端详着我，然后笑着说："你不是这里人吧？"他帮我们修面包车，一直忙活到凌晨两点，期间还乐呵呵地同我们聊天。他的贫困状态显而易见（而我们在他眼里很富裕），但几乎没向我要多少修理费。我坚持要多给点，他义正词严地拒绝，反而因没有合适的零件向我们道歉，还保证面包车至少能撑到兰州的维修中心。

试问谁不会爱上这样的人呢？所以，当在 2019 年的旅程中得知，就连宁夏那些热心肠的人也美美地做起了中国梦时，我心中甚是欣喜。这一切主要归功于福建和厦门大学的贡献。

中国的精准扶贫方略——世界唯一的希望

2016 年 2 月 3 日，世界经济论坛的报告指出：

"二十多年来，中国一直是世界上最有力的对抗贫困的武器……在这期间，全球约 11 亿脱贫人口中，每五个之中就有三个是中国人。"

中国正朝着其脱贫目标努力奋斗，而世界其他国家却几无作为，以致世界银行预测，到 2030 年全球仍有 5 亿人生活在极端贫困之中。[1]2017 年，联合国秘书长安东尼奥·古特雷斯（Antonio Guterres）坦言：

"中国的精准扶贫方略是帮助贫困人口、实现 2030 年可持续发展议程设定的宏伟目标的唯一途径。"

但即便其他国家能模仿中国的方略，也不会轻易效仿，采取自上而下、横向到边、纵向到底的动员体系，集全社会之力脱贫攻坚。

精准扶贫——自上而下、横向到边、纵向到底

中国在消除绝对贫困方面取得的成就不仅归功于自上而下、高瞻远瞩的领导力和政策，也归功于各省人民响应邓小平的号召，帮扶落后地区。

---

1 https://ourworldindata.org/extreme-poverty

几十年来，先富起来的东部省份与西部省份结成对子，即便是最普通的老百姓也献出自己的力量，发光发热。比如，2019年7月，北京新航道国际教育机构一位十五岁的女孩告诉我："我的家庭并不富裕，但农村孩子比我机会更少，所以我每周都会抽出几个小时从事志愿活动，辅导农村的孩子学习数学。"

我采访了中国各地各行各业的人士，包括农民、渔民、教师、企业家和第一书记，他们向我讲述了许多故事，其中最令我动容的是福建和厦大在宁夏的帮扶工作。

福建帮扶宁夏

1996年5月，东部十个经济发达的省份与西部十个欠发达地区结成帮扶对子，其中福建对口宁夏。同年10月，福建省年轻的党委副书记习近平率团到宁夏考察，闽宁（"闽"代表福建，"宁"代表宁夏）镇由此成立。从此，六万多名贫困群众从干旱贫瘠的不毛之地迁徙到水源充足且适宜耕种、放牧和经商的地区。习近平具有远见卓识，他早年的想法富有见地，如今已成为"精准扶贫"方略的一部分，在全国范围内如火如荼地开展，连联合国也承认，"精准扶贫"是地球唯一的希望。

2016年，习近平重访闽宁，欣喜地看到农民人均可支配收入从1997年的五百元猛增二十一倍至2016年的一万零七百三十二元，一万零五百人（一千九百九十八户）住进新建的保障性住房。正如习近平所说："现在是个干沙滩，将来会是一个金沙滩。"

2009年，福建第六批共计十八名援宁干部一边艰苦地与宁夏的气候、生活方式、语言等挑战作斗争，一边致力改善当地经济、教育、卫生、贸易、旅游等多方面的状况。福建为六个重点项目

闽宁农民新居

投入两千一百万元资金，用于支持宁夏九个县两万七千户农村家庭；投入六千九百万元支援各市县发展；为九个投资项目投入七亿九千万元；为一百四十多个援助项目投入四千九百万元。项目包括教农村家庭种植蘑菇，使三十三万零二十户农村家庭增收一万元。其他项目还包括种马铃薯、植瓜枣、养鸡和家畜、供应清洁水、兴建道路、改造危房泥屋等。福建还专门拿出两千三百万元帮助因贫困而面临辍学的学生，并提供八千台电视机，让乡村能及时了解全国各地的其他变化。

福建的很多援助不仅来自省政府，还来自福建各市甚至各区。厦门湖里区资助五百万元，用于海原县的中小学教学楼和宿舍，以及退休人员和农业科研设施的建设。厦门翔安区资助五百八十五万元，用于靖远县的项目。泉州南安市资助九百二十万元，用于同心县的医疗和教育需求，帮助两千二百名贫困学生继续学习。漳州南靖县资助四百一十万元，用于六盘山食用菌研究中心、一所中学、医院和诊所的建设。涵江区拿出四百六十七万元，用于启动西吉县的蔬菜、甜玉米、芹菜种植项目。

得益于福建和其他省份的葡萄酒生产商，现在的宁夏已成为举世闻名的葡萄酒胜地。宁夏的葡萄种植面积超过 39300 公顷，占中国葡萄产量的四分之一，来自二十三个国家和地区的六十多家葡萄酒生产商为当地人提供了十二万个就业机会，其中包括法国保乐力加（世界第二大葡萄酒和烈酒生产商）、轩尼诗（世界上最大的干邑生产商，成立于 1575 年），当然还有中国历史最悠久（成立于 1892 年）、规模最大的葡萄酒厂——张裕。2011 年 12 月 14 日，在北京举行的"宁夏对波尔多"葡萄酒盲品对决中，来自中国和法国的专家分别品鉴来自两地的五款葡萄酒，结果获胜的五款顶级葡萄酒中有四款来自宁夏，宁夏脱颖而出。[1]

厦门航空亦参与其中，每周安排四趟航班往返福建和宁夏，为交流发展开辟新渠道。得益于交通的改善以及福建的职业培训，宁夏在闽务工人员收入总额将近一亿四千万元。

---

1 劳里·伯基特（Laurie Burkitt），《宁夏击败波尔多。真的吗？》（*Ningxia Beats Bordeaux. Or Does It?*），《华尔街日报》，2011 年 12 月 15 日，检索于 2011 年 12 月 16 日。

厦大与宁夏结缘!

我为福建与宁夏的合作振奋不已,在得知厦大的贡献后,激动之情更加难以言表。在厦门大学管理学院党委书记邱七星和 MBA 中心主任屈文洲的带领下,我们一行人来到宁夏隆德。2019 年 7 月 15 日,即抵达隆德的第二日,我们惊讶地发现六七位我教过的 OneMBA 学生正在探寻援助隆德的机遇。更让我惊讶的是,这里有一个庞大的研究机构,正面印有厦大的标志!

支援隆德的 OneMBA 学生

2015 年,厦大开始在宁夏隆德县建设扶贫产业园,以加快当地产业发展,提供就业岗位。厦大投入 300 多万元,采用先进技术,鼓励地方政府进行战略投资,为园区产出的产品寻找市场(大部分销往厦门)。厦大还建立电子商务中心、研发与质检实验室等公共服务机构,还有多个农业科技示范基地。

张树村党支部第一书记胡雄带领我们参观了张树村厦门大学牛肉直供基地,我有幸采访了"牛魔王"张建龙先生。张建龙先生告诉我,他早年在城市谋生,后来随着隆德发展,毅然返乡,带领乡亲养牛致富。现在村里有了漂亮的新砌砖房,通上了电,用上了干净的水,甚至还有太阳能热水器。当一位笑容满面的宁夏

"牛魔王"张建龙

农民表示要加我为微信好友时,我很惊讶。后来我发现,即使在中国最偏远的地区,包括高海拔的藏北地区,都有农民在从事电子商务。

7月15日，我们一行人随隆德县副县长马龙、张树村党支部第一书记胡雄参观厦门大学隆德县电商服务中心和闽宁合作扶贫产业园。随后，我们参观了闽隆福馨托创园，这是一家残疾人托养机构，提供人造花制作等就业岗位，还设有电子商务培训中心等创业平台。厦大管院EMBA校友、福建宏晖实业集团总经理林和武先生向闽隆福馨托创园捐赠两万元。

宁夏农民与老潘扫码添加微信好友

宁夏农民迅速掌握新技术和新方法，部分得益于厦大提供的扶贫研讨会、网络电商平台和交易会。厦大还选派知名学者和研究生到宁夏进行实地调研，帮助当地解决技术问题，并通过建立"厦门大学—宁夏大学—隆德县人民政府农业科技研发示范基地"，以及厦门大学、宁夏大学和宁夏黄土地农业食品有限公司联合创办的"质量安全控制实验室"等机构，深入开展工作。

厦大还将目光投向下一代领导者——宁夏儿童的教育。

厦大移海

古有愚公移山，今有厦大移海！宁夏距离海岸线约两千公里，在我们厦大人眼中习以为常的壮美与神秘的大海，大多数孩子一辈子也没有机会领略，于是厦大把海带到宁夏儿童身边。

2020年6月15日，厦大研究生开设"嘉庚号海洋大讲堂"，为上千名隆德的中小学生和教师进行在线直播。厦大是中国近代海洋科学的摇篮，拥有中国第一个海洋生物实验室（成立于20世纪30年代，誉为"中国的伍兹霍尔海洋研究所"）；培养出中国第一个海洋学博士；如今还拥有近海海洋环境科学国家重点实验室。凭借这些得天独厚的条件，由厦大分享海洋的奥秘再合适不过。孩子们看到长77.7米的厦大"嘉庚"号科考船，显得特别激动。"嘉庚"号是国内唯一一艘通过挪威船级社船舶噪声船级符号 Silent A+S 指标的船舶（达到这个级别的船只全球不超过二十艘），厦大的科研人员自豪地表示"连一条正在睡觉的鱼也不会被吵醒"。[1]

厦大的化学系也居全国领先地位，常常位列中国前五。2019 年 7 月 20 日至 28 日，化学系在隆德开展了"化在宁夏"暑期社会实践。同一时间（22 至 28 日），由八名厦大博士生组成的"厦望隆德博士生地方经济发展服务团"赴宁夏开展红色旅游资源开发利用实践调研活动（厦大管理学院是我国为数不多获准授予旅游管理硕博士学位的学院）。

厦大助力宁德精准战"疫"工作

从 2020 年年初开始，厦大又帮助隆德打起了另一场仗——抗击"新冠"。隆德人大部分没有电脑，厦大仅用两天时间便设计出一套基于手机的隆德健康信息收集统计系统。该系统仅用三天时间就完成部署和测试，目前已处理数以千计人次的日常健康数据。此外，厦大还捐赠三百部红外线测温仪、七千只普通一次性口罩和一千五百只医用口罩。

厦大管院与宁夏的情缘

了解到福建和厦大对宁夏的援助，我很欣喜，但最令我激动的当属厦大管理学院的师生和校友多年来为助力宁夏脱贫所付出的努力。

2015 年，亦是我手头有数据记录的最后一年，厦大管理学院的全日制学生中，有 93% 是在册学生志愿者，超过 90% 的学生真正参与到社会公益项目中，比如到中国西部（包括宁夏最不适宜居住的海原县，从 1999 年开始，厦大西海固扶贫项目团队就扎根此地，为终结当地贫困的代际传递而奋斗）支教。

如果说宁夏的生活条件连当地人都觉得艰苦，对于我们厦大管院的志愿者来说就更显艰难，但他们不仅坚持了下来，还记录下与气候、饮食和

1 http://subsites.chinadaily.com.cn/guangzhou/2017-03/31/c_73685.htm

水的斗争。他们以文字和视频的形式记录下这些故事，鼓励并带动了更多中国人响应邓小平的号召，去帮助落后地区的人。

2009年，厦大管院启动"启明星一帮一知心工程"，院校师生与海原一中的九十八名贫困学生建立长期的一对一帮扶关系，给予鼓励、激励和资助，帮助他们继续学业。

老潘与隆德县的中小学生面对面交流

2011年，在厦大管理学院和美国西北大学凯洛格商学院合作共建的课程项目中，来自EMBA2009级的学生成立"中美励志班"，为一百名品学兼优的海原贫困学生提供三年的生活补助。厦大管院还参与其他多个项目，比如改善偏远的青海小学的教育设施，或捐赠"乡村图书馆"。

2014年至2015年，厦大管院旅游系的张进福教授组织团队，帮助推广隆德县的旅游产业。

2015年，EMBA校友林小辉投资四亿五千万元，用于建设"隆德县厦门大学康业扶贫产业园"。产业园入驻企业五十家，年产值四亿两千万元，解决了两千二百名低收入人口的就业问题，其中残障人士二百二十七人。

2019年，厦大管院MBA主任屈文洲教授和MBA校友林和武先生捐赠五万元，用于帮助隆德县和张树村的残疾儿童备战高考。其中，两万元用于治疗残疾儿童的疾病，三万元用于奖励考入大学的残疾儿童。

2019年5月，厦大管院的彭丽芳教授为隆德企业家做了一场关于电商平台和服务的专题报告，旨在推动隆德电商产业发展。

2019年7月22日至28日，厦大管院的"厦望隆德"实践队在隆德进行为期一周的实践学习，"盛厦Dove"实践队也于8月1日至7日开展为期一周的实践活动，助力推广隆德旅游业。

从 2016 年到 2020 年，为促进隆德的农业和经济发展，厦大管院师生纷纷购买当地的蜂蜜、枸杞等产品，累计超过五十万份。

2020 年 5 月，厦大管院与隆德的奠安乡结成帮扶对子，助推奠安乡的旅游业、肉类产业和工业发展，并帮助困难学生。

还有诸多事迹，不胜枚举！我几乎每天都能读到厦大管院和厦大在宁夏、西藏等地的扶贫新举措。难怪联合国承认，中国的精准扶贫方略是全世界终结绝对贫困的唯一希望。

陈嘉庚得偿所愿

1894 年，年仅二十岁的厦大创办人陈嘉庚先生从新加坡回到家乡集美成婚，并出资创办了第一所学校，此后又陆续兴办七十多所。他年纪轻轻，就已坚信教育是中国唯一的希望。1912 年，他在《集美小学记》中写道：

"余侨商星洲，慨祖国之陵夷，悯故乡之哄斗，以为改进国家社会，舍教育莫为功。"

陈嘉庚先生要创办厦门大学的消息不胫而走，令中外人士激动不已，1920 年，厦大还在筹建之际，保罗·哈钦森就写道：

"这所学校（厦大）是一所完全中国式的院校……若我们设想未来的日子，在全中国最鼓舞人心的事物当中，这所学校称得上是其中一项。"[1]

哈钦森先生写下"未来的日子"距今已过去一百年，而厦大依然是令中国人一提起就欢欣鼓舞的事物之一——这是一所学术成就斐然，具有前瞻视野和开拓创新精神的高校。

我期待着几年后还能再次环游中国，看看厦大如何再接再厉，助力人们实现中国梦。

如果全世界都能学习借鉴中国方略，并效仿中国人的热血激情，也许中国梦有朝一日能成为世界梦。

勇敢追梦吧！

---

1 保罗·哈钦森编辑，《华东重要布道区指南（沿着主要旅行路线）》，[*A Guide to Important Mission Stations in Eastern China（Lying Along the Main Routes of Travel）*]，上海：Mission Book，1920 年，第 59、160 页。

第 四 十 章

他们是来自东方的贤士——中国式送礼[1]

礼多人不怪。

——中国谚语

中国古老的送礼艺术

传说中，寻访初生耶稣并献上礼物的几位贤士来自东方，来自与大海[2]接壤的最东边陆地。我猜想他们兴许来自中国！毕竟中国就位于他们所能抵达的最东方，而且中国人很早就把送礼升华为一种艺术形式。中国人讲究乐善好施，厦大和厦大管理学院也参与了中国西部的许多慈善项目。

记得在中国的第一个圣诞节，一位年长的厦大领导送给我们两个儿子一辆玩具电动车，花了他至少一个礼拜的薪水。两个月后，过春节，一位教师给我们的儿子各派了一个红包，里面塞了一百元人民币，那是他半个月的工资。

我起初对送礼在中国究竟有多重要心存疑惑，等读到《现代汉语初学

---

1 本章摘录自我撰写、厦门大学出版社出版的《发现厦门》（*Discover Xiamen*）一书。
2 译者注："Great Sea"是分隔欧洲和非洲的广大水域，东面是亚洲，希伯来人称之为"大海"，今日普遍叫地中海。

者课程》第三十八课时才恍然大悟。课文里面说，如果临时受邀要去中国朋友家里做客，合适的回答是："不过我们什么礼物都没带。"

中国的送礼规矩因地而异。西藏人会在客人肩上搭一条洁白的哈达；海南人则在客人肩上挂一串花环，和祖先来自福建的夏威夷人一样；而在厦门，最常见的礼物则是水果或当地产的乌龙茶（谢天谢地，这些沉甸甸的礼物不用放在肩头！）。

厦门人送礼避奇就偶，比如要是送龙岩沉缸药酒，一定得是两瓶，绝不能是一瓶或三瓶；要是送铁观音茶叶，可以是四盒，绝不能是三盒或五盒。而且，礼物一定要恭敬地双手递上，收礼人也要双手接礼。

美国人即使送出廉价的礼物或一张简单卡片，都不会觉得过意不去，因为他们相信礼轻情意重。但在中国则大不相同，面子最重要，送出一份微不足道或价值低廉的礼物还不如不送。送的礼越大，双方就越有面子。几年下来，我们真是长了不少面子！

常有贵客光临寒舍，把门槛都踏破了。客人带来各式各样的礼物，四十五斤香蕉、二十七斤龙岩烤花生、十四斤新鲜捕捉的鱼或四打新鲜出炉的自制炸春卷等等。我们婉拒过，说四十五斤香蕉来不及吃完就会坏掉，但无济于事。最后，我们要么连着几天不消停地狂吃香蕉（做成香蕉面包、香蕉煎饼、香蕉奶昔等），要么赶紧跑一趟中国同事的家，把香蕉、茶叶、香菇干货或新鲜鱼借花献佛，转送出去。他们或许也会转送给别人，但不管一路到了谁手上，总得有人把四十五斤香蕉解决掉。

一位慷慨的厦大校领导热情招待我们

牛肉从哪里来？

有过一些磕磕碰碰的经历后，我们总算摸清中国人送礼的门道。刚搬入中国教授的住房不久，苏珊烤了巧克力蛋糕。当时吃过巧克力的厦门人不多，所以苏送了几块给隔壁邻居尝鲜。那位老奶奶很惊讶，连声道谢，然后礼貌地慢慢关上门。第二天大清早，她轻轻地敲我们的门，把满满一盘生牛肉推到苏的面前，说："给你的！"接着急忙离去，没有理会苏珊的推辞。

"这可真不好，比尔，"她说，"她没必要这么回礼。"

"我看挺好的呀，苏。"我反驳道，"一斤牛肉比两块蛋糕值钱多了。如果我们把蛋糕分给所有邻居，就能省下不少买肉钱。"

难怪法国皇后玛丽·安托瓦内特（Marie Antoinette）说要给每个人送蛋糕。

收礼比送礼贵重

我们学会了要谨慎送礼，因为一旦接受了我们的好心赠予，对方无论能否承担得起，都会强迫自己回礼。但从整体来看，我依然认为中国人就是圣经里提及的东方贤士——而在回馈家庭和祖国时，更是如此。

回馈祖国

一穷二白的海外华人劳工在非洲和亚洲殖民地的矿山和农田辛苦劳作，或是在美国修建铁路时，总会把他们微薄收入的大部分寄回家乡给远在中国的家人。当有数以百万的人这样做，这些微薄的回馈便积少成多，让中国勉强维持，熬过在枪口威胁下因西方鸦片贸易而被榨干的一个世纪。

有一些劳动者，就像厦大创办人陈嘉庚，从农村小孩成长为工业巨头，向中国捐献数百万元。即使是今天，不论政治派别，海外华侨每年依然汇上百万元回家乡，不止给大陆的亲戚，还捐给地方政府兴办学校、发展大学教育、开办孤儿院、修建马路等。

中国人，不论富裕还是贫穷，都非常慷慨大方。附近棚屋里住着一位普普通通的泥瓦匠，听说我的岳父岳母准备从美国来访探望，立马给我送了五斤新鲜捕获的鱼。一位退休的残疾校园工人常常将他菜园里种的新鲜蔬菜送给我们，或者送些新的花卉盆栽来点缀我们的庭院。就在昨天，隔壁一位老人家为我们送来两颗他亲手种的木瓜。有一次，我需要一台石磨来磨小麦做面包的消息传了出去，我的农民朋友们纷纷赶往农村的采石场，不久后我们就收到了石磨，而且不止一台，是三台。

这些朋友全都不求回报。他们的付出皆出于友情——譬如，自行车修理工虽然贫穷，却反复挂在嘴边："小事一桩。真出问题了再付钱给我吧。"这个人的全部家当不过是一间落满灰尘的店面，宽不足 2.5 米，长不过 1.2 米。墙上打满钉子，上面挂着满是油污的自行车链条、齿轮、轮圈、轮胎、车座和脚踏。而仅有的家具是两张竹凳（一张自己坐，一张给客人坐）和一张兼作茶几的竹脚凳。每次我顺道拜访，他都会摆出一套廉价茶具。我想，他修理我那辆破旧自行车赚的小钱还抵不过招待我的茶水钱。

中国人总是抱着奉献精神馈赠家族和近邻，但在这个范围之外，他们的慈善施舍则较为稀少，因为在物质紧缺的时代（中国史上的多数时候），这样的举动会被视为对家族和当地民众的剥夺。如今，时代在发展，中国政府力求拓宽这种馈赠所惠及的范围。中国已有好几个慈善项目，旨在鼓励较为富裕的城市居民援助那些较为贫困、人数庞大得多的农村同胞。"希望工程"让中国城市人口可以资助农村儿童的教育，还有"手拉手"计划让城市儿童与农村儿童结成伙伴，相互写信和交换礼物。

从厦大保姆到百万富翁

我与杨英女士相识于 1997 年，那时我协助她与厦门市市长洪永世创办厦门国际学校。杨英出生在漳州平和的一个农民家庭，只受过四年教育，十五岁时就辍学到砖厂打工，每天赚一元钱来补贴家用。1982 年，年仅十九岁的杨英借了二十元，购买前往厦门的车票，决心追逐她的中国梦：给厦大教授当保姆，每月挣二十元，其中十元寄回家里。这个梦想实现后，她又尝试卖鱼和猪肉。如今，她投资了多所国际学校、一家生物科技公司以及多个房地产项目（包括在家乡平和一个十亿元的项目），她还是英才企业集团董事长和北京漳州企业商会会长。

杨英女士向平和慈善基金捐赠六千万元，用于修路架桥。截至 2017 年，她的杨英集团已向中国儿童基金会捐赠六千八百多万元用于兴建校舍。她没到过宁夏、西藏，但听说那里的孩子买不起书，就通过中国儿童基金会给他们送去买书资金。她还捐出五百万元，支持广兆中学建设。

杨英女士致富不忘本，对父老乡亲总是慷慨解囊。她经常在乡村走动，关心大小事务，并为高际村七百名六十岁以上老人和东槐村六百九十名退休人员提供生活补助。"我是农民的女儿，关爱弱势群体是我的本分。"她告诉我，"财富来自社会，要舍得回报社会。"

我想，连比尔·盖茨（Bill Gates）和沃伦·巴菲特（Warren Buffett）都可以向她这样的福建人借鉴学习，向几十年来与我共事的众多厦大人和厦门人学习。中国有句古话叫"风雨同舟"，人类共同居住在这个小小星球，应该团结一致，互相帮助，而不是袖手旁观，毕竟"覆巢之下，焉有完卵？"

赠人玫瑰，手有余香！

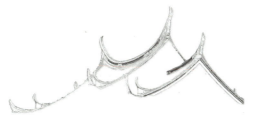

第 六 部 分

结束还是新开始？

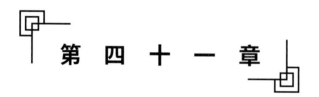

第 四 十 一 章

"千年虫"危机：新千禧年或世界末日？

1999 年即将过去，人们怀着激动的心情盼望着新千年的到来，但媒体发出警告，到了 12 月 31 日午夜零点，千年虫电脑问题将导致互联网、银行、股市、卫星、政府，乃至家用电脑系统瘫痪。然后，就在一个月之内，我们在厦大经历了史上最强的台风、地震以及公寓后面的山林火灾，我还赔进去一只鞋子。再两周后，我前往香港治疗癌症。

千禧年对我来说似乎是"世界末日"，但最终证明，这是一次全新的开始。

千年虫——世界末日？

虽然现在回想起来，我们可以一笑置之，但是在 20 世纪 90 年代末，千年虫问题非常让人恐慌。美国军方为此拨款十九亿美元为其三万台电脑重编程序，美国政府甚至修订移民法，引进九万名程序员来完成这项工作。

千年虫问题源于人们为了降低数据存储空间走捷径，当时的存储成本是每千字节 100 美元或更多。为节省存储空间，采用两位数字表示年份，比如将 1990 简化成 90，所以 1900 年 4 月 1 日成了 040100，但 2000 年 4 月 1 日也是 040100，电脑无法正确辨识。1998 年 7 月 2 日，美国国防部发文警告说，到期日期在 2000 年后的信用卡已遭系统拒绝。

重新编程可能是一个办法，但很多信息都写在系统芯片中，因难以识别出不正常的芯片，不得不全部替换，操作起来困难重重。

更换信用卡芯片亦迫在眉睫，难处在于无法分辨正常芯片和不正常芯片。美国国防部副部长约翰·哈姆雷（John Hamre）说，"千年虫问题相当于电子领域的厄尔尼诺现象，全球各地都将出现棘手的意外。"

幸运的是，当时中国电脑化程度不高，人们对千年虫问题并不那么担心，但是我很快就发现了自己的问题。

荣誉市民、地震、台风、火灾和癌症

1999 年 9 月，时任厦门市市长洪永世授予我象征着厦门荣誉市民的金钥匙。"这把钥匙能够开启厦门的任何一扇门。"他说道。

"中国银行的门呢？"我问。

"那扇门可不行。"他说。

我当时有种飞上九霄云外的感觉，但是 9 月 21 日，对岸的台湾发生 7.3 级地震（这也是 1736 年开始有记录以来灾害程度第二大的地震）时，我被震落凡间。那次地震导致两千四百一十五人死亡，五万一千七百一十一栋房屋被毁，是有记载以来破坏性最强的地震。从地理上看，厦门相当稳固，但是仍有明显震感。

地震发生两天后，我们公寓后山山坡上的干枯灌木丛着火，火势向周围蔓延，公寓浓烟四起。我试图扑救，阻止火情扩散到公寓，连鞋底都烧融了，和袜子黏在一块。

过了不到两周，10 月 5 日，台风"丹恩"袭击菲律宾，风速达到每小时二百〇一公里。"丹恩"在南海减弱，我们松了口气，然而它一定是知道我们放松了警惕，转而北上，再次增强，于 10 月 9 日正面袭击厦门大学。这也是四十六年来最强的台风，新近落成的柯达海沧厂房屋顶被狂风掀翻；树木也被连根拔起，连外籍教师招待所门前那棵招人喜欢的榕树也遭了殃。我砍伐清理公寓门前倒伏的树木，花了四个小时才能走出公寓。台风威力强劲，刮落了楼上邻居家嵌在水泥墙里的木质窗框，打碎的玻璃溅落到外面的人行道上。

厦门大学西门积水深及腰部，就连我们位于半山腰的公寓也有水从地板渗出。我甚至萌生了效仿诺亚，造一只方舟的念头。

短短三周，仿佛古代道家炼丹师要收集五行元素对付我们一样，我们接连经历了地震、火灾、强风和暴雨。一年多来，我一直觉得身体虚弱，感到前所未有的疲惫，于是向学校告假三天，连夜乘船前往香港检查。我差点就回不来了。

香港住院——一切到此为止吗？

我对诊断结果大为震惊。我不吸烟不喝酒，饮食健康，坚持运动，却得了癌症？我不由得想到美国喜剧演员瑞德·福克斯（Red Foxx）说过："注重养生的人总有一天会躺在医院里，不知道自己为什么会濒临死亡，感觉自己好愚蠢。"

孩子们来医院探望我

香港医生说："我可以猜到你生活压力很大，工作太多，但是没有人是超人。这次你有五成的机会活下来。但是如果不改变自己的生活方式，下一次你就一点机会也没有。"

手术和康复原本只需六天，但由于接二连三出现并发症，六天变成了折磨人的两个月。记得第二次手术后醒来时，我感到剧烈的疼痛，用中文大声喊"痛！痛！"

在接下来的三天时间里，我感觉全身都痛，仿佛被塞进了绞肉机，饱尝缓慢凌迟之苦，但是我拒绝自主注射吗啡。"没有必要逞英雄，"医生说道，"你不需要硬撑。"

"你不是说这个问题可能是第一次使用太多吗啡造成的吗？"我说，"所以这次就不要了。"

那确实很痛苦，但是我坚持没用吗啡。然而一周过去了，病情还是没有改善。来自厦门和香港的美国朋友来看望我，其中一个说："如果你出院了，你会回家吗？"

我感到气馁，因为他口中的家指的是美国，而我还有太多事想要留在厦门做。我们的 MBA 中心刚刚搬进新址，孩子们的教育也进展得很好，苏和我都参与了很多活动。但是我已两个月没有用嘴进食进水，身体虚弱，回到厦门恐怕什么事也做不成。

几天后，医生发现绷带上有绿色的液体渗出。他撕下绷带，发现伤口还半开着，感染严重。"你没有进食，所以身体很虚弱。"他说，好像我是为了刁难他才拒绝进食。"既然你一直不需要吗啡，接下来的应该也不痛。"然后，没有任何警告，也没有任何麻醉，他就拿出手术刀，切开我的腹部，痛得我差点晕厥过去。"必须让伤口敞开透气，"他说，"并定期清洗。这样才能从内部愈合，快速结痂。"他说完便离开了。

伤口敞开着，每日擦拭几次，让我痛苦难耐，但我依然坚持不用吗啡，不过医生给我开了其他种类的止痛药。他真没骗我，我身上到现在都还留有一个巨大的疤痕。但比起要使用吗啡，我倒乐得留下这个伤疤。

我准备放弃时，来自福建的两次意外探望令我振作起来。时任福建省省长的习近平派了两个人送来鲜花，表示慰问。不久后，厦门市市长洪永世派了三个人送来鲜花，并于 1999 年 11 月 19 日给我发了慰问信，这封慰问信我一直保留到今天，信中写道：

"尊敬的潘教授，

获悉您患病在香港手术，深感不安和关切。我代表厦门市政府和厦门市人民，向您表示诚挚的慰问。祝您早日完全康复，厦门人民期待着您能尽快回到您的第二故乡——厦门。

顺致热烈的问候和良好的祝愿

厦门市市长 洪永世"

厦门市市长洪永世发来的慰问信

读到这封信时我哭了，决定出院后，一定要回家，回到厦门。我开始拖着静脉注射杆、输液袋和各种管子，在大堂里走动，决心想办法恢复体力，这样我才能回家。

厦门市政府和厦大送来补贴医疗费

一个月后，我终于出院。飞机在厦门机场着陆时，厦门市政府和厦大的领导上飞机看望我，迎接我回家。我没有跟他们谈到医疗费，但是厦门市政府和厦大都坚持拨了一万元给我补贴医疗费。

学院为我重新排课，让我有几个月的康复时间。许多厦大的学生和教授也带着中草药作为礼物来看望我，并提供中医方面的建议。有个教授让我把上衣脱掉，并用一块一元硬币大小的竹制刮痧片为我刮背，他宣称研究已证明，竹制刮痧片能够预防和治疗癌症。我对这些讲法半信半疑，但很感激他的心意，因此试试也无妨。

我们保姆李西老家（安溪湖头镇）的教会牧师带着两位教友来看望我。他们扛着一大篮子的活土鸡坐车来厦门（"鸡汤能够帮助你痊愈，潘教授！"），还送给我农民在田里发现的一大块水晶。"我们知道你喜欢石头。"

我有一个大家庭，有很多关爱我的亲人！

第 四 十 二 章

外国人厦大生存指南

许多外国人，不管是朋友、外地来的还是素不相识的，总是一遍遍问我同样的问题，让我不堪其烦。于是，1993 年 9 月，我花了一个下午和晚上总计八小时的时间，整理出所有问题的答案，编成一本 24 页的《厦大生存指南》，并附上地图和插画，送给刚到厦大的老外。这本小册子是比尔博士专门为外国人制定的《外国人厦大生存指南》。

"您可真是个好人啊！"中国人说。

"不，我是为了自己才做的，这下我可以直接告诉老外，自己看书找答案！"

但事实上，我的确别有用心。很多老外喜爱厦门，但待了一两个学期就离开，不会说中文给他们的生活带来诸多不便，而且当时鲜少能帮助他们的英文资讯（感谢今日的互联网！）。所以我的《厦大生

老潘手绘的《厦大生存指南》封面

存指南》仅涵盖基本信息，因为字体很小，我设法将十四部分内容压缩进薄薄的24页中。（1993年，我阅读起来毫无压力；2015年，需要佩戴眼镜；现在则需要借助显微镜。）

幽默打破隔阂

20世纪著名作家林语堂是漳州人，曾在鼓浪屿住过一段时间。中文的"幽默"一词便是他造的，因为他深知幽默可以打破隔阂。难怪他逝世时，《纽约时报》的讣告写道，他是20世纪连接东西方文化的最伟大的桥梁。

我写了数百封"我不见外"书信，期间领会到幽默的妙效，所以在制作"生存指南"时，我画了不少卡通，又添了些幽默的俏皮话。比如，在介绍厦大时，我指出"有一个中国毕业生取得了好几个学位，我们管他叫'华氏度博士'"[1]，以及，"我们的科学家就像厦门农民一样——出类拔萃地立于天（田）地之间"[2]。说到外国专家招待所时，我解释说热水安排在晚上八到九点，但很多时候根本没热水，有时甚至连冷水也没有，所以来中国之前先洗个澡。我还告诉大家如何轻松应付中国的出入境处和海关：

"要知道，无论你入境中国时带了什么东西，离境时都必须带着（如果你入境时染上感冒，要离境就得再患一次感冒，或者更严重点的流感）……拿到外事办的信函可以帮你解围。"

这本小册子分成十四部分，而鉴于24页（算上了地图）的篇幅限制，必须极度简练，但我还是尽量做到逻辑通顺、实用性强、全面翔实。

第一部分：厦门简介（气候和历史）。

第二部分：厦门大学（历史、外籍教师的住处）。

第三部分：厦门观光（鼓浪屿、中山公园、植物园、集美、南普陀寺、新街堂——中国最古老的基督教堂、美丽的海滩等）。

---

1 译者注：此处原文是温度测量单位"Fahrenheit"；英语中的"degree"一词有学位、温度等多个意思，此处是作者利用一词多义产生的双关。
2 译者注：原文为"out standing in their fields"，英文中的"field"有田地和领域等多个意思，此处是一词多义产生的双关，既指农民站在地里劳作，也指科学家在各自的领域表现出众。

第四部分：厦门周边游（马可·波罗笔下的泉州、崇武：惠安女和海滩、龙岩和客家土楼、武夷山、福建特产等）。

第五部分：走出福建（黄山、北京、桂林等地、旅游签证、火车票和飞机票、假日旅游）。

第六部分：外出就餐！很多记者问我为什么在中国待了这么多年，我说："因为美国的中国菜太贵。"这自然是打趣，但能品尝地道的中国菜确是在中国生活的一大享受，所以我不仅分享了中意的餐厅（南普陀寺素食馆、台湾家庭经营的林家鸭庄、清真拉面馆等），还给出了披萨外送电话。那时，电话号码是数字和字母混合的格式，我恶作剧了一把，写号码时在2后面添了"-PIZZA"，而老式电话的键盘上没有"Z"这个字母。今天，中国的外卖服务比美国更加便捷，无所不送，且能送货上门。

第七部分：在家烹饪中西菜肴（购物攻略——比如在油漆店买香草，这部分还有自行车、书籍等非食品的购物贴士）。

第八部分：来中国前要采买的食物：大多数外国人都会漏掉的有奶酪、蛋黄酱、香料、葡萄干等重要食材，以及橡胶抹刀、刀刃带波浪齿的面包刀。我还建议带上耳塞，因为外籍教师招待所毗邻南普陀寺，鞭炮声、锣鼓声、诵经声整夜不绝于耳。有人跟我说，鞭炮和锣鼓是用来驱鬼。难不成他们想赶走我们这些洋鬼子？

第九部分：尽量减少文化冲突（东方文化冲击西方固有观念时）。尽可能把公寓布置得温馨，于己于人都有好处。我写道：

"即使热爱厦门和中国的人有时也会经历文化冲击，这不可避免，但可尽量减少。

中国的一切与西方截然不同。[1] 即便是中国优于西方的事物，外国人也很难习惯。带上一点属于'家'的东西，可以助你缓解调整期的不适。带上一些你真正会想念的东西。当你开始怀疑'我为什么会在这里？！'时，这些东西可以转移注意力，让你不至于心态失衡。

---

1 这是1993年的情况，2020年就不一样了。

特别是那些在心里强撑，嘴上吹嘘：'我很坚强！我能入乡随俗！'的人，这些东西能赋予你们更多力量。我们都热爱中国，这份喜爱之情或许不输我们认识的任何一人，让我们打算一辈子待在这里（在很多方面，我们喜爱中国胜过美国）。但我们也得承认，当小压力日积月累，又找不到排解的方法时，我们就会发泄在彼此身上，甚至发泄在中国的主人家和朋友身上。不管怎样，我们始终是西方人，不是中国人。此外，中国人对西方的习惯和行事做法怀有好奇和兴趣，也很喜欢我们和他们分享。既不要剥夺他们的乐趣，也不要失了自己的隐私。"

外国人最欣赏的是第八和第九部分，即要带什么东西来中国以及尽量减少文化冲突，但他们指出，这本《生存指南》应该在来中国前就送到他们手里，等人在中国，再想准备一切已为时过晚！尽管多年来厦大外事办确实印制这本指南，发放给新入职的外籍教师，但他们不提供海外邮寄。于是，在过去的二十年里，我将这些贴士放到网上供大家浏览。

第十部分：家居药品和急救护理：去哪里看病（"正规的牙科护理几乎不怎么花钱，特殊治疗疗效极好，价格稍贵，但还是花不了几个钱"），以及从外国带来哪些药物（阿司匹林、止泻药、补液盐、维生素等）。

第十一部分：住房——水电。这里几乎每天停水停电，所以我叮嘱老外要准备好备用水箱（我在山坡上建了个小型蓄水池，供我们楼里七户家庭使用）。我还提醒他们要带上蜡烛和火柴，应对日常的停电。我时常不得不借着烛光在新华书店看书，因为遇上停电，店里又没有窗户。我还提醒要使用安全电源板来保护电器，因为电压可能一小时内从220伏陡升至280伏。而这个时候，如果三栋楼远的某处有人插上了吹风机，电压就会骤降到110伏。在厦大的头半年，我烧过的电器比烧过的菜还多。这并非（太过）夸大其词。我很庆幸今天中国的电力甚至比美国还可靠。两年前，飓风侵袭佛罗里达州，我的家人经历了一周的断电，而在2015年我们遭遇致命台风时，工人加紧修复电力，风暴最强劲时也没有懈怠，所以凌晨3点的停电只持续了四十五分钟。

第十二部分：邮局、银行、电话（和休息）：如何把钱汇入和汇出中国（主要是汇入，因为没有人的工资高到可以往外汇钱）。

第十三部分：出行：公共交通。那时候的火车和19世纪直冒黑烟的火车没有两样。没想到二十年间，中国会拥有世界上最好的高速公路和高铁网络，厦门地铁也四通八达。

第十四部分：学点基础的汉语吧！我很诧异外国人在中国生活数十年都不学汉语，但有些中国人在国外也是如此，所以我解释了为什么老外要稍微学点汉语，还介绍了学习方法（参加厦大的课程、请家教、自学等）。

鸣谢：我在这本书的结尾写道："感谢妻子的资助和应允，让这本小册子得以发表。关于本小册子，如有任何建议，请提交给潘维廉……如需投诉……请致电大使馆。"

现下回顾，我很惊讶自己竟在短短24页的篇幅里塞了这么多信息，而且只耗时八小时（靠二十杯咖啡支撑）。老外对《厦门生存指南》爱不释手，还复印来赠送朋友。但当我得知厦大外事办在六年后仍在复印这本仓促写就的小册子时，我觉得新来厦大的老外值得更好的东西。于是我花了一个月的时间写了本160页的小册子，自费印刷销售，几周内，这五百本小册子一售而空，供不应求。厦门政府的一位官员也很喜欢，但他坦言："这些都不合法……"

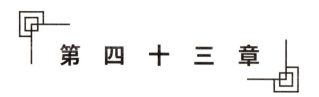

第 四 十 三 章

与厦门大学出版社结缘二十年

　　厦大外事办和厦门政府的官员都对我的《厦大生存指南》表示赞赏，但私自印刷 160 页的小册子是不合法的，因为没有申请国际标准图书编号！"你能不能弄一个？"一位官员问。

　　我不知道该怎么做，于是找到厦大出版社的施高翔先生，问："贵社愿意出版英文版的厦门指南吗？"尽管市场需求很小，可能面临亏本，但他们一向热衷于宣传厦门，最后还是同意了。可喜的是，第一批五千本的印量几个月就销售一空，此后我又进行多次更新和扩充——不过若没有时任福建省省长的习近平介入，我本不打算再写一本书。

时任福建省省长的习近平向老潘
颁发福建省荣誉公民称号

　　早在二十年前担任福建省省长时，习近平就热衷于弘扬福建这个古代海上丝绸之路起点的悠久历史。2001 年，我和苏有幸在福州与他会面，他对我们说："您写过您的第二故乡厦门，不妨也写写第三故乡泉州吧？"

　　2003 年，我写了《魅力泉州》，帮助泉州参与"国际花园城市大赛"的角逐，并夺得两枚金奖。在研究过程中，泉州的往昔今日令我惊叹不已（参见关于泉州的章节），于是我便着手陆续写起福建的其他地方。

推着时间的推移，我在厦门书店看到许多中国人在看我的书时，一手捧书，一手翻英汉词典。于是，厦大出版社推出双语版本，让中国人和外国人可以一边学习第二语言，一边了解我们丰富的福建文化。

福建电视台很喜欢《魅力福建》这本书，于是邀请我编写并联合主持了一档关于福建的六十二集电视节目，厦门大学出版社随后出版《老外看福建》——书本内容改编自电视脚本，且附赠音频光盘，便于英语学习者使用。

虽然我的书在当地大受欢迎，但不销往中国以外的地方，所以 20 世纪 90 年代初，我和妻子共同开办了一个英文网站。我们都没有经验，网页做得粗糙，但信息有五百多页。网站主办人韦忠和是我很喜欢的一位厦大

老潘漫画：精艺达翻译服务有限公司的老板韦忠和

校友，也是精艺达翻译服务有限公司（www.mts.cn）的首席执行官，访问网站请点击：www.amoymagic.com（面向海外）和 www.amoymagic.mts.cn 及 www.xiamenguide.com（面向中国）。

寻根

我陆续收到世界各地的来信，寄信的人中有第二代或第三代海外华侨，他们渴望寻回自己的闽南祖根，奈何既不会说中文，也看不懂汉字，而且有关福建的英文资料少得可怜。

一位海外华人给我发来一张七十年前摄于厦门的全家福。《厦门日报》欣然将此照片刊登上报，当天即有一个厦门家庭前来认亲。没过多久，这个庞大的华侨家族在厦门办了场盛大的家族聚会。有过几次这样的经历后，

我试着向厦门政府或厦大提议，派出专门人员或志愿者建立"闽南寻根"网站，以答复广大海外华侨的问询，可惜未能成功。虽然我所做的工作微不足道，却也引导许多海外华侨寻到了在福建的亲人，其中有些人回到闽南定居、工作或投资。

中国的城市一个样？

宣传中国的传统文化也能吸引**外国**投资者和企业。几年前，一位澳大利亚的女企业家邀我共进早餐，向我讲述了我的书如何吸引她来厦门投资。

"对外商来说，中国的城市都一个样，"她说，"我们看完机场、酒店和工厂，就飞回国。我第一次来厦门时，这座城市看似与我在中国做生意十五年来所见的城市别无二致。但那天下午起飞返程前，我有四个小时的空闲时间，于是中国的一位经理领我参观厦门和鼓浪屿，然后我在书店看到您写的《魅力厦门》（*Amoy Magic*）。您的故事和故事里边洋溢的

老潘与《魅力厦门》

诙谐幽默，再加上向导的热情好客，让厦门在我眼中明丽生动起来。如今通信手段和交通运输都十分发达，无论身处中国何地，我都可以轻松地操持生意，所以我决定搬到美丽的厦门，这里工作生活两相宜。"

"Amoy"在哪里？

我再最后分享一个故事，好让大家明白为什么需要用英语，而不是拼音向外国人宣传厦门。十多年前，厦门政府请我给（印尼独立前的）荷兰驻印尼前大使当向导。此前我领过三位美国大使游览鼓浪屿，也总是盼着能有展示厦门的机会，所以我答应了。荷兰人在鼓浪屿书店看到我写的《魅力厦门》，便问我："'Amoy'在哪里？"

得知著名的"Amoy"就是他身处的厦门后，他惊讶不已！他知道

"Amoy"的悠久历史，甚至在荷兰的家中挂着一幅一百五十年前厦门港的油画，但从来没听说过"Xiamen"，因为西方的历史书籍是用西方语言写的，而不是中文。五百年来，厦门在西方有许多别称，英语称为"Amoy"，法语称为"Emowi"。

许多中国人对我用"Amoy"很生气，争辩说我们的岛名字就叫"Xiamen"。中文里的确叫"厦门"，但在20世纪前，厦门的名字用的是当地方言的发音，而不是普通话，所以"Amoy"是外国人造出来的发音最贴近方言的词，就连海外华侨也称厦门为"Amoy"。陈嘉庚先生称厦大为"Amoy大学"，直到20世纪70年代厦大的英文名才更改为如今的名字。直到今天，厦大校徽上还刻着拉丁文的校名"UNIVERSITAS AMOIENSIS"。

然而，很多厦门专家（连外文都不会说）却愤怒地告诉我：应该说"Xiamen"，不能说"Amoy"，必须说"Zhengchenggong"，不能说"Koxinga"。"Amoy"和"Koxinga"在西方的历史书籍中很出名，但"Xiamen"和"Zhengchenggong"却鲜少提及，理由我已提及，西方的书是用西方语言写的，不是中文。

"为什么要说'Amoy'，而不是'Xiamen'？"我给漳州一所大学做完讲座后，一个学生厉声指责道，"Xiamen才是厦门的英文名！嗯？嗯？嗯？"

"那你为什么说'旧金山'？"我问，"正确的名字

包含"Amoy"的各种标志

是'San Francisco'，而不是'旧金山'！嗯？嗯？嗯？"

幸运的是，厦门正慢慢开始接纳并充分发挥其丰富的历史遗产优势，鼓浪屿也因此被列入联合国教科文组织世界文化遗产名录——正是这些遗产和文化造就了厦门的独一无二。

"花园城市"并非全球作秀

　　长期以来，厦门过于依赖宣传自己是一座"花园城市"，但世界上遍地都是"花园城市"。五十年前只不过是一片沙漠的迪拜证明，只要有钱，任何一座城市都可以修筑新的道路、花园和摩天大楼，但金钱买不到历史和传统积淀，也买不到人们对具有历史意义的厦门及厦门人的尊敬——厦门的对外贸易有千年历史，而厦门人也因此成为数百年来中国最具开放精神的人。

　　我买了几百本 15 世纪到 20 世纪初外国写的关于中国的书，购书花销达几万美元。这些书的作者对中国，尤其是闽南和闽南人，怀有深深的敬意，我也通过走访年近百岁，曾于 20 世纪 20 年代至 40 年代在闽南生活的美国人印证了这点。其中一位于 20 世纪 40 年代在厦大任过教授，他在世界许多地方生活过，但在厦大的短暂时光却成为他人生中最难忘的经历之一。顺便一提，这些外国人都会说闽南话，他们每个人都对厦门和厦门人怀有美好的回忆和尊敬。

Enjoy ♥ Amoy!

　　我们一定要把厦门真正的独特性，即其历史和文化发扬光大——但我不建议傻乎乎地试图让时光倒流，把名字改回"Amoy"。如今，世界对"Xiamen"的熟悉程度正慢慢提高，部分得感谢厦门大学和厦门航空的贡献。但在向外国人"推销厦门"时，我们需要求同存异，消除隔阂，包括接受外国人从他们的历史书籍中了解到的"Amoy"（比如关于"Amoy"如何帮助美国脱离英国、争取民族独立的故事！）。

　　我们还需要良好的营销手段和沟通技巧，迎合并激发外国人对厦门的想象——所以我拟定了"Enjoy ♥ Amoy!"的英文旅游口号。对外国人来说，"Amoy"发音很美且富有异国情调（重申，这不是一个"英语"词，而是一个连海外华侨都用来称呼"厦门"、发音贴近当地方言的词）。"Enjoy ♥ Amoy!"简洁押韵、朗朗上口。

　　最后，我要感谢厦门大学出版社，感谢他们二十年来与我携手同行，把厦门故事说给全世界听。感谢费菲（Robin）在 2006 年协助我和厦大出版社共同完成献礼厦大八十五周年校庆的书籍。感谢许多像费菲这样优秀的学生，让我在厦大三十三年的生涯里获益匪浅。

第 四 十 四 章

费菲和厦大八十五周年校庆献礼书

在我所撰写的作品中，作为厦门大学八十五周年校庆献礼之作的《魅力厦大》深得我的喜爱。如果没有费菲的帮助，我根本无法在短短六周内完成这本 363 页的中英双语书籍。费菲当时还是个大三学生，就读于厦大国贸系，是我自 1988 年执教以来遇到的最具才华的学生（没有机会成为她的老师实乃人生一大憾事！）。

有几位厦大的教授表示愿意帮忙写书，但我最终选择费菲，因为她似乎积极参与校内的各项活动，也获得不少奖学金和奖项。如果校园里有人具备这个能力和毅力帮我赶在交稿期限前付梓，定非她莫属。只要你读完费菲的故事，就会理解为什么我说，她虽不曾是我的学生，却是最优秀的学生。

2005 年，我在漳州校区的一场大型庆祝活动中第一次见到费菲，那时她参与活动的筹备工作。几乎每一位在校园里的外国人都跟我提起过她，"你见过费菲吗？"

老潘与费菲

尽管她参加许许多多活动，专业成绩仍年年保持第一。"不管我参加多少活动，学习始终是我的首要任务。"她说。

了解到费菲的童年经历后，我才理解为什么她既非常重视学业，也不落下生活中的其他事情。

一个酷热难挡的夏天，费菲的母亲正在忙家务活，突然羊水破了。她的丈夫骑自行车赶 24 公里路去医院，一路上，即将生产的妻子在背后痛苦呻吟。几个小时后到医院，她非常痛苦，医生建议剖腹产。当时剖腹产手术风险极高，孕妇或胎儿（或两者同时）可能会有生命危险，因此，费菲的父亲不得不签署许多表格和弃权声明。幸运的是，最后母女平安，父亲将女儿取名为"费菲"，寓意为"飞"（虽是取谐音而不是字）。

费菲的父亲是中国一家大型钢铁厂的工人，母亲在纺织厂工作。见到自己家经济拮据，年幼的费菲便决定要想办法缓解家里的经济负担。她祖父教导她："只要活着，就多学习，多做事。"于是她坚定地把接受教育当作迈向成功的道路。

起初，上学对费菲而言是一段很孤独的经历。她腼腆内向，怯于交朋友，而且对自己寒酸的衣着打扮和简单粗糙的午饭感到难堪。不过，她的成绩名列前茅，很快就获得老师和同学们的关注和尊重，甚至成了年纪比她大的孩子们的补习小老师。

费菲上厦大后，她的表现与先前十二年寒窗一样出色。她的英语像外国人一样标准，一口无可挑剔的普通话也让中国人惊叹不已，在各项中英文比赛中赢得不少奖项。她是厦大普通话协会会长，在厦大广播电台节目"英语咖啡屋"担任了两年的制作人

中央电视台报道费菲

兼播音员，还是厦大电视台新闻中心的新闻节目主持人。费菲在《厦门日报》发表了几篇文章，曾代表厦大到北京参加"模拟联合国"活动，在央

视科教频道的《希望英语》节目上亮过相。她主持过多场会议、宴会和比赛，曾与不同国家的政府工作人员共事，收到过菲律宾政府的推荐信以及澳大利亚人由衷的感谢！

费菲平日的行程繁重得令人敬畏，尽管如此，她还是抽时间协助我在短短两个月内完成长达363页的双语书籍。她开展研究，进行访谈，撰写文章，编写章节，把英文翻译成中文，又把中文翻译成英文。

费菲从厦门大学毕业

最触动我的不是她的职业道德，而是她正直的品格。作为班里的第一名，费菲有资格挑中国的任何一所大学读研究生，但她将这个权利让给了第二名的同学，自己则专心申请哈佛大学的硕士。师长和同学纷纷说她不理智，"要是你没被录取怎么办？"

"但是如果我不放弃名额，"她解释说，"同时又被国外学校录取，第二名的同学要顶替我的名额就太迟了。这样做是对的。"费菲被哈佛录取了，这对费菲、对哈佛，都是件好事。不过，她第一次出发去美国时，只带了一百美元现金和两个装满书的行李箱，我问她："只有一百美元，你要怎么过？"

"我不需要钱，"费菲回答道，"我有全额奖学金和一笔生活津贴。"

我问费菲有什么生活目标，她说，短期内的目标是让父母有机会第一次坐上一趟飞机，教他们如何登机。在父母飞往波士顿参加她在哈佛大学的毕业典礼时，这一目标终于实现。

厦大的每一个人，不管是教师、学生还是工作人员，都期望费菲能展翅高飞，而她所到达的高度甚至超出了我的期望。她以优异成绩从哈佛大学毕业，实现了自己的诺言，安排父母飞到美国参加毕业典礼。在哈佛大学期间，她被选中代表著名的教授授课，其中包括曾担任小布什政府白宫经济顾问委员会主席的著名经济学教授格里高利·曼昆（Gregory

Mankiw）。后来，她在世界第一大咨询公司麦肯锡工作，为世界五百强企业提供战略建议。离开麦肯锡后，她接受谷歌聘请，在谷歌位于美国加州的总部任职，带领团队在每季度推动百万美元级的客户收购，直接影响公司盈亏。而且，不令我意外的是，她满怀热忱去帮助有困难的儿童迈向成功，也在大学课堂上讲课，并将课酬捐助给发展中国家的学生。

费菲从哈佛大学毕业

费菲现在与丈夫和年幼的儿子居住在美国康涅狄格州，并在那儿担任高德纳公司（Gartner. Inc）——世界领先的技术研究与咨询公司的副总裁。

从中国东北家境贫寒的小女孩，到走向哈佛大学、麦肯锡、谷歌和高德纳，费菲的人生经历非常精彩。对于费菲的粉丝而言有个好消息，她刚刚着手书写自己的人生故事。我也是她的粉丝，迫不及待想读到她的书！

我们都期盼能在厦大百年校庆中与她重逢！

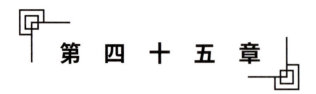

第 四 十 五 章

2019 年环游中国两万公里

"衽金革，死而不厌，北方之强也。"

"宽柔以教，不报无道，南方之强也。"

宋代教育家朱熹在《四书章句集注》中也解释说：

"南方风气柔弱，故以含忍之力胜人为强，君子之道也。"

1988 年我们刚到厦门时，中国与我想象中的大不一样，所以我立即着手给家人、朋友写"我不见外"的信，每月一封，帮助他们更好地了解这座我们计划要生活一到两年的城市。那时的我从未想过，三十年过去了，我们仍住在这里。

1988 年开始撰写的"我不见外"通信

随着对中国的了解逐渐增多，我开始撰写关于中国改革开放的文章。1994 年，我携妻子和两个儿子，自驾四万公里环游中国，想要看看中国的变化。我们惊讶地发现，即使在最偏远的地区，政府也兢兢业业地履行着扶贫使命。尽管我相信中国人民有实现伟大目标的能力，但当 2013 年 11 月，习近平主席到苗族自治州的十八洞村考察，提出到 2020

年中国要消除绝对贫困的目标时，我仍然感到震惊不已（这个村子一直以来深藏腹地，与外界隔绝，有的人甚至不认得主席！）。

我一直希望有机会再次驱车环游中国，看看中国是否有望在 2020 年实现目标——2019 年 7 月，厦大管理学院给了我这个机会！

"您应该趁这个夏天再次驱车环游中国！"厦大管院党委书记邱书记对我说，"距离您上次环游中国已过去二十五年，明年就是我们消除绝对贫困的决胜之年！"

这的确是个很好的时机，但我忙于写书、上课、OneMBA 项目和额外讲座，认为自己既没时间也没经费。"总有一天我会去的，"我说，"但今年不行。"

"但今年也是新中国成立七十年，"领导说，"这是一个很棒的庆祝方式。"

我在福建电视台工作的老朋友潘文功也为这个问题跟我讨论了好几个月，北京的外文出版社也鼓励我今夏成行，于是我彻底重排了暑假日程，把这事应了下来。

"老潘重走中国"出行手册

"好的，"我同意了，"我再开车去一趟。"

"开车?"领导吓坏了。他们原以为我这次会坐火车和飞机。"太危险了！你不能开车去！"

多么似曾相识！1994 年他们也这么劝过我，但 2019 年的中国已拥有世界上最好的高速公路和高铁，所以就算是中国人也会趁着假期在国内游览，有些人还骑自行车旅游。

"这趟旅行是你们劝我去的，"我说，"我为此重新安排了整个暑假，现在你们说我不能去？"

"你当然能去——但不能自己开车！你已经六十三岁，不是三十六岁。我们为你配一辆车和一个司机，报销所有旅行费用，你看如何？"

我心动了！我梦想着这次旅行已经很多年了，只是苦于没有时间和经费——而且，坦白说，我也不确定自己是否有精力在如此紧凑的日程里自驾两万公里。有了司机，我就不用去操心路况，可省下力气来写作。

送行合影

2019 年 7 月 2 日，开启两万公里的环游中国之行前，朋友、同事和媒体聚在一起为我们送行。最后，我们一行有三辆车和十几个人，因为加入了几个学院领导，四个帮忙的厦大学生（其中一个是新闻系的，制作的视频获过全国大奖）、司机和备用司机、一个医生，还有管理学院的揭上锋，这次行程的点点滴滴是他花了两个月的时间精心策划的。后来我才知道，揭老师一心一意地扑在这次旅行上，正如他对待生活其他事情的态度一样。光是揭老师和其他同行的人，我就能写上一本书。

管理学院党委书记邱七星也随我们走了许多段路程。邱书记给我们讲了闽西长汀客家的传奇故事，他光靠这个就足以成就一番事业了（我真希望他能出一本书）。

摄影师朱庆福先生

我也很高兴我的老朋友暨著名摄影师朱庆福先生能够同行，他也当过兵，老兵团结一致！朱庆福的作品获得过几十个国内和国际奖项，我大部分书的照片也由他免费提供，我的大儿子和厦门女孩米琪在中国最古老的基督教堂——新街堂举办婚礼时，他还帮忙拍照。中国人在婚纱照上花费不菲，但即使是我最富有的朋友也买不起朱庆福的照片！照片无价，朋友亦无价！

　　同行的还有中国杰出的隧道专家林正佳。他曾参与建设八十多条隧道，其中包括中国第一条海底隧道（在厦门）和世界上海拔最高的铁路隧道（青藏铁路隧道），但这位亿万身家的慈善家和教育家最开始是个出身福建平潭的穷小子。他十多岁才穿得起鞋，只上了四年学，所以学习功夫培养自信。他试过从事渔业，后来又在隧道里做苦力，随着工作经验积累，他看到了提高隧道建设效率的方法，便召集一小撮人组成团队，竞标了一条隧道——从此事业如日中天！他称自己没文化，却资助了数千名困难青少年的教育，修建博物馆、出版艺术杂志、拍摄过几部历史纪录片，还成了中国侨联常委。

　　林先生可能没有受过正规教育，但绝非没文化之辈——并不是说我对没文化的人存在偏见。正如我对中国人说的，我的硕士学位是跨文化研究，我到过三十多个国家，但从来没有经历过文化冲击——因为我没有文化可冲击！

隧道专家林正佳先生

　　林先生还为福建电视台潘文功的摄制组提供记录此次行程的车辆。我和潘文功合作了近二十年的电视节目和大约八本关于福建的书，但直到近几天才想起，1994年夏天他也携新婚妻子环游中国，和我们的环游中国之旅在同一时间（不过他没有开车，而是坐火车、大巴和船）。我们也许是在同一时间到达北京的。难怪潘先生总是热衷于和我一起探索福建。他和我们一样是个冒险家，热衷于探索祖国的文化和历史，见证祖国变化。

　　事实上，我们团队中的每一个人都有着颇为传奇的故事。我在中国待的时间越长，就越是认同马克·吐温的观点：

　　"从来没有无趣的生活，这样的事情是不可能的。在最乏味的外表里面有一部戏剧，既有喜剧也有悲剧。"

领导要求我们做体检，因为中国西部的海拔很高（西藏海拔超过五千米）。"你没有什么疾病吧，比尔博士？"随队的刘医生问我。

"身体上没有。"我说。

几家企业请求赞助这次旅行，但希望我们能在汽车、设备和衣服上贴满公司的标志——可能连我的额头都要贴。让我松一口气的是，厦大管理学院选择自费，没要企业的赞助——甚至连品味出众的 T 恤衫和帽子都是自掏腰包——这些都是出于对旅行本身的宣传，而非厦大。

新航道国际教育集团创始人兼首席执行官胡敏先生为我们提供在北京和长城的食宿，还派他公司的王女士担任我整个行程的写作助理。我帮他的双语丛书《用英语讲中国故事》做过一些编辑工作，由此与他结识，这套书甫一出版就成为广泛流传的新经典。每天，我都会录下对各行各业人士的采访，有农民、教师、企业家和地方领导，王女士则费心将音频转录成文字。

老潘在车上坚持写作

旅行途中，我每天都在车子里写作，记录对各界人士的采访，新航道的王女士也每天在面包车的后座工作几个小时，把采访内容转成文字，以便出书之用，几乎没有吃饭休息的时间。我决定将书名定为《追逐中国梦》。

"缩小"的福建

2019 年的这趟重走中国行，最让我震撼的大概要数福建和中国"缩小"了许多。1994 年，四万公里行程我们走了近三个月，每天驱车十到十二个小时，平均时速在四十公里左右。有的路况十分差劲，我不得不像"好奇号"火星探测车一样，在坑坑洼洼的路面上龟速前进，"好奇号"

自 2012 年登陆后平均时速约三十米。有一条路糟糕至极，一位满脸皱纹的老奶奶提着篮子，颤巍巍地从我身边经过，咧开没有牙齿的嘴巴，笑着像是给我加油鼓劲。这让我想起了那句臭名昭著的保险杠贴纸文字："也许我开得很慢，但我毕竟还是在你前面。"

许多泥土路上留有很深的车辙，为避免刮到底盘，我只好跨过车辙，紧紧贴着几近垂直的峭壁或悬崖，徐徐移动，要是车漆再厚一点儿，就会擦到石头。

但这些都是 1994 年的情况。今天的中国已拥有世界上最大的公路系统，其中变化最大的当属福建。

福建一些道路的糟糕程度曾居于全国之首，因为整个福建省都是一望无际的山脉和山谷（当地人称福建是"八山一水一分田"）。省内的每一条道路都是弯弯曲曲、蜿蜒不尽的盘山公路。此外，道路常常堵塞，原因可能是交通事故、每周例行的农贸市场，或只是崭露头角的商贩站在路中间贩售农产品、动物和日用品。

长汀红军长征出发地

但得益于创新的桥梁和隧道（许多是林先生的作品），福建拥有中国最好的道路以及最好的旅行设施。

1993 年，从厦门开车到福建西北部的武夷山需要三十五个小时，如今只需六个小时。1993 年，从厦门开车到福州有时需要十五个小时（但仍然胜过 20 世纪 40 年代的五天），如今乘坐"子弹头"动车前往福州只需两个小时，乘坐"子弹头"汽车只需三个小时。

其中变化最大的是高速公路服务区，绿化优美，现代化程度提高，还配有干净的卫生间、餐厅、旅游商店和加油站，服务也有所改善。1994 年某天的凌晨三点，我停在一家二十四小时维修店前，却发现店铺早已打烊。早上八点，一个明显带着起床气的修理工终于现身，我说："店里的招牌写着二十四小时营业！"

"这个站是二十四小时，"修理工说，"但我不是。"

古老而崭新

中国既是个年轻的国家，也是世界上最古老的国度之一。古中国让西方人惊叹不已，为许多西方传说注入灵感，比如阿拉丁和辛巴达在泉州的冒险故事——泉州是海上丝绸之路的起点，位于厦门北部，距离厦门仅一小时车程。然而，古代中国人的真正后裔远比任何传说或神话都要伟大，正如我在旅途中发现的一样，现代中国人，从在北京运筹帷幄的领导到在田间埋首劳作的农民，都和他们的祖先一样能干——这就是为何这个地球上最大的国家能够改善中国和其他地方的广大人民的生活，胜于历史上的任何其他国家。

老潘重游布达拉宫

在此向厦门大学管理学院和厦门大学表示感谢，感谢他们在2019年组织的这场两万公里中国行！一年过去了，我仍然对我们所见的变化感到惊讶。读者朋友们可以在我的《追逐中国梦》一书中读到这些变化，该书将由外文出版社出版。

永恒的中国

值得注意的是，所有古代帝国建立不久就旋即走向衰亡，唯独中国得以生生不息。亚述人、埃及人以及后来的希腊人，都曾发展过相对高级的文明和修养，但他们在登上辉煌的顶峰后，星光黯淡，转瞬消失在茫茫的夜空中。但是，中国没有遭受过严重破坏，中华文明还未曾出现过倒退；这似乎有些反常，但中国这颗文明之星始终处于鼎盛时期，并延续了至少3000年。在漫长的几个世纪里，中国人一直在谦恭沉稳地延续自己的原始文明。亚述人建过宏伟的城市，埃及人创立了轮回转世的深奥理论，希腊人曾经在特洛伊城门外发威。时至今日，这些文明古国在人类文明伊始所取得的社会、文学和政治等成就，中国样样具备。

　　在这方面，中国体制的持久性值得关注。一个重要而奇特的事实是，从正史的最早时期到现在，中国人完好无损地保存了政府和文明的每一项重要特征和原则。北方游牧民族持续不断的骚扰也没有使中国的体制废止或被彻底修改。马背上的游牧民族在占领肥沃的平原后，面对高度发展的文明局促不安。在征服帝国后，他们不约而同地选择了原来的政府、法律、文化和语言体系。

——麦克雷，1861 年

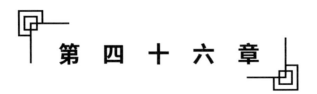

第 四 十 六 章

福建——精准扶贫的摇篮

鉴于 2020 年是中国消除绝对贫困的收官之年，我想与大家谈谈福建对习近平扶贫思想的影响。2020 年，中国打赢"精准扶贫"与"精准战疫"这两场硬仗，给我们带来希望，也为其他国家提供可资借鉴的经验。应厦门市思明区政府之邀，我写了下面这篇文章。

很多人认为，因为中国战胜新型冠状病毒肺炎疫情，历史将铭记 2020 年，但今年更伟大的胜利是中国通过实施"精准扶贫"消灭绝对贫困。"精准扶贫"是习近平在福建工作十七年间孕育并不断实践的思想。他的政策和做法富有见地、卓有成效，许多政策和做法早在人们预见这位年轻的省领导将成为主席之前就在全国范围内被采纳。

习近平很可能继承了他父亲的远见卓识。当习仲勋看到广东许多年轻人偷渡到繁荣的香港时，他建议解决偷渡问题，不要建造"香港墙"，而是要缩小广东和香港的生活水平差距。作为四个经济特区之一的深圳特区因此应运而生。1985 年，习仲勋年轻的儿子成为厦门经济特区的副市长。

履职第一天起，三十二岁的习近平就用他后来处理省和国家问题的方法来处理厦门的问题。他对厦门进行了细致的考察调研，对《1985 年—2000 年厦门经济社会发展战略》等长期综合规划实施中存在的问题和解决办法进行了精准定位，取得了显著成效。1994 年，厦门成功晋级为全国仅有的十五个副省级城市之一。

习近平非常务实，他告诫说，仅提供税收减免，然后坐等外国投资涌入，对经济特区而言是不够的。他说"外国公司不仅想省钱，还想赚更多的钱和轻松顺利地做生意"，因此，习近平强调要建立稳定的营商环境和良好的基础设施。

为确保发展的可持续性，习近平不仅关注经济问题，还注重环境保护，比如筼筜湖治理。正如他多年后指出："不要为了得到一座虚假的宝藏而毁掉一座真正的宝藏。"

习近平不仅拥抱厦门的未来，还十分重视和致力于保护厦门丰富的历史。他的一些观点，譬如修复八卦楼，为三十年后鼓浪屿被联合国教科文组织（UNESCO）列为世界遗产奠定了基础。多年后，他对福建海上丝绸之路的理解，促成他提出具有历史意义的"一带一路"倡议。

1988 年，习近平从美丽的厦门岛调到福建东北部的宁德任职，这是全国十八个贫困区之一。当家人担心他生活条件差时，他高兴地回答："至少风景很美。"

中国第一个"赤脚第一书记"

几十年来，中国的赤脚医生与他们所服务的人们一起生活和工作。即使在今天，全球领导人仍将赤脚医生视为贫穷国家的全民医疗保健模式。虽然我们不再有赤脚医生，但由于习近平的领导，我们确实有我所说的赤脚第一书记。

1986 年，中国成立了专门的扶贫机构——国务院贫困地区经济开发领导小组。这确实有助于推动县域经济，但薄弱环节在于缺乏与贫困农户和家庭的直接联系。也就在那时，习近平在宁德基层的工作方式，后来被全国各地的第一书记所效仿。从福建到宁夏和西藏，我见过很多第一书记，他们像以前的赤脚医生一样"赤脚"地生活和服务。

习近平走遍宁德的广大乡村，亲自与农民交谈，甚至与农民一起种田，迅速赢得了老百姓的爱戴。他仔细研究各地贫困的具体原因，强调精准扶贫，从根本上解决问题。他强调造血胜于输血。尽管初期的援助通常十分必要，但援助会养成依赖，而激发人民的内在动力，提升能力，自给自足，才能治愈"精神贫困"。

像今天的赤脚第一书记一样，习近平全身心投入脱贫工作，对他人的要求同样如此。1988年，他批评政府部门陈列与经济发展无关的"优秀奖"和"第一名"的奖项。他写道：

"悬挂这么多获奖横幅，却没有一条与经济发展有关，无法给人深刻印象。委婉地说，这体现了努力工作后没有提供真正的服务。工作不分主次，不坚持根本，简直是乱弹琴。"

习近平还强力反腐，敦促一些人谨慎行事。正如习近平后来所说的："是怕得罪成百上千的腐败分子，还是怕得罪十三亿人民？"

习近平在厦门学会了制定全面的长期规划，他也为宁德制定了长期综合规划，包括改善基础设施、教育、技术培训以及医疗保健。

在习近平主持大规模长期宏观规划的同时，他还对古田香菇、霞浦海带和榨菜、福安电机、柘荣医药等各个领域提出了务实的建议。习近平希望一个产业发展起来，带动其他产业的发展，进而带动地区的发展。他的远见结出了硕果。如今，这个曾经的全国十八个贫困地区之一成为水果、海鲜和特色茶的出口基地。比如著名的白茶，正是宁德第一批返乡创业的大学毕业生所开创的行业。习近平还特别强调保护自然环境，以及以农村民宿、漂流、销售当地文化产品和手工艺品等促进文化旅游。

宁德也是习近平第一次与少数民族畲族接触的地方，他和妻子都强调保护畲族的文化和遗产，特别是他们的音乐。习近平在民族工作报告中强调：

"全面实现小康，少数民族一个都不能少，一个都不能掉队。"

1999年，习近平曾写道："我和畲族有缘分……我的心系着畲族人民。"但正如我们从他在全国各地的访问中看到的那样，他的心系着全国各族人民，少数民族和汉族，一视同仁。

在宁德工作了两年，推动当地发生显著的变化后，习近平调到福州。上任后，他立即着手谋划"福州3820工程"，提出三年、八年和二十年经济社会发展的战略目标。即使在监督大量复杂项目的时候，他仍如在宁德一样，继续在福建各地考察，走遍福建每一个角落，以及其他省份的贫困地区。

1996年，习近平率团来到宁夏，并在一年后提出异地搬迁安置计划，将西海固等荒凉地区的社区整体搬迁到更加肥沃的地方。目前已有超过一百万人受益于这项计划。该计划取得了巨大成功，后来在全国范围内推广开来。

三十年来，我一直关注着习近平的事业，他将引领中国成为历史上第一个战胜绝对贫困的国家。只有将中国的胜利与即使是最富有的国家扶贫的失败相比较时，才能看到中国胜利的伟大。

2000年9月，中国与联合国全体成员国共同签署旨在消除贫困的可持续发展目标。中国是第一个达成这一目标的发展中国家，中国拥有不到世界10%的耕地，却养活了世界近20%的人口。

2012年习近平就任国家主席时，中国仍有近1亿贫困人口，比当时世界二百三十三个国家中除十一个国家以外的任何一个国家的人口都多。但习主席非但没有被吓倒，反而在2015年宣布中国将在2020年前战胜绝对贫困。

2016年2月3日，世界经济论坛指出：

"二十多年来（1990—2015年），中国一直是世界上最强大的反贫困武器……。在这段时间里，全球约十一亿人摆脱贫困，每五个就有三个是中国人。"

尽管中国取得了惊人的成就，然而世界银行现在预计，2030年仍有五亿人生活在赤贫状态。　世界其他地区在减贫方面的彻底失败导致联合国秘书长安东尼奥·古特雷斯（Antonio Guterres）说：

"中国的精准扶贫是世界帮助贫困人口、实现《2030年可持续发展目标议程》的唯一途径。"

由于受福建古代海上丝绸之路启发而提出的"一带一路"倡议，他还利用精准扶贫来帮助解决其他国家的贫困问题。我最小的儿子马修和他的妻子在非洲作医疗志愿者，即使在最偏远的地方，马修都看到中国人帮助非洲修建道路、高速公路、铁路、水坝、医院、学校和港口，与中国过去帮助自己摆脱贫困的做法一样。因此，尽管世界银行做出了可怕的预测，西方国家无所作为，但地球上的穷国确实有一些希望——这仅仅是因为这位有远见卓识的领导人，如他自己所说的"在福建度过他生命中最美好的年轻岁月"的同时，历练了他的思想和实践。

在观察了习近平三十多年之后，我认为新加坡前总理李光耀最能描述他的性格，他在 2007 年谈到了习近平：

"我会把他归入纳尔逊·曼德拉（Nelson Mandela）级别的人物。他沉着冷静，不会让自己的不幸或痛苦影响自己的判断。换句话说，他令人印象深刻。"

感谢习近平和福建，中国实现了消除贫困的梦想。

我的梦想坚持不懈，直到这个中国梦成为世界梦。

第 四 十 七 章

精准"战疫"——给世界的启示

2020年3月返回中国的大部分人一想到要隔离好几周，就心里发怵，我却十分期待，原因有二。一是隔离期间，我可以静下心来写这本书。二是在中国这个目前地球上最安全的国家，隔离也用不了几天，一结束就可以返回厦大。

1月21日，我回美国看望九十高龄的岳母，当时还料想不到疫情会蔓延得如此迅猛。我担心起厦门的朋友和学生，但他们却反过来鼓励我。他们写道："我们很小心，但不担心！中国一定能渡过难关，因为我们很能吃苦！"有个女孩给我写信："我虽然不能出门，但可以在网上随时与朋友见面，现在我比以前有更多时间来学英语、看书！"

我们准备返回中国时，厦大的一位领导劝我等安全了再动身。我很感激他的关心，却忍不住笑了。我回答说："中国是世界上最安全的地方，只有中国人展现出与疫情抗衡的智慧和决心。现在不回中国，可能要等上好几个月才能回去，也可能一直回不去。如果真感染病毒，我宁愿在中

老潘和苏珊回到厦门

国感染，我知道中国的医生能治！"

后来我了解到，世界卫生组织的一位医生也说过类似的话——他更愿意在中国感染！

当我说中国是世界上最安全的地方时，就连中国人自己都不相信，但没过几周，事实就一目了然。西方人向我抱怨，说中国在公布病毒上拖了好几天。我回应道，在挤满人的房间里，不可乱喊"失火"，以免引起不必要的恐慌。同样地，除非确定存在问题，否则不能无端引起十四亿人的恐慌。但在一周之内，中国就分离出病毒，完成基因组测序并与世界共享，同时不惜牺牲经济以保护本国国民，也保护了全世界。

反观那些抱怨中国拖延了好几天的国家，在这两个月里毫不作为，直到再也无法对死亡的惨剧视而不见。意大利的一位官员表示，病毒在遥远的中国，似乎不是真切的存在，疫情暴发更像是科幻电影才有的情节。醒悟过来的意大利成为欧洲首个采取强硬措施的国家，可惜为时已晚，只能眼睁睁看着死亡人数迅速攀升，超过作为人口第一大国的中国。

3月19日，我和妻子抵达洛杉矶机场，准备飞回厦门。机场工作人员仍未采取防护措施，尽管他们中有些人已感染病毒。美国媒体（还有美国公共卫生总监）居然警告民众不要戴口罩，理由是口罩没用，所以留给医护人员。既然口罩没用，为什么还要让医生戴呢？事实是，美国民众天

在厦门，卫生纸要多少有多少！

真地以为疫情不会蔓延到美国，美国政府也缺乏坚决果断的领导力，根本不去准备口罩，甚至连检测试剂盒都没有。

两个月来，许多国家批评中国的强硬措施侵犯人权。今天，这些国家终于意识到病毒不分国界，任何人都不能独善其身。他们试图效仿中国几个月前就采取的措施，可为时已晚。而且这些国家的政府上个月说口罩没用（其实是

因为口罩匮乏），这个月又说要强制戴口罩，民众也因此不信任政府，不愿配合。

我们身处高度互联、现代交通发达的世界，这绝不会是最后一场大流行病。我希望在下一次疫情来临时，世界各国能相互学习，通力合作。

最后，我要衷心感谢厦门航空。过去三十四年来，厦门航空从未出现亏损，现在却不计成本，一次次派航班飞往美国，把人们带回中国。我

芙蓉湖上的雕像也戴上了口罩

和妻子登上飞机便舒了口气。我们受到如家人般热情的欢迎，一位叫冰昕的空姐还为我和苏作了幅画，用上了厦航飞机、登机牌以及厦大校门等元素。这份礼物我们将永远珍藏。

2020年注定要载入世界史册，不仅因为新冠病毒，更因为中国战胜了绝对贫困这一宿敌，这是极具历史意义的壮举。2020年，中国取得了"战疫"和脱贫的双胜利，兑现了向人民做出的庄严承诺，即确保人人享有最基本的权利，有尊严地生存与生活。在实现全面小康的道路上，一个也不能少——这就是中国梦。而我的梦想是，希望中国在2020年取得的两场伟大胜利能向全世界证明，中国梦与世界各国人民的美好梦想息息相通，中国梦也能成为世界梦。

愿大家平安健康！

第 四 十 八 章

心有猛虎，细嗅蔷薇——学着享受慢生活

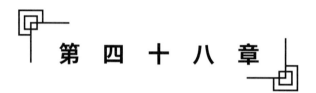

"福建教会我如何去生活。在这个物欲横流的世界里，物质的东西随处可得，但对待生活的正确态度只能在合适的环境中养成。福建为我提供了这样的一个环境。"

——陈哲清，福建协和大学毕业生，1926 年

1999 年从香港医院出院回到厦门后，我的身体比以前更加虚弱，也更容易疲劳，无奈只好慢下来。不过，好的一面是我不再"走马观花"，厦门人用这个词来形容人过于忙碌而无暇享受生活。

医生在那次治疗时曾说过我有一半的机会，但是如果不改变生活方式，下一次就绝无生机。然而，在当今世界中学着慢下来，正如中国人所说的"骑虎难下"。

我生性喜好活跃，喜欢进行各种各样的活动，不管是旅行探险、登山远足、水肺潜水、越野摩托车比赛，还是音乐、魔术、杂耍，可以说兴趣广泛。不过我现在推掉了许多活动，包括在中国电视剧里演出，我之前喜欢表演，背诵中文剧本让我学到不少汉语。但既然精力有限，我便学着做更少的事并把这些事都做得更好。回头看，自从患上癌症，我们一家所见

识和所做的事比先前那些年要多许多。

2001 年 11 月，我和苏获颁"福建省荣誉公民"，因此有机会与时任省长习近平一同用餐。习近平说："您写过关于您的第二故乡厦门，不妨也写写您的第三故乡泉州吧？"

开始写关于福建的书时，我发现连中国人自己，尤其是年轻一代，并非真的那么了解中国，于是我给中国高中和大学院校以及菲律宾几所学校开讲座，介绍福建历史文化。

2002 年至 2013 年期间，我协助厦门、泉州以及中国的另外十一个城市参加国际宜居社区评选。

2004 年，厦门居民投票评选我为"感动厦门十大人物"。2011 年，公众评选我为"厦门经济特区建设 30 周年杰出建设者"。

2014 年，我开始教授 OneMBA 项目的一门课程，这是世界上第一个真真正正的全球 EMBA 项目，由来自五个国家的五所大学共同设立（2015 年我成为该项目在厦大的学术主任）。

老潘被评为"厦门经济特区建设 30 周年杰出建设者"

身为教师，最令我难以忘怀的一个奖项是在中国国家外国专家局成立六十周年之际，我喜获 1954—2014 年间十大"功勋外教"殊荣。

2016 年，在六十岁生日过后两天，我在厦大海外教育学院六十周年庆典上做简短发言。六十岁——其中三十年都待在中国。这就是缘分！

2018 年，看到《我不见外——老潘的中国来信》付梓出版我很高兴，并将新书寄送给习近平。2019 年 1 月，习近平给我回信，表示相信今后我笔下的中国故事会更加精彩。我很是惊喜，也倍感荣幸。我完全同意习近平的话，这并非因为我是一个伟大的作家，而是因为中国是一个伟大的国家，有数不尽的故事值得书写。

当选"感动中国 2019 年度人物"

2019 年，我成为最年轻的厦大终身成就奖得主（获奖者平均年龄为八十多岁），感动万分。

2020 年 1 月，我当选央视"感动中国 2019 年度人物"，实在是受宠若惊。正如我在采访时对记者说的，中国给我和家人带来的感动远胜于我给中国带来的感动。

明天如何？毫无头绪！自 1999 年起，我便不再把生命视作理所当然。我不知道未来光阴还剩一年还是十年，不过我会好好把握当下每一天，用心生活。

或许我可以洋洋洒洒写几本书，讲述我们一家在厦大的奇遇，讲述厦门从 1988 年落后的港口小镇发展为如今喜获联合国人居奖的现代城市期间我们的生活是如何变化的。

香农和米琪的婚礼（朱庆福摄影）

我们爱这个地方，也爱这里的人，尤其是现在我们真的有亲缘关系。我们的大儿子香农同厦门女孩米琪结了婚，小儿子马修娶了美国女孩杰西卡。一个中国儿媳妇，一个美国儿媳妇，平衡一下也不错。马修和杰西卡生了一儿一女——我的孙女凯瑟琳露丝（Katherine Ruth）和孙子裘德亚历山大（Jude Alexander）。当上爷爷后，确实会以一个全新角度看待事物！

在厦大执教三十余年，但我认同曾在中国教书的伯特兰·罗素（Bertrand Russell）的观点。他于 1922 年（即厦大成立的第二年）写道，他学到的东西比教给学生的更多。

老师？学生？

引用伯特兰·罗素书中的一段话为本书作结，最为合适不过。他也曾在中国教书，而且和我一样，也认为在这里学到的东西比教给学生的更多。1922年，罗素在《中国问题》一书中写道：

"当初我去中国，本是去教学；但逗留的日子越长，就越不知道我能教授什么，反倒在想我能向他们学些什么。我发现，欧洲人在中国住久了，往往都会这么想，但若只是短暂停留或是一心去赚钱，秉持这种态度的人则少得可怜。之所以少，是因为中国人不擅长我们真正重视的东西——军事力量和工业野心。然而，对于崇尚智慧或美感，甚至只是简单地追求质朴人生的人，则会认为中国比喧嚣动荡的西方更能与其价值观契合，在这样的地方生活便感到悠然自得。我期盼，我们为中国提供了科学知识，而作为回报，中国人所具备的宽厚品质、深沉平和的心灵也能些许影响到我们。

穷尽毕生心血去修筑宅邸，却没有闲暇时间在其中感受生活，这样值得吗？"

敬贺厦大百年华诞，祝愿这所享有"南方之强"美誉的大学，这所中国国际化程度最高的大学，欣欣向荣，桃李满园！